di Davide Morosinotto

nella collezione Oscar Bestsellers

Il fiore perduto dello sciamano di K.
Il Rinomato Catalogo Walker&Dawn
La sfolgorante luce di due stelle rosse

nella collezione I Grandi

Il fiore perduto dello sciamano di K.
Il Rinomato Catalogo Walker&Dawn
La sfolgorante luce di due stelle rosse
L'ultimo cacciatore

nella collezione Imperdibili

Il Rinomato Catalogo Walker&Dawn

DAVIDE MOROSINOTTO

IL RINOMATO CATALOGO WALKER&DAWN

Gli elementi grafici e fotografici presenti all'interno del libro sono su licenza Shutterstock.
La rielaborazione grafica è di Stefano Moro.

Prima edizione I Grandi marzo 2016
Prima edizione Oscar Bestsellers novembre 2017

ISBN 978-88-04-68068-0

Questo volume è stato stampato
presso ELCOGRAF S.p.A.
Stabilimento - Cles (TN)
Stampato in Italia. Printed in Italy

Anno 2022 - Ristampa 18

ragazzimondadori.it

Il Rinomato Catalogo Walker&Dawn

Il libro che state per leggere è un'opera di fantasia. Ogni riferimento a fatti, luoghi, persone o società esistenti o esistite è puramente casuale.

Questa storia inoltre è ambientata in un'epoca passata. Il consumo di alcol e sigarette da parte di minori, il gioco d'azzardo, i riferimenti sessuali o razziali, e insomma tutte le altre cose scandalose contenute in queste pagine, rispecchiano la sensibilità degli anni in cui si svolge la storia e potrebbero urtare un ragazzino moderno e responsabile.

Perciò, ragazzini moderni e responsabili, il mio consiglio è di leggere questo libro di nascosto dai vostri genitori.

Il traduttore

PARTE 1

IL BAYOU

No. 6R8964 Bucktail Bass Flies. The wings are made from the hair of a buck's tail, the bodies are pure silk, ribbed with tinsel and are tied on Nos. 2-0, 1-0, 1 and 2 hollow point sproat hooks, made in the following styles: Buck, fawn, doe, king buck, or queen doe. State size hooks wanted. Each......12c

No. 6R8965 Bucktail Trout Flies. Made the same as the **Bucktail Bass Fly**, but smaller, tied to Nos. 4, 6 and 8 Trout hooks. **One of the best luring flies** on the market for trout and other small gamy fish. Give size hooks wanted in ordering. Price, each..........9c

If by mail, postage extra, 2 cents.

SIZES OF SPOON BAITS.

NOTE 2. The spoons of spoon baits come in various lengths, and the following is a list showing the length of the spoon on baits from No. 1 to 8. They may vary a trifle either way, for no two manufacturers make them exactly alike.

Nos.	1	2	3	4	4½	4¾	5	6	7	8
Length, in.,	1	1⅛	1¼	1½	1⅝	1⅞	2⅛	2⅜	2½	2⅝

Artificial Spoon Baits for Bass.

We have selected the best and most used baits, all of which we can recommend.

No. 6R8966 Is a fluted trolling spoon, which should please the most fastidious fisherman. This bait has three spoons, brass, nickeled and copp... which are interchangeable. You can take off ... spoon and put on another in a few seconds. T... one of the best baits on the market. Made in ... Nos. 3, 4, 5, 6 and 7; sizes are same as other s... baits. See Note 2 for sizes. Price of bait, ... two extra spoons, in any size (mention size you ... fer)..........

If by mail, postage extra, 2 cents.

American Spinner Bait.

No. 6R8967 Best Pla... Spoon, one-half ha... mered, best material ... a rapid spinner, for b... pickerel, etc. Nos. 2, ... 5 and 6. See Note 2 for sizes. Our special price, each..........1...

If by mail, postage extra, 2 cents.

Fluted Spoon Bait for Bass.

No. 6R8968 Fluted Trolling Spoon, full nickel plate, inside painted red, same shape spoon as Skinner's and same size hook, treble hook and fly; a first class spoon bait.

Nos.	1	2	3	4	4½	4¾	5	6	7	8
Size, inches.	1	1⅛	1¼	1½	1⅝	1⅞	2⅛	2⅜	2½	2⅝

Nos. 1, 2, 3, 4, 4½, 4¾, price, each..........10c
Nos. 5, 6, 7 and 8, price, each..........12c

If by mail, postage extra, 2 cents.

Skinner's Spoon Bait for Bass.

No. 6R8969 The Genuine Skinner Spoon. All have hollow point hooks. Don't be fooled by imitations.

Nos.	1	2	3	4	4½	4¾	5	6	7	8
Size, inches.	1	1⅛	1¼	1½	1⅝	1⅞	2⅛	2⅜	2½	2⅝

Nos. 1, 2, 3, 4, 4½, 4¾, for Black Bass, Trout, etc. Each..........16c
Nos. 5 and 6, for Pickerel, Pike, Lake Trout, etc. Each..........21c
Nos. 7 and 8, for Muskallonge. Each..........25c
State size wanted. If by mail, postage extra, 2c

Lightning Ball Bait.

No. 6R8972 Ball Bait, good nickel plated spoons, feathered treble hook. No. 1, smallest for small bass; largest ones for pickerel, pike and muskallonge. Nos. 1, 2, 3, 4, 5 and 6. Mention size wanted. For sizes see Note 2. Price, each........15c

If by mail, postage extra, 2 cents.

No. 6R8973 Tinned Pickerel Bait, with swivel, an extra fine bait. Size 1 to 7. Mention size wanted. For sizes see Note 2. Each..........9c

If by mail, postage extra, 2 cents.

The Maloney Weedless Bass Hook.

No. 6R8975 This is the latest and most practical weedless hook on the market. It is so made that it is weighted so when casting for bass, the frog is always right side up. They are made in sizes 2-0, 3-0, 4-0 and 5-0. See page 349 for sizes and state size wanted. Price, each..........10c

If by mail, postage extra, 1 cent.

Skinner's Casting Spoon.

No. 6R8977 The Skinner Casting Spoon is very popular, being among the **best killing bass bait** on the market. It makes an **excellent trout catcher** when baited with a small worm. Comes in two sizes.
No. 1 With 1-inch spoon. Price, each..........12c
No. 2 With 1¼-inch spoon. Price, each..........
If by mail, posta...

ESCA DEL PESCE FANTASMA

MICIDIALE!

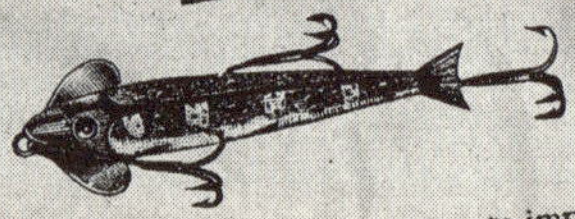

Cod. 6M9008 - A forma di pesce, in seta impermeabilizzata. Disponibile in diverse dimensioni e nei colori blu, argento e marrone, è ideale anche per le prede più grandi. Al momento dell'ordine indicare la taglia desiderata.

Dimensioni: 2, 3, 4, 4½ pollici

Prezzo: 25, 28, 32, 40 cent

...Tarpon Spoon.

No. 6R8979 Same as No. 6R8978, but hammered. Sizes in length are same.
2⅜-inch spoon..........19c
3¼-inch spoon..........24c

The Payson's Weed Guard Hook.

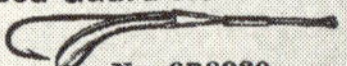

No. 6R8980

No. 6R8981

The Payson's Weed Guard Hook will not foul in the thickest weeds. In addition to the merits of this device as a weed guard it is a sinker in the right place and helps the bait caster. **It also lands the frog belly down and a minnow in its natural position.** When obstructions are reached the guard closes over the point of the hook, dropping again when the obstruction is passed. Comes in three sizes, fitted with best Carlisle hook, and two extra hooks. For sizes see cut of hooks on page 349.

No. 6R8980 2-0, 4-0 or 7-0. Price, each.....20c
No. 6R8981 The New Reversible, 2-0 or 4-0. Price, each (mention size of hook wanted).......22c

If by mail, postage extra, 2 cents.

1

ESCA DEL PESCE FANTASMA

Tutto cominciò con l'assassinio di Mister Darsley. Anzi no. A pensarci bene, tutto cominciò qualche settimana prima, il pomeriggio in cui finimmo di costruire la canoa.

Era proprio una bella canoa. Avevamo cercato l'albero giusto per mesi, finché non avevamo trovato un grande cipresso robusto che cresceva in acque fonde. L'avevamo abbattuto a colpi d'accetta (o almeno, l'avevo fatto io e un pochino anche Julie, mentre Eddie si lamentava che una femmina non dovrebbe tagliare gli alberi e Tit ci guardava senza dire niente. Non che Tit dica mai qualcosa, per la verità).

Dopo aver tagliato il cipresso avevamo scavato il tronco per ricavarci quattro posti comodi per noi, e avevamo piallato lo scafo e l'avevamo passato con la sabbia dall'inizio alla fine, strofinando fino a farci venire fuori il sangue dalle mani.

C'erano voluti dei mesi per finire il lavoro, anche perché avevamo deciso di custodire la canoa nel Rifugio, e il Rifugio era piuttosto lontano da casa e io potevo andarci solo al tramonto o quando la mamma mi dava il permesso. Cioè quasi mai.

Quel pomeriggio, per dire, avevo deciso di scappare. Avevo raccontato alla mamma che dovevo andare alla fattoria dei Fabron per aiutarli a riparare il fienile, e invece ero corso subito al Rifugio.

Era una capanna che io e gli altri della banda avevamo costruito l'estate precedente. Stava proprio ai margini del *bayou*, la grande palude, ed era tutta nascosta da un intrico di liane penzolanti, e da sciami di zanzare grosse come rondini.

Il Rifugio non era poi granché, aveva il tetto sbilenco e il pavimento in terra battuta, ma nessuno sapeva che c'era a parte noi ed era questa la cosa più bella. Pian piano lo avevamo arredato con un mucchio di roba utile, e ci si poteva arrivare in barca oppure superando il Ponte Fragile e un tratto di sabbie mobili pericolosissimo, dove si diceva che fossero morte decine di persone.

Anche per questo amavo quel posto. Ogni volta, arrivarci era un'avventura (e poi ovviamente noi conoscevamo il passaggio segreto di terra stabile, nascosta nel pantano).

Comunque sia arrivai alla capanna poco dopo l'ora di pranzo e trovai Julie e Tit che stavano già lavorando alla canoa, per finire gli ultimi ritocchi.

Julie e Tit erano fratelli, ma chi non li conosceva bene non l'avrebbe mai potuto scoprire.

Julie aveva la mia età ed era molto bella. Non dico che ne ero innamorato o roba simile, ma era proprio una cosa che capivano tutti, e infatti in paese la chiamavano *Jolie* che significa "bella". Jolie Julie. Joju. Aveva i capelli rossi e le lentiggini, gli occhi scuri e i denti con una buffa fessura sul davanti.

Tit invece aveva la pelle color cioccolato e i capelli riccissimi. Era piccolo, non solo perché era piccolo d'età ma anche perché era proprio uno scricciolo, e per questo tutti lo chiamavano *Petit* che significa appunto "piccolo".

Julie era bianca e Tit era nero, e il fatto che comunque erano fratelli rendeva la madre di Joju una poco di buono e una sgualdrina, come diceva mio fratello Chuck, e secondo lui era per questo che Tit era venuto fuori mezzo scemo.

Ma io sapevo che erano tutte balle: Tit era molto intelligente, altroché. Solo che preferiva non parlare. Guardava, ascoltava, e stava sempre zitto. Forse aveva capito che quelli che parlano molto sono gli sciocchi.

Per dire, a mio fratello Chuck non gli riusciva di star zitto un momento.

Tit se ne stava seduto su un vecchio ceppo, e Julie lavorava con il coltello lungo sullo scafo della canoa. Stava finendo di inciderci sopra il nome, *EFFRAYANTE* e cioè "la Terribile".

Io non li salutai nemmeno, invece senza fare rumore entrai nel Rifugio che puzzava di umido e di fango marcito. Joju aveva lasciato per terra la sua borsa di canapa, e io ci frugai dentro e trovai del tabacco trinciato e mi preparai una bella pipata.

Poi uscii e mi sedetti davanti al Rifugio con la pipa, sorridendo tutto beato. Fu allora che Tit si accorse di me, l'ho detto che è intelligente, e mi puntò il dito contro.

Julie smise di lavorare e si asciugò la fronte sudata con un lembo della gonna, rivelando per un attimo due gambe pallide che mi rimescolarono dentro. A volte Joju aveva questo potere su di me.

«Te Trois!» gridò. «Chi ti ha dato il permesso di prendere il mio tabacco?»

Te Trois sono io, infatti mi misi a sogghignare come un diavolo dei crocicchi e saltai in piedi.

«Dai, su» risposi, «la pipa non l'ho manco accesa. Invece lasciami il coltello, se no finiamo domani mattina.»

Ma figurarsi se Joju era disposta a lasciarmi il coltello, neanche morta, e così dopo aver insistito un po' non mi restò che rassegnarmi e mettermi a piallare il remo.

Intanto era arrivato anche Eddie. Eddie Grillo o Eddie Occhiostorto, il mio migliore amico. Aveva un anno più di me ed era bello alto, ma era anche magrolino e infatti lo battevo sempre nella lotta. Aveva i capelli biondi, del colore stopposo della canna da zucchero, e un paio di vecchi occhiali con le asticelle tenute su con lo spago. Nel bayou nessuno aveva gli occhiali tranne Eddie, perché suo padre era il dottore ed era andato a comprarglieli apposta fino a New Orleans.

«Non mi sento tanto bene» esordì Eddie, sedendosi sul ciocco di legno accanto a Tit. «Credo di avere la febbre.»

Eddie aveva sempre la febbre. Stava male in continuazione, e quando delirava diceva che sentiva le voci della palude e poteva capire il linguaggio segreto degli animali, anche se era chiaro che erano tutte fanfaronate.

Fatto sta che quando diceva di avere la febbre non c'era verso di costringerlo a lavorare, così io e Julie ci guardammo negli occhi e finimmo la canoa da soli, e ci vollero alcune ore ma prima del tramonto era pronta ed era una vera bellezza, una barca precisa che poteva battere in velocità i vascelli oceanici, poco ma sicuro.

Ovviamente siccome la canoa l'avevo costruita io spettava a me metterla in acqua, ma Joju non voleva saperne e Eddie nemmeno, e Tit per qualche motivo era già salito a bordo e non si riusciva a farlo scendere.

Così alla fine decidemmo di inaugurarla tutti quanti insieme, e spingemmo la canoa in acqua e galleggiava bene e anzi stava più alta del previsto, e ci saltammo sopra uno alla volta. Io mi sistemai in piedi e cominciai a remare a colpi lenti, schivando gli isolotti di quella parte del bayou e i tronchi sommersi che affioravano come dita dall'acqua stagnante.

Era una giornata calda come un forno, e umida, con il sole che restava imprigionato tra le foglie e colorava la palude di ombre spezzate.

Remai finché il Rifugio non sparì da qualche parte dietro di noi, poi mi stancai e mi sedetti per fumare la pipa che non avevo ancora acceso da prima.

«Passala a me» disse Joju. «Dopotutto è il mio tabacco.»

«Io invece non fumo perché ho la febbre» disse Eddie.

Mentre Joju accendeva la pipa preparai le canne da pesca con la mia famosa esca del pesce fantasma, che avevo costruito io, ma che era più bella di quelle del Catalogo.

«Attento» disse Eddie. «Questa zona del bayou è pericolosa, sento strani sussurri nell'acqua.»

«Non è vero» disse Joju.

«Invece sì» rispose Eddie. «Sussurri e mormorii e fischi. Secondo me sono dei mocassini, e sono *centinaia.*»

I mocassini acquatici sono serpenti molto pericolosi e se ti mordono rischi di morire. Ma io non pensavo che ce ne fossero davvero centinaia come diceva Eddie, e poi la mia esca del pesce fantasma non era roba da attirare i serpenti.

Però qualche pesce gatto sì, e magari bello grosso.

Così lanciai la lenza e mi misi comodo ad aspettare, chiacchierando del più e del meno con gli altri.

Eddie raccontò che quella notte la signora Boucher aveva avuto le doglie ed era nata una femminuccia, ma era nata con sei dita della mano sinistra e questo era segno di sventura. Mai saputo di qualcuno che credeva a tante scemenze come Eddie Grillo.

Joju invece disse che aveva quasi catturato una tartaruga gigante, che per poco non le aveva strappato un piede con un morso. Se una cosa simile l'avesse detta un'altra ragazza avrei pensato che stava inventando tutto, ma conoscevo Joju e se lo diceva lei, era vero.

In quel momento la canna diede uno strappo e per poco non cadde fuori dalla canoa, ma io la afferrai giusto in tempo.

«Ho preso qualcosa!» annunciai. «Da come tira deve essere un vero mostro!»

Eddie si alzò per darmi una mano, ma gli ordinai di non muoversi, ci mancava solo che facesse ribaltare la canoa e spedisse tutti in acqua. Dopotutto i mocassini potevano esserci davvero.

Invece mi piazzai a gambe larghe, strinsi bene la canna e tirai preparandomi a una lunga lotta. Era un pesce gatto enorme, poco ma sicuro. Il più grande pesce gatto mai visto da quel lato del bayou.

Ma mi sbagliavo. L'esca tornò in superficie al primo strattone, e appeso all'amo non c'era nessuna preda ma un barattolo bucato e sporco di fango.

«Puah! È solo una latta di zuppa di pomodoro, buttala via» disse Eddie.

«Scemo» rispose Julie. «Quella latta ci può essere utile, possiamo farci una lanterna per il Rifugio.»

«Così veniamo qui anche di notte» suggerii.

«Ma di notte ci sono i folletti» squittì Eddie.

«Non è vero» disse Joju.

«Sì che ci sono» continuò Eddie. «Girano per la palude come fiamme azzurrine sull'acqua.»

Quei due rischiavano di mettersi a litigare, ma il piccolo Tit mugolò qualcosa, allungò le dita e afferrò per primo il barattolo. Che tintinnò.

«Dai qua, fai vedere» dissi io.

Tolsi la latta dalle mani del bambino e rovesciai il contenuto sul fondo della canoa.

Ne venne fuori un bel mucchio di acqua e fango. E tre monete. Monete da un dollaro, che brillavano sotto i raggi del sole come piccoli fuochi.

«Tre dollari!» mormorò Eddie, sporgendosi per afferrarli.

Io gli tirai un pugno sulla spalla che per poco non lo fece tuffare in acqua. «Altolà» lo avvertii. «Li ho pescati io, sono miei.»

«Ma la canna da pesca è mia.»

«Sì, ma la lenza è mia.»

«E la canoa è di tutti quanti» si intromise Julie. «E se non era per me e Tit, a quest'ora avevate già buttato via sia la latta che le monete.»

Ci fermammo a guardarle, splendevano da far male agli occhi.

«Potremmo prenderne una a testa...» disse Eddie.

«Ma le monete sono tre e noi siamo quattro» dissi io. «Anche se Joju e Tit in fondo sono fratelli.»

«Con un dollaro compri qualcosa di buono» osservò Julie. «Ma tre dollari insieme sono un vero tesoro. Secondo me dobbiamo decidere insieme come spenderlo!»

«Scommetto che per tre dollari il signor Travert ci venderà mezza bottega» mormorò Eddie. «Voglio riempirmi di caramelle mou fino a scoppiare.»

«Invece potremmo andare dal signor Fabron e comprare un maialino» proposi io. «Lo teniamo qui al Rifugio e ogni giorno gli portiamo qualche avanzo da mangiare. Appena diventa grande lo rivendiamo e con i soldi compriamo tre o quattro maialini piccoli, e mettiamo in piedi un allevamento, e in cinque anni siamo diventati ricchi.»

«Però cinque anni sono un mucchio di tempo!» esclamò Eddie. «E se poi il maialino si ammala e muore?»

«Io sono bravo con le bestie» protestai. «È per questo che vado sempre ad aiutare i Fabron quando hanno bisogno...»

«Ma non vuol dire...»

Mentre noi discutevamo, Julie era rimasta in silenzio a osservare le monete. A un tratto fece un sorriso, le raccolse e le strinse tutte e tre nel pugno.

«Ho un'idea migliore!» esclamò.

«Che cosa?» domandai io.

«Il Catalogo» rispose lei. «Potremmo comprare qualcosa dal Catalogo.»

Our big ACME FOREST RESERVOIR WOOD BURNING COOK STOVE

REDUCED TO $15.67.

HAVING PATTERNS and molding flasks to make the Acme Forest stoves in very large quantities, we find ourselves somewhat overstocked, and to dispose of the overstock at once, we are offering this big wood burning cook stove, either with or without reservoir, at about 3 cents per pound, only $15.67 for the big reservoir stove, a price heretofore unknown.

From the illustration, engraved by our artist from a photograph, you can get some idea of the appearance of this handsome, extra large, heavy wood burning cook stove. We furnish it either with reservoir, as illustrated, or without, as desired, at the following prices:

No. 96R1146 Price, No. 8, with reservoir......$15.67
No. 96R1150 Price, No. 8, without reservoir.. 11.76

These big stoves are made for wood exclusively. They will take wood 27 inches long. The Acme Forest is made from special patterns; has an extra large fire box, very large oven, giving you an extra heavy, handsome, durable stove.

OUR ACME FOREST has a very large oven, large fire

$ 5.75

STUFA DA CUCINA A LEGNA

Cod. 220002 - Stufa da cucina solo a legna, carbone escluso. Costruzione di alta qualità. Senza riserva combustibile, senza canna fumaria. Incluso vassoio svuota-cenere.

Dimensioni forno: 16 x 14 x 10.5 pollici
Prezzo: $ 5.75

FOR COAL OR WOOD.

Prices are cash with the order, delivered on the cars at our foundry in Central Ohio, and do not include any pipe or cooking utensils. See pages 580 to 593.

Catalogue Number	Stove Number	Size of Oven, inches	Weight, pounds	Price
22R326	7-14	13¾x13 x 9	172	$5.55
22R327	7-16	16 x14½x10	202	6.85
22R328	8-16	16 x14½x10	202	6.90
22R329	8-18	18 x17 x11	244	8.20
22R330	9-18	18 x17 x11	244	8.25

Oven measurements do not include the swell of oven door.

Our Acme Queen is a coal burning stove, but is suitable for hard coal, soft coal or wood. We furnish with every stove an extra grate for wood, and you can use it for wood or for coal.

It has very large flues, cut tops, heavy cut centers supported by post, heavy covers, heavy linings with very heavy sectional fire back, large bailed ash pan, slide hearth plate, outside oven shelf, pouch feed, oven door kicker, nickel plated panel on oven door, nickel plated name plate on front door, nickel plated door knobs and tin lined oven door.

When ashes are removed from under oven they are scraped into the hearth, avoiding all possibility of spilling the ashes on the floor when cleaning stove.

Each stove is furnished with a lifter, shaker and scraper for removing the ashes from under the oven.

If you do not burn coal at all make your selection from the Acme Leader, Catalogue Nos. 22R209 to 22R213. DIMENSIONS.

FOR COAL OR WOOD.

Prices are cash with the order, delivered on the cars at our Central Ohio foundry, and do not include any pipe or cooking utensils. See pages 580 to 593

Catalogue Number	Stove Number	Size of Oven inches	Weight, pounds	Price
22R331	7-16	16x14½x10	255	$ 9.48
22R332	8-16	16x14½x10	255	9.53
22R333	8-18	18x17 x11	300	10.60
22R334	9-18	18x17 x11	300	10.65

Oven measurements do not include swell of oven door. If you do not use coal at all, make your selection from the Acme Leader, Catalogue Nos. 22R214 to 22R217. Always state which fuel you desire to use.

At $9.48 to $10.65 delivered on the cars at our foundry in Central Ohio. This is the exact same stove as the Acme Queen previously illustrated under No. 22R326, at $5.55 to $8.25, with the addition of the large porcelain lined reservoir as shown in illustration. DIMENSIONS.

Stove No.	Size of Lids	Top, including Reservoir	Height	Pipe Collar	Fire Box
7-16	No. 7	22x40	26½	6	16½
8-16	No. 8	22x40	26½	6	16½
8-18	No. 8	24x44	28½	7	18
9-18	No. 9	24x44	28½	7	18

2

STUFA DA CUCINA A LEGNA

Il Catalogo, lo sanno tutti, era il RINOMATO CATALOGO CONVENIENZA DI MISTER WALKER & MISS DAWN: I PREZZI PIÙ BASSI! – SPENDI BENE I TUOI SOLDI! – RIMBORSO GARANTITO!

Secondo la pubblicità era il secondo libro più letto d'America dopo la Bibbia, ma per me in realtà era anche il primo, perché ad esempio dalle mie parti non c'era molta gente che sapeva leggere, e almeno il Catalogo aveva le figure.

Già, le figure. Duemila pagine piene di oggetti di tutti i tipi, e per ognuno c'era un bel ritratto preciso, uguale ad avere davanti la merce vera.

Il Catalogo raffigurava bottoni, medicinali, martelli e attrezzi agricoli. Carrozze. Selle per cavalli. Gioielli e orologi, cappelli e vestiti, scarpe per signora. Fucili. Canne da pesca. Cornici. Guanti da pugile. Kit di costruzione per fabbricarsi una casa. Bastava pensare a un oggetto, uno qualsiasi, e si poteva stare certi che sul Catalogo c'era, tutto in ordine con il suo bravo disegno a inchiostro e due righe di descrizione e il prezzo, ovviamente.

Il signor Fabron diceva che tanti anni prima sul Catalogo si potevano anche comprare gli schiavi africani, ma secondo me scherzava: il signor Fabron era bravo a contare fanfaronate, e poi penso che non mi sarebbe piaciuto poter comprare Tit su un Catalogo. O forse sì, l'avrei comprato subito per regalarlo a Julie, così erano di nuovo insieme.

Comunque, per noi della banda il Catalogo era la cosa più straordinaria che potevamo immaginare. Il libro veniva consegnato in tutte le case del bayou più o meno all'inizio dell'anno, e quando arrivava era festa forse anche più di Natale.

La sera, dopo cena, la mamma si sedeva sulla sedia a dondolo con il Catalogo sulle ginocchia, e il suo dito scorreva le figure una per una, e quando trovava qualcosa di interessante mi chiedeva: «Te Trois, che c'è scritto qui?».

E io glielo leggevo, poi lei mi chiedeva: «Te Trois, quanto costa?».

E io le leggevo il prezzo.

Lei allora sorrideva e non diceva più niente ma il suo dito riprendeva a muoversi sulla pagina, come se si fosse già dimenticato tutto.

Una volta, solo una, quel dito si era fermato in un posto e c'era rimasto.

Era successo due anni prima, quando la nostra vecchia stufa si era crepata e aveva rovesciato sul pavimento una cascata di braci ardenti che per poco non avevano dato fuoco a tutta la casa.

La stufa non si poteva più usare, e per un po' ce n'eravamo rimasti al freddo, ma alla fine il freddo era diventato troppo e Te Cinq, che è il mio fratello più piccolo, si era preso un febbrone che rischiava di morire. Insomma non come le febbri finte di Eddie. Alla fine la mamma aveva deciso di comprare una stufa nuova, e per molte sere mi aveva fatto leggere e rileggere la pagina del Catalogo dove c'erano le stufe, e mi aveva chiesto di ripeterle i prezzi e le caratteristiche, e scuoteva la testa, ma la sera dopo ricominciava.

Alla fine la stufa più economica costava cinque dollari e settantacinque, e considerando le spese per la spedizione e tutto il resto il totale veniva più di sette dollari. La mamma era andata fino al paese con Nina, che era la nostra cavalla, e quando era tornata Nina non c'era più, e invece avevamo i soldi per la stufa.

Mi era dispiaciuto perché Nina era una brava cavalla e da allora io e Te Deux avevamo dovuto spaccarci la schiena a tirare il carretto al posto suo, ma pazienza.

D'inverno la stufa serviva di più.

Mi sa che ho perso il filo del discorso. Volevo dire solo che l'idea di Joju era davvero grande, e se bisognava decidere come spendere i nostri tre dollari allora la soluzione era senz'altro il Catalogo.

Nessun dubbio.

Così invertii la rotta e remai in tutta fretta fino al Rifugio, tirai in secca la canoa e Julie e Eddie mi aiutarono a coprirla con delle frasche in modo che nessuno potesse trovarla e magari farsi venire in mente di portarcela via.

Poi scavammo una buca nel pavimento del Rifugio, e ci nascondemmo dentro i tre dollari, e ricoprimmo la buca in modo che nessuno avrebbe potuto riconoscerla. Finalmente tornammo verso casa: io davanti ad aprire la via tra le sabbie mobili, poi Tit con Joju che lo teneva per mano, e dietro Eddie a chiudere la fila.

Salutai gli altri al bivio poco dopo il Ponte Fragile, come sempre.

Ed abitava in paese, dove suo padre aveva anche lo studio da dottore, mentre Joju e Tit stavano in una casupola a ridosso della piantagione dei Mc Coy, che se devo dire la verità secondo me era meglio che si mettevano a vivere nel nostro Rifugio, da quanto era brutto quel posto.

Io invece me ne tornai a casa mia.

A casa abitavamo in cinque: la mamma, Chuck che era mio fratello più grande, poi Te Deux, quindi io e infine Te Cinq.

Mio papà era morto quando ero piccolo e me lo ricordo a mala pena.

Te Quatre invece era nato l'anno dopo di me ed era morto quando io ero ancora in fasce e così non lo ricordo proprio per niente, ma la mamma aveva sempre insistito per non rubargli il nome, e quindi il mio fratello successivo era rimasto Te Cinq.

Tutti maschi, a parte la mamma, e lei ci chiamava "il mio piccolo esercito". A me andava bene, ma mi rompeva che ci fosse in mezzo anche Chuck, che non faceva mai niente a parte parlare a vanvera e dare scappellotti a destra e sinistra.

Quando arrivai alla fattoria trovai Te Cinq che giocava nel fango e Te Deux che dava da mangiare agli animali e mi chiamò per dargli una mano.

Io non ne avevo neanche mezza voglia, ma Te Deux disse: «Fidati che ti conviene» e allora mi avvicinai per capire meglio.

«Mi conviene cosa?» domandai, aiutandolo con il secchio per i maiali.

Te Deux non rispose, ma mi fece uno di quei sorrisi storti che gli riuscivano tanto bene.

«Dove sei stato oggi?»

«Dai Fabron» risposi io. «Ho dato una mano col granaio.»

«Ah, sì» disse lui. «Sarai stanco allora.»

«Parecchio.»

«E ci credo.»

Te Deux aveva quindici anni e ormai era grosso quanto Chuck, ma a differenza di Chuck lui era uno buono, si vedeva subito dagli occhi, e poi non sapeva raccontare le bugie manco morto.

«Oh, ma è successo qualcosa?» domandai allora, ma Te Deux sospirò, versò una secchiata di pastone nel recinto e per un attimo restammo a guardare i maiali che si prendevano a mozzichi e spallate per arrivare primi alla mangiatoia, neanche ci fosse stato dentro del pollo arrosto.

«Vai dalla mamma» sospirò di nuovo Te Deux. «Ti sta aspettando da un pezzo.»

Quando mio fratello diceva così, cercare di strappargli qualche altra dritta era come chiedere a un pesce gatto di fare le capriole.

Perciò lo lasciai ai suoi maiali e saltai nel portico, e già che c'ero mi ricordai di pulirmi i piedi sporchi sullo straccio davanti alla porta.

Trovai la mamma in cucina che stava rimescolando il paiolo del *courtbouillon*, la zuppa di pesce, che poi è anche il mio piatto preferito.

In cucina c'era un caldo da schiattare. I muri erano coperti da una patina spessa di grasso e umido, e un nugolo di mosche volava sul tavolo di legno azzuffandosi peggio dei maiali di prima.

Vedendomi entrare la mamma tirò su la testa e soffiò via un ciuffo di capelli dalla fronte. Era tutta vestita di nero, come sempre da quando era morto papà, e le maniche rimboccate mostravano dei muscoli che poteva vincere a braccio di ferro anche contro il signor Dubois, che era il più forte del paese.

«Eccoti qua» disse.

«Scusa se ho fatto tardi, ma ci abbiamo messo più del previsto...»

«E come sta Michel?»

Michel Fabron era il figlio piccolo dei Fabron, e aveva la mia età.

«Benone» risposi. «Siamo stati sul tetto per ore, un caldo che non dico...»

Mia mamma mi guardò. Per un istante.

E fu in quel preciso istante che mi resi conto che c'era puzza di bruciato.

«Ah, sì?» commentò. «Sono contenta che Michel si è arrampicato fin sul granaio già oggi. Non pensavo che si rimetteva in forma così presto...»

Bene, ora avevo la certezza assoluta che era capitato qualcosa.

«Verso le tre è venuto il signor Fabron qui da noi» continuò la mamma. «Michel si è rotto una gamba cadendo da un pontile, e Fabron mi ha chiesto il calessino per accompagnarlo in paese dal dottor Brown.»

Il papà di Eddie.

«E sai la cosa più strana? Il granaio di Fabron non aveva bisogno di nessuna riparazione... E quando siamo arrivati in paese, perché ovviamente li ho accompagnati pure io, abbiamo trovato il dottor Brown che girava dappertutto e cercava suo figlio Edward, e il dottore mi ha chiesto se per caso tu e lui non eravate di nuovo scappati nel bayou, a perdere tempo in qualche gioco pericoloso...»

Feci un sospiro così profondo che mi fece arricciare le punte dei piedi.

«Scusa, mamma.»

Lei era più nera della sua gonna.

«Vuoi dirmi cos'hai fatto tutto il giorno, invece che andare dai Fabron?»

«Sono stato in giro con Eddie» confessai. «Siamo andati a pescare.»

«E dove sono questi pesci? Almeno potrò metterli nella zuppa.»

Ma io non avevo neanche un pesciolino piccolo con me, dopo la storia dei tre dollari eravamo subito tornati al Rifugio e non avevamo acchiappato un bel nulla.

La mamma scosse la testa: «Te Trois, ormai non sei più un bambino...».

Sapevo come continuava quella storia, e a dire la verità non avevo voglia di starla a sentire perché ogni volta che la mamma metteva su quella faccia da funerale un po' mi si stringeva il cuore.

Così restai a testa bassa per un bel pezzo mentre lei parlava, e alla fine mi disse che era meglio se andavo a letto senza cena, che tanto chissà quanti pesci mi ero mangiato con Eddie, ed era ancora meglio se d'ora in poi rigavo dritto.

Io avevo una fame che mi sarei sbafato tutto il court-bouillon e avrei anche ripulito il pentolone con il pane, se avanzava, ma sospirai e me ne andai senza dire niente. Che in fondo, due pesciolini per casa, potevo anche ricordarmi di prenderli.

Camera mia era al secondo piano ed era piccola e ci dormivo con i miei fratelli, tranne Chuck che siccome era il più grande aveva una stanza tutta per sé.

Proprio perché di solito in stanza ci si stava in tre, e c'era a malapena lo spazio per dormire, non mi capitava spesso di poterci restare un po' da solo e senza nessuno tra i piedi.

Così chiusi la porta e legai anche la maniglia con lo spago, poi sollevai il materasso e ne tirai fuori il mio scrigno dei segreti, una scatola di legno che avevo fabbricato io l'estate prima.

Dentro c'erano tutte le cose che preferivo o comunque non volevo che Te Cinq o Chuck ci mettessero le mani sopra, come una punta di freccia indiana che avevo trovato nel bayou, una zampa di scoiattolo e una piuma di aquila di mare, o ancora un pezzo di legno intagliato.

Rimestai tra quella roba per un po', ma gira che ti gira

continuavo a ripensare ai tre dollari e a tutte le cose che potevamo farci.

A un tratto sentii che da basso la mamma suonava la campana e i miei fratelli rientravano tutti per la cena, e la voce di Chuck sovrastava le altre, chiedeva dov'ero e poi imprecava che ero solo un fannullone e un buono a nulla.

Tanto non mi interessava un bel niente di quello che pensava Chuck.

Invece tolsi lo spago dalla porta e la aprii piano piano in modo da non farla cigolare, e scivolai fuori ed entrai nella stanza della mamma, che dormiva ancora nel lettone grande come quando c'era papà.

Sulla testiera del letto c'erano la sua cuffia da notte e un moccolo di candela e poi il Catalogo.

La copertina aveva disegnato un mappamondo, con un treno a tutto vapore che ci sfrecciava sopra, ed era molto sgualcita, perché in casa sfogliavamo il libro ogni sera e mia mamma più di tutti gli altri.

In un batter d'occhio mi impadronii del Catalogo e lo riportai in camera mia, mi sdraiai sul letto e mi misi a sfogliare pagina per pagina.

C'erano cucchiai d'argento che avrebbero fatto la felicità della mamma, e oggetti che non sapevo a cosa servivano come un certo "reostato elettrico".

C'erano pianoforti da cinquanta dollari e violini da due.

Libri, così tanti da fare invidia a quelli del mio amico Eddie.

E ancora penne, calamai e altre cose di scuola (che non ci pensavo nemmeno a comprare). Una bicicletta da otto dollari (che invece avrei comprato volentieri).

Una lunghissima sfilza di coltellini a serramanico uno più bello dell'altro. Sedie da barbiere come quella del signor Flinch, giù al villaggio. Lanterne. Trivelle. Colletti da camicia.

E poi…

Poi per un attimo giuro che mi si fermò il cuore. Perché avevo trovato proprio quello che cercavo. L'oggetto perfetto. E costava un poco meno dei tre dollari che avevamo da spendere.

Our $1.67 Double Action Revolver.

No. 6R1197 Forehand & Wadsworth safety hammer, double action revolver, full nickel plated, rubber stock, rifled barrel, rebounding lock, safe, reliable and accurate, 32-caliber, 2½-inch octagon barrel, 6-shot, using cartridge No. 6R2377. Weight, 15 ounces. Our price......$1.67

No. 6R1198 38-caliber, 2½-inch octagon barrel, 5-shot, using cartridge No. 6R2388. Weight, 15 ounces. Our price..$1.67

If by mail, postage extra, 20 cents.

These goods are genuine, and new from the factory. Beware of imitations and shop worn goods, which are sold for new goods by some firms. We handle nothing but first class goods.

The Forehand Perfection Automatic 5-Shot Revolver for $3.10.

32-Caliber only.

Forehand Perfection Automatic, small frame, rebounding lock, positive stop on cylinder, and hammer blocked, same as in other Forehand Automatics. Accidental discharge impossible. Using cartridge No. 6R2377. Weighs but 13 ounces. A fine pocket revolver. Full length, 7¼ inches.

No. 6R1205 32-caliber, 3-inch, nickel plated $3.10

No. 6R1207 32-caliber, 3-inch, blue steel frame and barrel. Price..............................$3.50

If by mail, postage extra, 17 cents.

Our $3.10 Forehand Automatic.

32 and 38-Caliber.

Forehand Automatic 5-inch Barrel Revolver, $3.60.

Taking same cartridges as the Smith & Wesson Double Action Revolvers.

32 and 38-caliber.

Forehand Automatic. Same as No. 6R1219 but with 5-inch barrel. These are made with the same care, skill and accuracy as the other Forehand revolvers.

No. 6R1225 32-caliber, nickel plated, 5-inch $3.60

No. 6R1227 32-caliber, blued, 5-inch....... 4.00

No. 6R1226 38-caliber, nickel plated, 5-inch 3.60

No. 6R1228 38-caliber, blued, 5-inch....... 4.00

If by mail, postage extra, 27 cents.

Our $3.60 Forehand Hammerless.

SMALL FRAME.

32 and 38-Caliber.

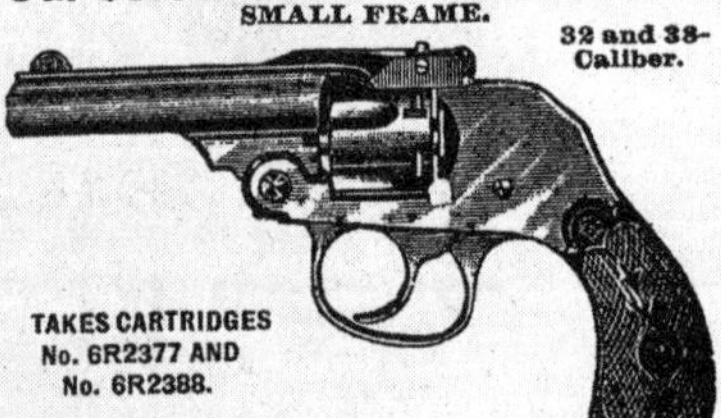

TAKES CARTRIDGES No. 6R2377 AND No. 6R2388.

We offer you at $3.60 a hammerless revolver which has never been retailed at less than $6.00. No other house will meet our price. Make a comparison and decide for yourself. This is the celebrated Forehand & Wadsworth new style hammerless revolver, made by Forehand Arms Co. No better revolver made. Automatic shell extractor, double action, self cocking, rebounding lock, absolutely safe catch to lock hammer, made of best material, beautifully finished throughout, accurate and reliable. All center fire, nicely nickel plated ...ghout, uses Smith & Wesson center fire car... ...liber, 5-shot; 38-caliber, 5-shot; ... and No. 6R2388.

... Our price.$3.60

$1.95

REVOLVER DELLA POLIZIA

Cod. 61R510 - A doppia azione e armamento automatico. Calibro 38 canna rigata, un'arma sicura e affidabile. Tutte le parti sono smontabili. Compatibile con munizioni *Cod. 92R510.*

Canna: 3 1/4 pollici
Peso: circa 18 once
Prezzo: $ 1.95

do... times happens that we re... from every part of the United ... single item, which exhausts the sto... temporarily. It also sometimes happens that one of our factories is destroyed by fire. Sometimes it happens that one of our factories fails in business, has labor strikes, can't make goods as fast as we can sell them, etc., and while we try as far as possible to deal with reliable factories, we cannot guarantee to furnish goods under these conditions, but we always do the best we can for our customers. If you can give us a second choice when we are out of an article it will avoid delay in shipping your order.

...HT.

...freight, as it is ... press. ... der a gun or rifle, and you include enough needed goods from our big catalogue to make a shipment of 50 to 100 pounds, the entire shipment will be very near as cheap by freight as the gun alone would cost by express. When shipping 50 to 100 pounds or more by freight it makes the freight charges cost practically next to nothing on each item.

3

REVOLVER DELLA POLIZIA

Di notte il bayou era luogo di fantasmi. Gli alberi diventavano più alti, ombre che sparivano fino al cielo, e le liane si muovevano al vento come una gigantesca ragnatela. Acqua e fango diventavano una cosa sola, una distesa luccicante come vetro e pericolosa come una tagliola. C'erano rumori strani, grida di animali e sussurri di incubi, puzza di marcio e alito di predatore.

Io sapevo bene che erano tutte sciocchezze e che i mostri non esistevano e i fantasmi nemmeno. Solo uno scemo come Eddie poteva credere a certe cose. Però il bayou di notte era davvero uno spettacolo da fare impressione, e chi pensava di no secondo me era ancora più scemo di chi credeva ai fantasmi.

Ero scivolato fuori di casa quando tutti dormivano, avevo aperto la finestra e mi ero calato giù dal cornicione. Te Cinq si era svegliato proprio mentre scavalcavo il davanzale, ma era rimasto zitto perché se no sapeva che lo riempivo di botte. Te Deux invece non lo svegliavano neanche i colpi di fucile.

Corsi via nel buio, in una mano stringevo una lanterna spenta e nell'altra il Catalogo. Erano due giorni che lo sfogliavo ininterrottamente, ancora e ancora, e ormai mi pareva quasi di averlo imparato a memoria. Ma tornavo sempre all'oggetto su cui mi erano caduti gli occhi quella prima sera, quando la mamma si era tanto arrabbiata per la faccenda dei Fabron e mi aveva rinchiuso in camera come un carcerato.

Quel pomeriggio Eddie era riuscito a liberarsi ed era passato alla fattoria, e mi aveva lasciato un biglietto con una parola sola scritta sopra con l'inchiostro blu.

MEZZANOTTE.

Il bayou cominciava oltre il crocevia e da lì in poi bisognava muoversi tra erbacce alte fino al petto, stagni invisibili e alberi che nascondevano la luna.

Un pivello avrebbe acceso la lanterna, ma quello sì che era un modo per cacciarsi nei guai: con la luce diventava impossibile distinguere la terra buona dalle sabbie mobili, si rischiava di finire nell'acqua e poi di essere inghiottiti dalla palude e addio. In più il bagliore attirava gli animali, e se i folletti magari non esistono, i serpenti sì, c'è da starne sicuri.

Senza neanche accorgermene mi ero messo a fischiare, ma il fischio mi moriva in gola ogni due passi perché anche se di notte ho la vista acuminata come quella di una lince, comunque il bayou col buio non è roba da prendere alla leggera.

A un tratto mi sembrò di sentire un rumore, una specie di grido soffocato, e uno sventolio bianco ondeggiò tra gli alberi con un fruscio sinistro.

I piedi mi si trasformarono di colpo in radici e mi bloccai a terra, e lo sventolio comparve e scomparve e capii che si avvicinava, e allora i piedi si decisero a fare il loro dovere e iniziai a correre a falcate disperate verso il Ponte Fragile, con la lanterna che sbatacchiava da un lato e il Catalogo che sfrusciava tutte le sue duemila pagine.

Un fantasma, un fantasma, un fantasma. Il cuore mi rimbombava nel petto e io avevo fatto tre balzi e ormai me ne stavo sul ponte quando quella creatura immonda mi saltò addosso facendomi rotolare a terra, e io sferrai un pugno alla cieca e la creatura gridò: «Ouch!».

Aveva la voce precisa identica a quella di Eddie.

Poi il lenzuolo scivolò via e vidi che era proprio Eddie, con gli occhiali storti sul naso, ed ero così arrabbiato che gli sferrai un pugno in pancia e un calcio, così si imparava a fare certi scherzi idioti.

Lui prima provò a rispondere con una graffiata da femmina, poi si accorse che rischiavo di gonfiarlo e allora mise su il tono piagnucoloso che aveva sempre quando qualcuno lo picchiava.

«Non volevo farti paura.»

«Balle» ringhiai io. «Volevi proprio farmi *schioppare* il cuore.»

«Non è vero. Stavo solo entrando in contatto con la palude, e lo spirito del bayou mi ha ordinato di scacciare gli intrusi...»

«Sono sciocchezze e io non sono un intruso.»

«Be', certo» osservò Eddie. «Io lo so. Ma lo spirito della palude no, non ti pare?»

Forse aveva ragione e forse no, e mi dava fastidio di essere cascato in quel tranello come un imbecille, ma magari potevo rifarmi ripetendo lo scherzo a Joju.

Solo che io e Eddie ci acquattammo dietro un albero per un po' e non sentimmo arrivare né lei né Tit, e allora ci stancammo e superammo il ponte e le sabbie mobili fino al Rifugio, e lì vedemmo che c'era un po' di luce che filtrava da sotto la porta di legno.

Joju era già arrivata.

Tit dormiva appallottolato in un angolo come un cucciolo di orso. Julie invece stava seduta su una cassetta sfondata, con una candela davanti, e teneva la testa tra le mani.

Appena entrato mi ero reso conto subito che qualcosa non andava.

Uno, perché Joju invece di salutarci si era limitata a darci un'occhiata lunga in silenzio. Due, perché aveva un livido scuro sul collo, grosso quanto una sanguisuga.

E quello non era il tipo di lividi che uno si fa cascando da un albero o inciampando per le scale.

Ormai conoscevo Joju da un sacco di tempo e le volevo bene, e sapevo che quando aveva lividi come quello era meglio lasciarla stare. Ma Eddie non ha mai capito un granché, quindi si aggiustò gli occhiali sopra il naso ed esclamò: «Ehi, Julie, che ti è successo?».

Era la cosa più sbagliata da dire, e pensai che Joju si sarebbe alzata e gli sarebbe saltata addosso per riempirlo di pugni, invece gli rivolse un'occhiata lunga e disse: «Niente».

«Come niente? Hai la faccia scura e sembra che qualcuno ti abbia...»

E lì si fermò, perché il mio amico Eddie sarà anche un tipo sempliciotto a volte, ma in fondo è uno buono e non farebbe male a nessuno.

Io tossicchiai. Tirai fuori il Catalogo da sotto la camicia e mi accorsi che si era inzaccherato di fango mentre litigavo con Eddie al Ponte Fragile, ma in quel momento non mi importava un accidenti del fango, e dissi: «Venite qua, guardate cos'ho trovato...».

Io e Eddie ci sedemmo attorno alla candela di Joju, e per un attimo sollevai lo sguardo sulla mia amica e su quegli occhi neri, gelidi come sassolini.

Non sapevo se era stata la mamma di Julie a farle quei lividi o qualcun altro, magari uno degli uomini che ogni tanto andavano nella casetta ai margini della piantagione, comunque pensai che era meglio non chiedere niente e starmene zitto. Perché ci sono botte che si vedono e altre che non si vedono, e di solito sono proprio queste che fanno più male.

Così aprii il Catalogo a colpo sicuro, ma mettendo una mano sopra la pagina perché gli altri non potessero vedere subito che cosa avevo trovato, e dissi: «Ho capito come spendere i nostri tre dollari».

«Come?» domandò Eddie, prendendomi la mano per toglierla da davanti.

Ma io non mi volevo certo far scippare la sorpresa così, come un babbeo, perciò feci un gran ghigno e dissi: «Ci compriamo una rivoltella della polizia!».

E finalmente mostrai loro l'annuncio.

"Revolver della polizia a doppia azione e armamento automatico" diceva la descrizione. "Calibro 38 canna rigata, sicura e affidabile. Tutte le parti sono smontabili."

La pistola costava meno di due dollari, quindi ci avanzavano i soldi per le pallottole e le spese di spedizione… E magari qualche cent anche per delle caramelle mou al negozio del signor Travert.

Io intanto già mi ci vedevo, a girare per il paese con la pistola infilata alla cintura, proprio come uno sceriffo. La domenica avrei aspettato che Donnie Le Beau uscisse dalla chiesa con quel suo cappello nuovo da damerino, e *PUM!* glielo avrei fatto saltar via con un colpo. Allora i suoi amici si sarebbero messi a ridere e Becky, che aveva occhi solo per lui, avrebbe avuto occhi solo per me, e…

«Che ce ne facciamo di una rivoltella?» domandò Ed.

«Come, scusa?» dissi io, perché nemmeno Eddie Grillo poteva fare una domanda così scema.

«Intendo, tu non hai già il fucile a casa? Il fucile spara anche più lontano…»

«Ma è perché tu non pensi abbastanza» esclamai un po' offeso. «Hai presente chi sono Billy the Kid? Jesse James? Butch Cassidy?»

Dietro le lenti degli occhiali, gli occhi di Eddie erano grandi come uova.

«Sono... dei criminali?» borbottò confuso.

«Sono i più grandi criminali del West!» protestai io. «E i criminali usano dei fucili? Certo che no! Qualunque contadino ha il fucile. Loro invece usano le rivoltelle!»

Eddie si grattò un orecchio riflettendo intensamente.

«Io non so se usano le rivoltelle, ma a dire la verità se devo colpire un bersaglio, secondo me il fucile è meglio. Con il fucile una volta Joe l'Indiano ci ha ucciso un orso. Con la rivoltella mica si può fare.»

«E certo che non si può fare!» risposi io. «È proprio questo il punto: i fucili sono roba per la caccia, e i criminali usano le pistole perché è più eroico. Quindi, se abbiamo una pistola, potremo essere eroici anche noi.»

«Ma io non voglio certo diventare un criminale» borbottò Eddie.

Sospirai. «È per questo che noi compriamo una pistola *della polizia*! L'annuncio dice così, no?»

Eddie cominciava a convincersi, così me lo lavorai un po' spiegandogli che in paese ci avrebbero chiesto di diventare sceriffi, e magari ci avrebbero dato una stella da appuntare sulla camicia. Tutti ci avrebbero guardato con rispetto e avremmo fatto tante avventure e ci saremmo coperti di gloria, come nelle riviste di racconti da un penny che avevamo scoperto tra le scartoffie del papà di Ed.

Joju intanto era rimasta in silenzio, finché a un tratto sollevò la testa e mormorò: «Io ci sto. Saprei bene cosa farci, con una rivoltella».

In quel momento Tit sbadigliò dal suo giaciglio e sembrava proprio che fosse un sì anche il suo, e così la questione fu conclusa.

Che poi, conclusa per modo di dire: se volevamo davvero ordinare la rivoltella dal Catalogo ci restava un mucchio di lavoro da fare.

Infatti non potevamo certo andare a casa del signor Quenau, il postino, e affidargli la lettera con l'ordine. C'era il caso che andasse subito dai nostri genitori a spifferare tutto, e allora sì che sarebbe stato un guaio.

Ancora peggio, il signor Quenau poteva accorgersi che nella busta c'erano dentro i soldi per le spese di spedizione, e poteva aprirla e intascarsi lui le monete.

Insomma bisognava pensarla bene o non avremmo avuto una seconda possibilità, così trascorremmo il resto della notte a scartare idee su idee, finché non ci inventammo un buon piano.

Di tutti noi Eddie era il più bravo a leggere e scrivere, e a casa sua non mancavano certo carte e inchiostro, così si incaricò di preparare la lettera indicando bene tutti i codici sia per la pistola che per le pallottole.

Joju invece intascò il primo dei nostri tre dollari e andò alla drogheria del paese per comprare il francobollo. Era l'unica di noi che poteva muoversi dove voleva senza che nessuno la guardasse storto, forse perché Joju era guardata storto *sempre*. Poi nessuno si stupiva a vederla con un intero dollaro in mano, perché ogni tanto gli amici di sua madre le davano qualche moneta, e lei faceva la spesa per la mamma e per Tit e per tutti.

Fatto sta che di francobolli ce ne volevano tre, costavano quaranta centesimi in totale, e uno aveva il disegno di un battello a vapore e due di un treno che sbuffava e correva sui binari, e quei disegni erano così belli che per un attimo ci chiedemmo se era meglio lasciar stare la pistola e spendere i nostri dollari in francobolli.

Quando tutto fu pronto, ecco che mi toccava di fare la mia parte, che come sempre era quella più difficile. Presi la lettera, la busta, i francobolli e mezzo dollaro per le spese di spedizione, e mi preparai per la fase della "consegna".

Il signor Quenau portava la posta alle fattorie della zona una volta la settimana: partiva dal paese la mattina presto con il carretto, e calmo calmo si faceva tutto il giro, consegnava le lettere e ritirava quelle nuove da spedire all'ufficio postale di New Orleans.

Verso l'ora di pranzo il signor Quenau si fermava a mangiare in una delle case lungo la strada, di solito dai Fabron, o alla piantagione di cotone dei La Fontaine. E la sera, quando tornava in paese, andava al bar a farsi un goccetto, ed era possibile che dopo un paio di giri di whisky quello non si metteva a ricontrollare una per una le lettere da spedire, e semplicemente le prendeva tutte e le consegnava alla diligenza per New Orleans.

Potevano andare storte un mucchio di cose, ma se volevamo la rivoltella non avevamo tanta scelta, così io il giorno giusto me la filai di casa quando non mi vedeva nessuno e corsi come un matto fino al paese e mi arrampicai su un cipresso comodo e grande che stava lungo la via. Vidi il signor Quenau che al bivio girava a sinistra e capii che quel giorno faceva il giro lungo e quindi sarebbe passato sicuro dai La Fontaine, mi diressi da quella parte e lo aspettai di nuovo nei pressi della piantagione.

In realtà avevo sperato che toccasse il pranzo dai Fabron, perché lì ero uno di casa e i cani mi conoscevano e sarebbe stato molto più facile, ma ero sicuro di potercela fare lo stesso.

Mi infilai tra le capanne dei neri della piantagione, chiacchierai con le donne, e già che c'ero mi feci regalare una fetta di melone. E quando arrivò Quenau, ed entrò in cucina per mangiare, io saltai sul suo carretto e nascosi la nostra lettera nella borsa della posta, in mezzo alle altre buste.

Era fatta, o almeno ci speravo, e me ne tornai a casa

dove la mamma mi fece una scenata perché ero sparito nel nulla, e quella sera al Rifugio comunicai ai miei amici che era tutto a posto e non restava altro da fare che aspettare.

Così, be', aspettammo.

No. 35R2670 Sears, Roebuck & Co.'s Ship Carpenters' Adze, with spur head. Warranted.
Width of cut, inches..... 4¼ 4½
Price, each..$1.12 $1.15

No. 35R2671 Sears, Roebuck & Co.'s Ship Carpenters' Adze, with lip and spur head. Warranted.
Width of cut, inches...... 4¼ 4½
Price, each..$1.33 $1.35

No. 35R2670

No. 35R2671

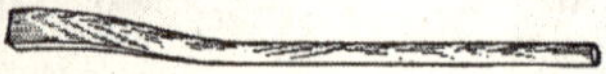

No. 35R2674 Selected Quality Carpenters' Adze Handle, 34 inches long. Price, each.......17c

OUR NEW LINE OF WARRANTED AXES.

OUR LINE OF AXES this season is selected from the most popular patterns of the oldest and best known axe makers in the world. They are warranted against defects in material or workmanship. All have taper eye, which is larger on the outside. This binds the handle and prevents its getting loose. The cheapest axe we sell is made from just as good material as is used in our best axe, and it is made and tempered with the same care. The difference in our price represents the difference in cost of labor in making. While our Red Ridge will give satisfaction, our Hubbard's Hollow Ground Lippincott Brand will chop easier and is well worth every cent of the additional cost. Our prices represent the cost to manufacture, with only our one small percentage of profit added. **Lumbermen who use large quantities of axes are asked to compare our prices** with the priceswhich they have been paying. **While we make no discounts for quantity, and sell one axe just as low as a dozen,** our price will be found lower than commonly asked when sold in dozen lots. **We also give you the exact weights you want.** You can have a dozen all one weight if desired; you don't have to take them as packed assorted by the manufacturers.
REMEMBER. Every axe we sell is warranted.

Red Ridge, Michigan Pattern Axe

No. 35R2[...] igan patt[...] handsome [...] with polis[...] facture a f[...] quality c[...] Each axe is [...] hand, is ha[...] fully inspe[...] manufactu[...] in this axe [...] leave the t[...] possible re[...] this valuab[...] than the or[...] weight, whi[...] anced. Wei[...] and 5 pounds. Price........44c

Red Ridge, Michigan Pattern Double Bit Axe.

No. 35R2678 Red Ridge, Michigan Pattern Double Bit Axe. Is made in like manner and finish as above. Weight, 3½, 3¾, 4, 4½ and 5 pounds.
Price, each.................66c

Red Ridge, Single Bit Handled, Michigan Pattern Axe.

No. 35R2679 Red Ridge, Single Bit Handled, Michigan Pattern Axe. Same as described above, with a good hickory handle, correctly put in. Weight, not including handle, 3¼, 4 and 4½ pounds. Price....56c

Hurd's Razor Blade Single Bit Dayton Pattern Axe.

No. 35R2682 Hand made, natural gas temper finish. This axe has been on the market and been recognized as one of the highest quality axes as far as quality and workmanship goes for many years. It is made with a taper eye, which prevents it getting loose on the handle. Each axe is hand tempered and closely examined before leaving the factory. Weights, 3, 3½, 3¾, 4, 4½ and 5 pounds.
No. 35R2682 Price, each..57c

Hurd's Razor Blade.

No. 35R2683 Hurd's Razor Blade Double Bit Wisconsin Pattern Axe; same hand made natural gas temper finish as single bit described previously. Weights, 3½, 3¾, 4, 4½, 5 and 5½ pounds.
No. 35R2683 Price, each.................... ....78c

The Jamestown Axe, Western Crown Pattern.

No. 35R2686 Full polished and etched with blue phantom bevel. It has been in the market a number of years and the verdict of the choppers is that it is correctly made. Each axe is hand hammered and tempered by hand. It is so made that it enters and leaves the wood freely and will not become stubbed after grinding. Weight, 3, 3½, 3¾, 4, 4½ and 5 pounds.
Price, each.................54c

No. 35R2687 Jamestown Axe, double bit, Michigan pattern, quality and finish [...]

ACCETTA MISSOURI
AFFILATISSIMA!

Cod. 120981 - Accetta con profilo migliorato, tagliare il legno non è mai stato così facile.
Dotata di blocco perché la lama non scivoli dal manico. Finiture in rosso.
Peso: 3, 3½, 3¾, 4, 4½ libbre
Prezzo: 70 cent cad.

[...] Axe, made from best cast steel, handsomely finished in red with blue bevels. They are made with the same care and go through the same inspection as our men's axes. Weight, including handle, which is about 28 inches in length, is about 3¼ pounds.
Price, each........ .....42c

Hurd's Hunters' Hatchet.

No. 35R2693 Ideal black finish, made by the same skilled workmen who make our regular Hurd's axes. The handle is about 14 inches long. It is a convenient tool for household use as it takes the place of either axe, hatchet or hammer. It weighs only about 1½ pounds with handle. Price,......36c

4

ACCETTA MISSOURI

Fu più o meno in quel periodo che capitò l'assassinio di Mister Darsley.

Robert Francis Darsley era un detenuto, cioè un criminale che si era fatto acciuffare dai birri e per questo era finito in prigione. E doveva aver combinato un guaio bello grosso, perché i giudici gli avevano dato l'ergastolo cioè la condanna a vita.

Fatto sta che una notte Darsley riuscì a scappare dalla prigione in cui lo tenevano rinchiuso da un po' di anni.

Fu un colpo da maestro, bisogna crederci: Mister Darsley trovò non so dove un chiodo bello lungo e lo piantò nel collo di una guardia.

Mentre quella stramazzava a terra Darsley le rubò le chiavi e arrivò così fino al cortile della prigione, poi si infilò in un tombino e scomparve nelle fogne di Chicago tale e quale un topo.

Se non che i birri diedero subito l'allarme e si misero sulle sue tracce, e dopo poche ore lo ritrovarono in un vicolo morto e stecchito, perché qualcuno l'aveva ammazzato.

Ovviamente, all'epoca io e i miei amici non avevamo mai sentito nominare Mister Darsley e non sapevamo niente di Chicago e del resto. Ma in un certo senso fu quella notte lì che iniziò tutto quanto.

E se Mister Darsley rimaneva tranquillo in gabbia allora di certo non ci capitava niente e io mi sarei goduto l'estate sulla canoa che avevo appena costruito e basta così.

Invece Mister Darsley scappò, e fu assassinato con tre proiettili all'altezza del cuore, e tutto il resto capitò di conseguenza. Come diceva sempre il reverendo Thompson alla scuola domenicale, non si può cambiare il passato. Per questo bisogna pensare bene alle cose, perché dopo che il vaso si è rotto non c'è più modo di rimetterlo insieme.

Intanto io, Eddie, Joju e Tit stavamo semplicemente aspettando. Sapevamo che ci sarebbe voluto del tempo perché il nostro ordine arrivasse negli uffici della Walker&Dawn, cioè la società che scrive il Catalogo. Ma non sapevamo che ci sarebbe voluto così tanto.

La prima settimana, quando il signor Quenau ricominciò con il suo giro della posta, per poco io e Julie non lo seguimmo per tutto il percorso, casa per casa. E quando vedemmo che il postino non prendeva il sentiero che portava alla mia fattoria ci venne un colpo al cuore per il dispiacere.

La settimana dopo andò anche peggio, perché la mamma mi aveva affibbiato un lavoro impossibile, che era aiutare Te Deux e Chuck a costruire un nuovo recinto per le oche, e siccome io ero il più piccolo i miei fratelli si prendevano tutte le parti divertenti: loro tagliavano il legno e segavano le assi, mentre io dovevo correre da una parte all'altra per passargli l'accetta, i chiodi o il martello. Il signor Quenau arrivò alla nostra fattoria all'improvviso, prima di pranzo addirittura, e disse che c'era posta per noi e io corsi per ritirare il pacchetto prima che se ne accorgesse qualcuno, ma la mamma era già saltata fuori dalla cucina e non c'era più niente da fare. Invece non si trattava del pacchetto del Catalogo, ma solo di una lettera di zia Anne che viveva a Baton Rouge, e a me toccò anche leggerla a mia mamma e poi spendere un pomeriggio intero per scrivere una risposta lunghissima e noiosissima.

La terza settimana allora decidemmo che era per forza la volta buona, e invece il signor Quenau non si fece proprio vedere, e la quarta nemmeno, e la quinta portò un'altra lettera di zia Anne.

«Quel vecchio bacucco del postino ci ha imbrogliati, altroché» confidai un pomeriggio a Eddie e Joju.

Stavamo sulla riva del bayou a pescare, con i piedi a mollo per difenderci dal caldo, che una primavera così non si vedeva da anni.

Tit era poco distante e giocava con certi sassolini colorati. Ne aveva radunato una pila e da lì pescava un sassolino alla volta, con cura. Ne sistemava uno per terra, poi un altro. Poi ne metteva due vicini. Poi tre. Poi cinque. Poi otto. Quindi gli altri, in un mucchietto unico, e lo guardava con aria perplessa e faceva un mugolio dei suoi, raccoglieva tutti i sassolini insieme e ricominciava da capo, sempre con lo stesso ordine.

«Incredibile tuo fratello» commentò Eddie. «Si direbbe quasi che sappia contare.»

«Forse è così» disse Joju. «È difficile capire quello che Tit sa fare, perché parla poco.»

Scalciai l'acqua della palude sollevando una cascata di gocce luccicanti.

«Io direi che non parla per niente. E poi, mi state ascoltando? Secondo me quel rimbambito di Quenau ci ha imbrogliati. Per me si è accorto della lettera che gli avevo infilato in borsa e si è intascato il mezzo dollaro senza neanche mandarla a New Orleans.»

«Figurati» bofonchiò Ed, mettendosi in bocca uno stelo d'erba come fosse un sigaro. «È illegale, mi sa. Cioè, i postini hanno l'obbligo di spedire la posta, e se non lo fanno possono anche venire arrestati. Mio padre dice che la posta tiene unita questa grande nazione.»

«Ma la nostra non era una lettera normale, giusto?» disse Joju. «Cioè, non gliel'abbiamo proprio affidata, l'abbiamo solo infilata nel mucchio. Quindi forse lui era autorizzato ad aprirla e tenersi i soldi.»

«Fatto sta che domani gli voglio tendere un agguato» bofonchiai. «Lo aspetto appena fuori dal paese e gli salto addosso, lo prendo per la camicia e gli dico di consegnarmi subito la pistola.»

«Seeee, figurati» disse Ed.

«Perché "figurati"?»

«Perché Quenau è vecchio, ma è pur sempre più forte di noi, e secondo me te ne dà tante. E quando torni a casa facile che tua mamma te ne dà il doppio.»

Io ci pensai su, perché in effetti non avevo nessuna voglia di farmi prendere a cinghiate dalla mamma, o peggio ancora da mio fratello Chuck.

«Però potremmo tendergli un agguato insieme. Joju ferma il carro e io salto da un albero e prendo le redini. E tu Eddie gli metti sulla testa un cappuccio così non vede chi siamo...»

«Ma se gli metto un cappuccio, almeno a me mi vedrà!» protestò Ed.

Era sempre così, con lui. Sempre a tirarsi indietro sul più bello.

In quel momento Julie schizzò in piedi con un salto.

«Tit, vieni qui subito! E voi, via dall'acqua!»

Io aguzzai la vista nell'intrico di luci e ombre del bayou, e mi accorsi che lo specchio d'acqua si spezzava in due proprio a un tiro di sasso da noi, e disegnava una scia lunga sulla palude. Poi spuntarono la curva leggera degli occhi, e il naso, e il muso lungo.

Un alligatore.

Io, Eddie e Joju ci togliemmo di mezzo e prendemmo Tit per mano. Gli alligatori in realtà sono brave bestie, per lo più, si mangiano i topi e i serpenti e si fanno i fatti loro, tranne quando sono proprio affamati. Ma quella davanti a noi aveva tutta l'aria di essere una femmina bella robusta, ed era proprio la stagione della cova, e bisogna credermi se dico che è meglio non dar fastidio a un'alligatora che protegge le uova.

«Secondo voi ha il nido qua vicino?» sussurrò Julie.

«Io dico di sì!» esclamò Ed. «Mi sembrava di sentire delle voci, prima. Sono sicuro che erano le uova che cercavano di parlarmi, e mi avvertivano di stare attento.»

Io per poco non gli tirai un pugno sul braccio, perché non era il momento di mettersi a dire sciocchezze.

«Però credo che dovremmo seguirla e vedere dove va» suggerii. «Se il nido è vicino al Rifugio, ci conviene saperlo così evitiamo di passare in zona.»

Oppure, pensai, potevamo avvicinarci di nascosto quando l'alligatora non era in zona e rubarle un uovo. E poi potevamo covarlo noi, e quando sarebbe nato il piccolo gli avremmo dato da mangiare, e lui avrebbe pensato che i suoi genitori eravamo noi e ci sarebbe stato sempre fedele, come i polli degli Spalding che Louis era stato a guardarli quando si erano aperte le uova e da allora i pulcini lo seguivano dappertutto.

Fatto sta che ci mettemmo in marcia, e poco dopo vedemmo la bestia che usciva dalla palude e zampettava tra i cespugli vicino alla zona delle sabbie mobili, e io mi avvicinai un po' ma sentii una specie di fruscio e un soffio, come un gorgoglio di gola, e capii che era meglio starmene alla larga se non volevo farmi morsicare una gamba o peggio.

«E va bene» dissi. «Allora, domani, per l'agguato al signor Quenau... Voi ci state?»

Ci stavano. Ma dopo averci pensato su, decidemmo che era meglio non attaccare il signor Quenau direttamente. Io avrei bloccato il carro con una scusa più o meno all'altezza dell'incrocio di Saint Just, e Joju e Eddie avrebbero approfittato della distrazione per nascondersi sul carretto, e poi al momento buono avrebbero preso il postino alle spalle puntandogli contro un manico di scopa che, senza vederlo, tra le scapole faceva proprio l'effetto di una canna di fucile, e gli avrebbero chiesto che fine aveva fatto la nostra lettera.

Così Quenau non avrebbe mai sospettato di noi, pensando a qualche brigante di passaggio.

Detto fatto, quella mattina feci una bella colazione abbondante e uscii presto per cambiare l'acqua alle bestie, e sgattaiolai via alla prima occasione.

Corsi fino in paese quasi senza fermarmi, e quando arrivai all'incrocio vidi un fiocco rosso annodato a un ramo, che era il segno convenzionale che Joju e Eddie erano già arrivati e si erano nascosti lì intorno.

Io restai ad aspettare un poco finché non sentii il rumore di un carretto che si avvicinava e allora mi lasciai cadere per terra e cominciai a emettere certi mugolii soffocati, che sembravano di dolore vero, e a tenermi la gamba con tutte e due le mani.

Man mano che il carretto si avvicinava cominciai a gridare sempre più forte che pareva che mi avevano scannato, e le pietre sul sentiero iniziarono a grattarmi la schiena e facevano un male cane e quindi cominciai anche a piangere sul serio, il che rendeva la scena più vera che mai.

«Che succede, ragazzo?» domandò il signor Quenau

tirando le redini del suo vecchio ronzino, e io lo guardai tra i lacrimoni e dissi che non sapevo, che ero caduto e che probabilmente mi ero rotto una gamba.

Il signor Quenau era un bravo diavolo dopotutto, e così smontò dal suo carretto per dare un'occhiata, e a un certo punto si grattò la fronte rugosa sotto il cappello e disse: «Ma di' un po', tu non sei per caso Te Trois, il figlio della signora Chevalier?».

Io dissi che ero proprio io.

«Allora aspetta che ti aiuto a salire sul carro» disse Quenau. «Stavo proprio andando da tua mamma, che devo consegnarle un pacchetto arrivato adesso.»

«Un pacchetto?» domandai, e di colpo mi ero scordato del finto male alla gamba. «Di che genere è, questo pacchetto?»

«Viene dal Catalogo di Mister Walker» rispose Quenau. «È arrivato stamattina con la diligenza, ma per ritirarlo bisogna pagare due dollari e dieci cent.»

A me brillarono gli occhi... Solo che in quel momento non avevo i soldi con me!

Ma proprio allora ecco quello stupido di Eddie che salta fuori da dietro il carretto insieme a Joju (io non mi ero neanche accorto che ci si erano arrampicati sopra).

«E voi cosa ci fate lì?» domandò il signor Quenau strillando come uno spiritato.

«Ci siamo finiti per sbaglio, siamo scivolati dall'albero» disse Joju.

«E comunque abbiamo proprio due dollari e dieci cent» disse Ed, tirando fuori le nostre monete dalla tasca. «Così lei può dare il pacchetto a Te Trois e risparmiarsi il giro fino alla fattoria.»

«Oh questa è bella» disse Quenau. «E com'è che hai due dollari in tasca, Eddie Brown? Li hai rubati a qualcuno?»

Ed arrossì, ma Joju intervenne velocissima come sapeva fare solo lei: «Glieli ha dati il dottor Brown per comprare un sacco di riso e un sacco di zucchero in paese, e portargli il resto ovviamente... Ma se ora Ed presta i soldi a Te Trois, poi la signora Chevalier glieli restituisce alla fattoria, vero, Te Trois?».

Io mi affrettai a confermare che era vero. Che stavamo proprio andando a casa mia quando ero caduto, e che mia mamma aveva già due dollari e dieci cent belli e pronti, e che Ed se me li prestava intanto era molto gentile perché così risparmiavamo al signor Quenau un lungo giro con quel caldo.

Il vecchio ormai non ci capiva più niente, e sotto quel sole fortissimo sudava tanto che la sua camicia era tutta chiazzata di sudore.

«Ma tu non avevi la gamba rotta, poco fa?»

«Credo di star molto meglio!» esclamai. «Il dolore è quasi scomparso.»

E per dimostrare che era vero feci qualche saltello sul posto.

Ci volle un altro po' per convincerlo, ma la verità è che neanche il signor Quenau aveva voglia di venire fino alla fattoria, era una lunga deviazione dal suo giro e quel giorno aveva un sacco di consegne, così con lunghe raccomandazioni di non far pasticci alla fine intascò i soldi e mi fece firmare un pezzetto di carta e se ne andò dritto verso la piantagione dei La Fontaine.

Il pacco del Catalogo era la cosa più bella che avessi mai visto, una scatoletta tutta rivestita di carta scura, e sopra c'erano un mucchio di francobolli colorati e un grande timbro che raffigurava il solito mappamondo con la rotaia e la scritta: I PREZZI PIÙ BASSI! – SPENDI BENE I TUOI SOLDI! – RIMBORSO GARANTITO!

Era un po' più leggero di quanto mi aspettavo, e Eddie provò subito a scuoterlo per sentire cosa c'era al suo interno ma io lo bloccai.

«Non vorrai che magari parte un colpo per sbaglio, vero? Ricordati che dentro c'è una rivoltella.»

«Ma non sarà mica carica!» protestò lui.

«Con le rivoltelle non si sa mai» gli feci notare io.

Corremmo insieme fino al Rifugio, anche se prima Julie insisté per passare da casa a prendere Tit, e intanto che la aspettavamo io e Eddie accendemmo tutte le candele che c'erano nella capanna anche se era giorno fatto, perché quello era un momento importante e ci serviva un po' di atmosfera.

«Ecco fatto» disse Joju, quando lei e Tit comparvero sulla porta. «Chi apre il pacchetto, adesso?»

Toccava a me per forza, dopotutto sulla carta c'era il nome di mia mamma. Ma Eddie protestò che avevamo messo il nome della mamma solo perché ero l'unico che non abitava in paese (e la mamma di Joju non riceveva mai posta), e alla fine litigammo un po' e decidemmo che avremmo aperto il pacco tutti insieme.

Solo che aprire un pacchetto in tre non è mica facile, e poi la carta era così bella che ci dispiaceva romperla e quindi cercammo di svoltolare lo spago e scartare tutto senza rovinarla troppo.

Dentro c'era una scatolina di cartone ancora più bella del pacchetto confezionato, e questa volta io mi sentivo il sudore che mi sgocciolava giù fino agli occhi, e mormorai: «State pronti, ragazzi, ecco la nostra rivoltella» e aprii il coperchio.

Solo che dentro la scatola non c'era nessuna rivoltella.

Ma un orologio.

Un vecchio orologio da taschino.

COIN SILVER AMERICAN WATCHES

$6.55 TO $37.13

FOR A HEAVY, STRONG, SUBSTANTIAL WATCH CASE to thoroughly protect the watch movement there is nothing superior to a coin silver watch case properly constructed. These requirements the watches listed on this page thoroughly fulfill, and which we sell at a price other dealers are forced to pay for them.

The Cases are Fitted with an extra double thick crystal, beveled edge, giving the watch that double strength which makes an open face watch so popular in the minds of the general public.

A large number of persons prefer carrying a silver watch instead of a solid gold, gold filled or plated. That class of customers we keep closely in mind when purchasing our stock of solid coin silver cases, searching the market carefully to secure the finest grade of silver, the highest character of workmanship in construction and finish and take pleasure in recommending the celebrated

Fahys' and Dueber Watch Cases.

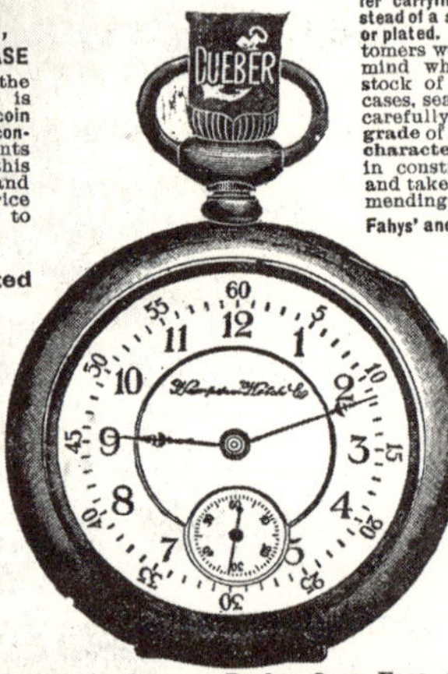

NO CHARGES FOR REPAIRS ON WATCHES OR CLOCKS WILL BE ALLOWED UNLESS OUR WRITTEN CONSENT IS FIRST SECURED IN ADVANCE.

No. 4R120 3-ounce Fahys' Open Face, dust proof, screw back and bezel coin silver case.
No. 4R122 4-ounce Case, same as above.
At 30 cents more than prices quoted we can supply any of the above beautifully hand engraved.

No. 4R124 3-ounce Dueber Open Face, dust proof, gold jointed case.
No. 4R126 4-ounce Case, sam...
At 30 cents more than ...
any of the ...

This shows the SEARS, ROEBUCK & CO.'S SPECIAL 17 JEWELED MOVEMENT GREATEST VALUE EVER OFFERED.

CRONOMETRO FERROVIARIO AMERICAN COMPANY

PRECISO! PERFETTO!

Cod. 99S171 - Orologio da taschino modello ferroviario, marca American Company, con cronometro. Cassa in argento. Meccanismo a molla garantito indistruttibile, con rotella di caricamento sul lato superiore.

Dimensioni: 18 s...

Prezzo: ...

$7.55 TO $37.60

$7.55 TO $37.60

...VEMENT AT $8.75

THIS IS OUR NEW GENTS' REGULAR 18 - SIZE MOVEMENT. SEARS, ROEBUCK & CO'S. SPECIAL.

Made expressly for us. It is full 15 jeweled, handsomely damaskeened, patent regulator and escapement, safety pinion.

The Edgeme... Movem... Has 1... Fine Ruby Jewels

5

CRONOMETRO FERROVIARIO AMERICAN COMPANY

Afferrai il pacco e lo scrollai per bene. Una scatola di munizioni cadde giù, e proiettili d'ottone lunghi un mignolo si sparpagliarono sul pavimento del Rifugio con un tintinnio sinistro.

Per il resto nella scatola non c'era niente.

Solo quel vecchio orologio da taschino.

Eddie lo sollevò con due dita. Era un affare insignificante, con la cassa di argento opaca e tutta graffiata. Il quadrante non aveva numeri ma solo una serie di stanghette dritte e di X, e in basso c'era un altro quadrante più piccolo che forse serviva per misurare i secondi. In alto, proprio dove si poteva attaccarci la catenina, c'era anche la rotella per caricare il meccanismo.

«Whoa!» disse Eddie. «Vedete questa scritta? Dice che è un orologio della American Company! Sono i migliori del mondo, li usano i capotreno delle ferrovie, me l'ha detto mio padre che ne ha uno anche lui...»

«Bella roba» borbottai io. «Non ci sono nemmeno i numeri...»

«*Ci sono sì i numeri!*» rispose Ed tirando su col naso. «Solo che sono numeri romani. Vedi? Uno, due, tre, questo è un quattro, la "V" è un cinque...»

Julie tossicchiò: «Scusate, ragazzi, secondo me il problema non è se ci sono i numeri. Il problema è che questo, di sicuro, non è una rivoltella...»

Joju aveva ragione, poco da dire.

Che fine aveva fatto la nostra pistola? I proiettili, dopotutto, c'erano.

«Secondo me c'è stato un errore nella spedizione» dissi io.

«Ma va?» commentò Joju. «Pensavo che la pistola si era trasformata in orologio per magia...»

Certe volte, quando fa la saputella, mi fa davvero arrabbiare.

«Intendevo dire che... insomma, proprio questo. Che la pistola non è diventata un orologio da sola, e quindi di sicuro ci hanno mandato il pacco sbagliato. Vedete la scatola delle pallottole? Il coperchio di carta è tutto strappato, e non sono certo stato io a farlo. Ci hanno dato una cosa rovinata e un orologio al posto della pistola.»

Afferrai l'imballaggio del pacco postale e lo stirai per bene sul pavimento.

«Leggete anche voi, no? "Rimborso garantito". Significa che possiamo restituire tutto e loro ci ridaranno i soldi.»

Joju sogghignò e capii che stava per dirne un'altra delle sue: «Se non sbaglio, noi non abbiamo più neanche un centesimo, perché abbiamo speso i tre dollari proprio fino in fondo. E come spediamo un'altra lettera alla Walker, per chiedere il rimborso?».

«In qualche modo faremo...»

Eddie e Tit, intanto, erano rimasti a guardare l'orologio a bocca spalancata proprio come due scemi.

«Ed» borbottai. «Piantala di fare quella faccia e dacci una mano...»

«Ma non avete sentito cosa vi ho detto prima?» disse lui. «Questo è un orologio della American Company!»

Io scrollai le spalle. A me sembrava tutto rovinato, e pure vecchio.

«Scommetto che vale almeno venti dollari» continuò Eddie. «Di sicuro costa più di una pistola! È una vera fortuna che ce l'abbiano spedito! Possiamo rivenderlo e guadagnarci un sacco di soldi!»

Questa poteva essere una prospettiva interessante, e per la prima volta guardai quell'aggeggio inutile con occhi diversi.

«Dici davvero?» mormorai.

«Certo che sì. Ecco, ora provo a caricarlo...»

Il mio amico afferrò la rotellina e la girò. Solo che invece di un bel rumore meccanico si sentì un *CRAC*, come di una cicala moribonda, e la lancetta delle ore scattò sulle sette.

Un altro giro, un altro *CRAC*, e la lancetta scattò sulle nove, dopo aver fatto un giro completo del quadrante. Quella dei minuti non si era neanche mossa, il piccolo quadrante dei secondi neppure.

«Non è possibile...» borbottò Ed, e cominciò a girare la rotella ancora e ancora, ma niente da fare. La lancetta sembrava impazzita, e non c'era verso di farla camminare per il verso giusto. Era chiaro che il meccanismo era impazzito.

Ci avevano spedito un orologio rotto.

«Be'» dissi a Joju, «a quanto pare non ci resta che mettere da parte i soldi e chiedere davvero un rimborso...»

«Forse potremmo vendere le pallottole» suggerì Ed.

Sbuffai: «Bravo, e a chi le vendiamo? Se ci vedono con delle pallottole da rivoltella, ci scoprono subito e siamo fregati».

«Magari potremmo tenere gli occhi aperti e cercare altre monete in giro, in fondo ci servono solo pochi cent» disse Joju. «E poi, Eddie, i tuoi genitori la domenica non ti danno una moneta, se per caso prendi un bel voto alla scuola del reverendo?»

«Non pensateci neanche!» protestò lui. «Quelle monete sono mie, ci compro i biscotti col cioccolato, che poi tanto ve li mangiate sempre anche voi...»

«Non fare l'egoista, adesso...»

Joju mi afferrò per una spalla prima che potessi saltare addosso al mio amico.

Sorrise: «Io sono sicura che in qualche modo faremo. E intanto l'orologio lo terremo noi. A quanto pare, piace moltissimo a Tit».

Mi voltai. Il ragazzino aveva afferrato il cipollotto con due mani, e stava facendo girare la rotella, e a ogni scatto del meccanismo ridacchiava tra sé come non gli avevo visto fare da un mucchio di tempo.

Così sospirai e dissi che va bene, Tit poteva tenere l'orologio per un po', se proprio ci teneva. Ma era meglio che non ci si affezionasse troppo, perché in quattro e quattr'otto avremmo trovato i soldi che ci servivano, e avremmo chiesto il "rimborso garantito" come diceva la pubblicità, e quell'orologio sarebbe tornato da dove era venuto.

Quanto avevo ragione. Ma allora non lo sapevo ancora.

E comunque nessuno poteva prevedere l'incredibile sfortuna che stava per caderci addosso come un temporale estivo.

Quando tornai a casa, quel pomeriggio, trovai mio fratello Chuck con la cinghia in mano, e Te Deux che scuoteva la testa, e mia mamma con la faccia rossa come se avesse pianto.

Io non capivo cos'era successo, ma alla fine mio fratello Te Deux mi tirò uno schiaffone a piena mano (era raro che Te Deux mi picchiasse, a volte qualche sberla ma poche) e disse: «Il signor Quenau ci ha raccontato tutto. Cos'è questa storia del pacco, e dei due dollari che ti sei fatto prestare?».

Ecco cos'era accaduto: quel buono a nulla del postino si era fatto prendere da una specie di rimorso di coscienza. Sapeva che a casa nostra tanti soldi non c'erano e che due dollari erano una bella cifra, e poi tutta quella storia di Ed che mi faceva un prestito come niente, eccetera, gli puzzava un po'. E insomma era andato da mia mamma per controllare se era tutto a posto, e mia mamma sapeva di non aver ordinato niente dal Catalogo di Mister Walker, e soprattutto non aveva soldi per pagare.

«È meglio che ci racconti tutto, Te Trois» disse Chuck con un sorrisetto cattivo. «Altrimenti ti prometto che non ti siedi per una settimana.»

Erano arrabbiatissimi con me per un sacco di motivi farlocchi. Intanto perché Quenau aveva detto che io e Eddie stavamo con quella poco di buono di Julie, che tutti sapevano che era una cattiva compagnia. Poi, perché a quanto pare avevamo ordinato chissà che dal Catalogo senza chiedere il permesso. E ancora, perché nessuno sapeva dove avevamo trovato i soldi e di certo c'era dietro una cattiva azione.

Ora potete pensare quello che vi pare, ma Te Trois non è un vigliacco. Rimasi in un silenzio eroico pieno di dignità davanti a tutte le domande, e quando Chuck mise in moto la cinghia piansi ma solo un poco.

Alla fine mia mamma, esasperata, mi acchiappò per un braccio e mi trascinò fino in paese. La casa del dottor Brown stava proprio sulla via principale accanto alla drogheria del signor Travert, ed era una delle migliori della zona, su due piani e con la facciata verniciata di fresco. Dentro era tutta una festa di specchi e lampadari e librerie, e c'era pure una serva che aiutava la signora Brown a far da mangiare.

Mia mamma stava un po' in imbarazzo davanti a tutte quelle cose di lusso, ma chiese lo stesso di parlare con il dottor Brown, e il dottore vide che c'ero anch'io e mandò a chiamare Eddie, e il mio amico subito si mise a piangere ma questa volta io non avevo proprio niente da rimproverargli, perché me ne ero già buscata una bella razione e ora lui sapeva che gli toccava lo stesso tra poco.

Fatto sta che il dottor Brown, mia mamma, mio fratello Chuck e noi due ci rinchiudemmo nello studio del dottore e partì un interrogatorio che neanche la polizia, e tra una domanda e l'altra arrivavano le prediche: che ci avevano già detto di non frequentare Julie, e che farci vedere con lei metteva in gioco il buon nome delle famiglie, e che i soldi sono frutto del lavoro e se li avevamo rubati avevamo tradito i dieci comandamenti della Bibbia, eccetera eccetera.

Dopo due ore di tutta quella storia io e Eddie non ce la facevamo più, così alla fine mi arrabbiai e dissi di lasciarci stare, che tanto quei soldi non li avevamo proprio rubati, li avevamo solo trovati.

«Oh bella» disse il dottor Brown. «E trovati dove, di grazia?»

«Nel bayou» risposi. «Stavamo andando a pesca e abbiamo tirato su una latta, e dentro c'erano nascosti tre dollari.»

Eddie mi guardò storto perché aveva paura che io dicessi della canoa e del Rifugio, che di certo allora i grandi sarebbero andati lì e noi potevamo scordarci di tornarci mai più, ma io non ero certo un fesso.

Solo che non avevo calcolato che quella cosa dei tre dollari avrebbe fatto arrabbiare la mamma e il dottore ancora di più, perché voleva dire che noi avevamo dei soldi e invece di portarli in famiglia li avevamo spesi per le nostre sciocchezze.

«E sai tre dollari come ci sarebbero utili di questi tempi» diceva la mamma.

«E mi aspettavo di più da voi giovanotti» diceva il dottor Brown.

A quel punto cominciarono a chiederci che cosa avevamo ordinato da questo Catalogo per sperperare i nostri tre dollari, e lì io e Eddie ci guardammo di nuovo e capii che eravamo ancora di più nei guai.

Perché se dicevo della pistola peggio che mai e chissà quante botte ancora. E se dicevo dell'orologio, avrebbero voluto tenerselo loro e addio rimborso.

Così mi alzai in piedi e mormorai: «Avevamo ordinato un libro con le figure, ma ci è scivolato dalle mani sul ponte di Bayou Breton ed è finito tutto in acqua».

Era una scusa che non era un granché, mi rendo conto, ma era pur sempre una scusa, e Eddie subito ci aggiunse qualche particolare, e io anche, e andammo avanti così per un bel po'.

Alla fine ci sorbimmo un'altra serie infinita di prediche, che nessuno era mai stato deluso da noi come quella volta lì e che potevamo scordarci di rivederci mai più e che per punizione eravamo chiusi in casa almeno per dieci anni.

Poi la mamma e Chuck mi portarono via, dopo mille scuse al dottor Brown e mille salamelecchi, con Eddie che piangeva già come una fontana, e alla fine tornammo a casa e mio fratello mi diede un'altra ripassata con la cinghia nel dubbio che mi fossi già dimenticato di quella prima, cosa che non era proprio vero.

Poi, già che c'erano, mi mandarono a letto senza cena.

È già brutto stare in casa d'inverno, quando l'umido entra nei muri e da lì si ficca dritto nelle ossa, e la palude diventa un posto di nebbioline grigie e ombre che si muovono non si sa bene dove.

Ma è molto, molto peggio essere prigionieri quando l'estate è alle porte. Camera nostra era orientata a est e ci batteva sopra il sole già fin dal mattino, e tempo le nove era più caldo di una stufa.

I miei fratelli avevano l'ordine di non parlarmi per nessun motivo, e appena svegli se ne sgusciarono via in silenzio, e Te Cinq mi guardava preoccupato, e Te Deux scuoteva la testa.

A me toccò togliere le zanzariere da tutti i letti e appenderle fuori dalla finestra e poi anche rimettere in ordine le lenzuola e le federe, e controllare che Te Cinq non aveva fatto la pipì a letto.

Solo allora la mamma mi portò la colazione, cioè un bicchiere di latte e una mela, e disse: «Spero che tu metti un po' di giudizio, Te Trois» e se ne andò.

Io allora aprii la finestra e mi affacciai e guardai i campi e gli alberi e il profilo scuro del bayou là in fondo, con il calore che saliva dal basso e faceva tremolare l'aria. E pensai che sarebbe stato bello essere libero e andare a caccia di conigli, o a pesca, e poi tornare al Rifugio per passare le ore più calde del giorno e magari fumare la pipa con Eddie e Julie parlando del più e del meno come facevamo sempre noi.

Certe volte mi veniva da pensare che trovare quelle monete nella lattina era stata una sfortunaccia infame, che da quando ci avevo messo sopra le mani me n'era capitata una dietro l'altra. Era proprio vero quello che diceva il reverendo Thompson, che i soldi non fanno la felicità e tutto il resto.

A pranzo, mia mamma mi mandò ad aiutare Te Deux e Chuck con i lavori della fattoria, e quelli non mi toglievano gli occhi di dosso un istante e mi davano ordini come a un soldatino, e alla sera arrivai a casa stanco morto ma mi fecero mangiare da solo e poi dovetti tornare di sopra, rimettere le zanzariere sui letti, sdraiarmi a dormire e stop.

Questa vita terribile andò avanti per qualche giorno. Finché, una sera al tramonto, venne a trovarmi Joju.

CIGAR CASES.

No. 18R57...
Ci
in
to
If

N
Fi
Ci
pla
stro
fran
pol
very
case,
offer at a special price.
If by mail, postage extr

Our 76 Cent Cigar

If by mail, postage

Our Finest Leather Cig Case for $1.64.

No. 18R5730 Genuine Ca skin Leather Cigar Case, v highly polished, with rivet steel frame and lock. A ve high grade, and our best cigar case, usually retailed in the regular cigar stores at from $2.50 to $3.00. Price, each **$1.64**
If by mail, postage extra, 6 cents.

Genuine Seal Grain Cowhide Leather Cigar Case.

No. 18R5731 Leather lined, stitched and well made throughout, with handsome sterling silver name plate mounting. The most convenient and durable cigar case made. Price, each.... **$1.00**
If by mail, postage extra, 5 cents.

Smokers' Stand, 98 Cents.

No. 18R5733 Smokers' Stand, hardwood base, ebony finish, resting on three ball feet, clover shape, holds brass polished cups for cigars, matches and removable tray for ashes, cigar cutter. A suitable present for a gentleman. Size, 7¼x8½x3½ inches.
Price, each............ **98c**
Shipping weight, 2 pounds.

Nickeled Match Safe.

No. 18R5735 Nickeled Match Safe, smooth surface with stamped design, opens with a good spring.
Price, each........................ **4c**
If by mail, postage extra, 2 cents.

Plain Nickel Finished Match Safe

No. 18R5737 A Plain Nickel Finished Metal Match Safe, splendid value at the price. Price, each........................ **9c**
If by mail, postage extra, 2 cents.

SCATOLA PER SIGARI IN METALLO E CUOIO

$1.65

Cod. 711439 - Splendida scatola per sigari in vero cuoio con finiture in metallo satinato. Prodotto di altissima qualita, venduto nei negozi d'America a più di $ 3.

Prezzo: $ 1.65

Our $4.19 Meerschaum Pipe.

...o. 18R5615 A Genuine Meer...um, well shaped bowl, with ...ed genuine amber shove bit ...bpiece. The part of the bowl ...e amber mouthpiece sets in is ...ted with fine gold band. In... ...n chamois covered plush lined ... case.
...e, each........................ **$4.19**
...mail, postage extra, 4 cents.

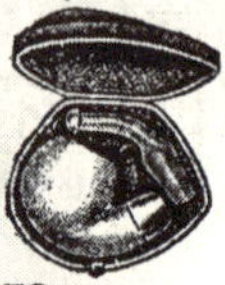

SMOKERS' SUNDRIES.

...8R5617 **Carved Brier Cigar Holder,** ...rn mouthpiece. Price, each.......... **13c**
...8R5619 **Brier Cigar Holder,** horn ...ece. Price, each........................ **9c**
Shipping weight, 3 ounces.

...wisted Rubber Cigar Holder.

No.18R5621 Twisted Rubber Cigar Holder, something new, to give a nice cool smoke.
Price, each.................... **7c**
Shipping weight, 3 ounces.

Sple
per
30 s
In l
rives
Dot
l'um
In o
con
Si t

...olid Amber Cigar Holder.

...5623 **Finest** ...chamois covered ...ed case, a very ... Come in four ...s:
...h, each.. **$0.97**
... each.. **1.11**
... each.. **1.34**
... each.. **1.58**
...stage extra, ...nts.

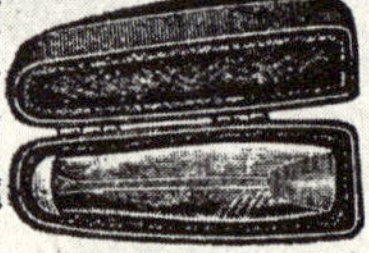

...eerschaum Cigar Holders.

No. 18R5625 Genuine Meerschaum Cigar Holder, with amber mouthpiece. Comes in leather case.
Price, each........................ **38c**
If by mail, postage extra, 3 cents.

No. 18R5627 Genuine Meerschaum Cigar Holder, fancy carved, with real amber bit, each in leather case. **Order by number.**
Price, each............ **57c**
If by mail, postage extra, 3 cents.

No. 18R5629 Genuine Meerschaum Cigar Holder, similar to above, but finer, with fine amber mouthpiece. The meerschaum has carved designs such as horse, dog, deer, etc., inlaid in fine leather case, satin and plush lined. Length, 3¼ inches.
Price, each.. **89c**
If by mail, postage extra, 3 cents.

No. 18R5631 Genuine Meerschaum Cigar Holder, elegantly carved designs similar to above, but much finer goods, real amber mouthpiece. Total length of holder, 3¾ inches. In finest plush lined case.
Our special price, each........................ **$1.62**
If by mail, postage extra, 3 cents.

French Brier Cigar Holder.

No. 18R5633 French Brier Cigar Holder, with 1¼-inch genuine amber mouthpiece, ornamented with handsome design, gold trimmings. Total length of holder, 2½ inches. This is an extremely rich and handsome holder. Price, each........................ **$2.65**
If by mail, postage extra, 3 cents.

Rubber Mouthpieces.

No. 18R5635 2-inch straight rubber mouthpiece. Price, each........................ **2c**
No. 18R5637 2½-inch curved rubber mouthpiece. Price, each........................ **4c**
No. 18R5639 2-inch square rubber mouthpiece. Price, each........................ **4c**
No. 18R5641 2½-inch rubber mouthpiece, with nickel ferrule. Price, each........................ **9c**
If by mail, postage extra, 2 cents.

6

SCATOLA PER SIGARI IN METALLO E CUOIO

Stavo pulendo il pollaio che è, tipo, il lavoro più orribile che può toccare in una fattoria. E se qualcuno vi dice che non è vero, che magari è peggio occuparsi dei maiali o che so io, allora significa che non si è mai ritrovato immerso nella merda di pollo: perché non c'è proprio niente di più disgustoso.

E insomma stavo lì con in mano la ramazza e il secchio dell'acqua, e tutto intorno a me le galline starnazzavano e mi guardavano offese neanche fossero principesse, quando all'improvviso mi voltai e mi accorsi che c'erano dei capelli rossi che spuntavano dalla porta del pollaio, e poi ecco il sorriso con la fessura in mezzo di Joju.

Ero contento che non si sa di rivederla, anche perché da giorni e giorni non sapevo che fine aveva fatto, ma invece di sorridere sbiancai in faccia.

«Che ci fai qui?» le chiesi. «Se ci beccano, mi farai passare un guaio.»

«Oh» sbuffò Joju, arrampicandosi nel pollaio. «Parli proprio come Eddie.»

Anche Eddie non lo vedevo da giorni, e l'ultima volta piangeva che sembrava gli avessero ucciso un parente.

«Sei stata anche da lui? Come sta?»

«Più o meno come te» rispose Joju, guardandosi intorno tra le piume. «Per arrivare in camera sua mi sono dovuta arrampicare sopra il portico, e quando mi ha visto si è così spaventato che si è messo a gridare e rischiava di farmi scoprire.»

Povero, caro Eddie. Non credevo che quel suo viso occhialuto poteva mancarmi così tanto.

«Quindi ti ha già raccontato tutto?» domandai. «Sai della punizione eccetera?»

Sì, Joju sapeva. E anche se lei non aveva i nostri problemi (perché sua mamma aveva altro da fare che pensare alle punizioni per lei e per Tit), aveva preferito starsene tranquilla per un po'.

«Ma sono dovuta venire lo stesso» mi confidò. «Perché è un po' un'emergenza. È arrivato un tizio in paese. Poche ore fa, dalla strada per New Orleans.»

Mi accorsi che a Joju tremava un poco la voce.

«Un tizio, eh? Che tipo di tizio?»

«Uno straniero elegante, con gli stivali con gli speroni e una redingote che sembra appena uscita dalla vetrina di un negozio. È arrivato sul più bel cavallo che abbia mai visto, tutto nero, e con sé ha una valigetta di cuoio con sopra una scritta.»

Joju sembrava così agitata che le si incastravano le parole, e io cominciavo a spazientirmi. Dopotutto Chuck poteva affacciarsi nel pollaio da un momento all'altro e non avevo nessuna voglia di buscarmi una cinghiata.

«Allora?» domandai. «Che scritta sarebbe?»

«Walker&Dawn» rispose Julie. «Capisci? Quel tipo lavora per il Catalogo. E che ci è venuto a fare qui?»

«Non saprei...

«Te lo dico io. È qui per noi.»

Scossi la testa perché mi sembrava un'assurdità bella e buona.

«E invece no» disse Joju. «Appena è arrivato, questo tizio è andato dritto di filato dal signor Quenau, e si è rinchiuso nel suo ufficetto. Dopo un po' li ho visti che uscivano e il signor Quenau indicava la strada per la tua fattoria, poi diceva: "Ormai è tardi, ma l'accompagnerò domattina". Allora il tizio ha provato a insistere, ha detto che aveva fretta e che c'era ancora luce e sarebbe andato da solo, ma Quenau l'ha avvertito di stare attento perché non era il primo straniero a perdersi nel bayou. Poi Quenau ha accompagnato lo straniero dal signor Bouffer per prendergli una stanza per la notte.»

«E poi?» domandai io.

Joju scosse la testa: «Niente. Sono rimasta a guardare e mezz'ora dopo ho visto lo straniero che usciva dall'albergo, saltava sul suo cavallo e partiva diretto da questa parte... Allora sono andata da Eddie e l'ho convinto a uscire di casa e a prendere il pony, e ci siamo montati sopra tutti e due e ora siamo qui. Avevamo paura di fare tardi, ma abbiamo preso la scorciatoia attraverso il bosco e a quanto pare siamo arrivati prima noi».

«Eddie? Quindi c'è qui anche Ed?»

«Sì, nascosto tra i cespugli. È rimasto a fare la guardia, ma in realtà secondo me ha paura... Ha detto che non appena vede arrivare l'uomo a cavallo, ci avvisa con il fischio del cuculo.»

Io sbuffai, perché quella mi sembrava davvero una storia pazzesca, e se non fosse stata Joju a raccontarmela non ci avrei creduto.

Ma lei sembrava preoccupata sul serio, e proprio in quel momento l'aria fu spezzata da un lamento sinistro che sembrava a metà tra un colpo di tosse e l'urlo di un animale ferito.

Eddie non era mai stato bravo a fare il cuculo.

Presi per mano Joju e insieme corremmo fuori dal pollaio.

Il cavallo aveva appena superato la curva e veniva verso la fattoria a passo lento.

In sella c'era l'uomo di cui mi aveva parlato Julie: aveva la redingote che gli spenzolava lungo i fianchi, e un alto cappello con la fascia lucida e gli stivali. Si guardava intorno con l'aria di chi non conosce bene la strada e ha paura di essersi perso, senza sapere che ancora due minuti e sarebbe finito dritto dritto nella corte principale della fattoria.

Se succedeva, per me era la fine sicuro. Mia mamma o Chuck sarebbero andati a parlargli, e se quello lavorava per la Walker&Dawn allora, qualunque cosa volesse, erano guai seri.

«Vai a chiamare Ed» sussurrai a Joju, «poi raggiungetemi e tenetemi il gioco.»

Lei sparì nei cespugli veloce come uno scoiattolo, e io mi guardai intorno in fretta: Chuck era entrato in casa a fare chissà che, e Te Deux era sull'altro lato della corte. Via libera.

Facendo un po' finta di niente, mi avviai lungo il sentiero incontro allo straniero a cavallo.

Appena mi vide, quello fece il sorriso più splendente che si possa immaginare, proprio un sorriso da bravo giovane, e si toccò il cappello come se io fossi stato un adulto come lui.

«Ehilà» mi salutò. «Sto cercando la fattoria dei signori Chevalier. Sai per caso se è da queste parti? Non conosco la zona e non vorrei aver sbagliato strada al bivio.»

Aveva una voce forte da predicatore, e un'aria simpatica e sperduta.

Si capiva che non era delle nostre parti perché mi aveva parlato in inglese, invece che nel francese del bayou, così gli risposi nella stessa lingua: «La fattoria è proprio qui, mister, dietro gli alberi. E io sono Peter Chevalier, anche se tutti mi chiamano Te Trois».

«Te Trois, eh?» rispose lo straniero. «Nome francese, ma già, qua lo parlate tutti... E dimmi un po' giovanotto, tua madre è in casa? Devo discutere di affari.»

Era qua che volevo arrivare, così misi su la mia meglio aria da innocentino e dissi: «Che tipo di affari? Così, per curiosità...».

Lo straniero era un tipo sveglio. Infatti alle mie parole saltò giù dalla sella con un gesto da acrobata, si sistemò il cappello, e disse: «Io sono un agente della Walker&Dawn di Chicago. Forse ne hai sentito parlare, è la società del...».

«... Del Rinomato Catalogo Convenienza di Mister Walker & Miss Dawn» risposi subito. Poi ci pensai un secondo, e aggiunsi: «Io e i miei amici ci abbiamo giusto comprato qualcosa, qualche settimana fa...».

Mi voltai, Eddie e Joju avevano lasciato il loro nascondiglio tra i cespugli e venivano avanti incuriositi, tenendo per la cavezza il pony di Ed.

Lo straniero li vide e scoppiò in una risata: «Sì, eh? Avete comprato qualcosa dal Catalogo? A quanto pare allora non sto cercando la signora Chevalier, ma proprio voi. Venite, togliamoci dalla strada, non vogliamo che qualcuno ci veda... Giusto?».

Era proprio un giovane furbo, e ci strizzò l'occhio in un modo così buffo che Ed scoppiò in una risatina.

Ci sistemammo all'ombra dei primi alberi, un po' discosti dalla strada, e lo straniero tolse dalla tasca della redingote una bella scatola da sigari e ne tirò fuori un *cigarillo* sottile che profumava di gran lusso.

Il giovanotto si mise il cigarillo in bocca, poi intuì qualcosa dal mio sguardo e disse: «Ne vuoi uno? Diamine, ora che ci penso sei abbastanza grande per fumare... E un sigaro ci vuole, quando si parla di affari».

Lo straniero mi fece accendere con un bell'accendino di metallo, e io aspirai il sigaro più buono che avevo mai fumato in vita mia, così forte che faceva lacrimare gli occhi.

«Allora» disse quello, allungando la mano verso Ed. «Come stavo dicendo poco fa io mi chiamo Jack e sono un agente della Walker&Dawn.»

Ed gli strinse la mano, poi mi sferrò una gomitata perché anche lui voleva fumare. Alla seconda gomitata mi toccò passargli il cigarillo.

Intanto Jack aveva preso la mano di Julie e gliel'aveva baciata come si fa tra i ricchi, ma la mia amica era proprio una selvaggia perché invece di essere contenta sembrava quasi un po' schifata. Per fortuna Jack era una brava persona e finse di non accorgersene.

«Vedete» disse, «ho fatto un bel po' di strada per venire fin qui, ma la Walker è una società molto speciale e per noi la soddisfazione del cliente è al primo posto. Come dice lo slogan, "I prezzi più bassi! Spendi bene i tuoi soldi! Rimborso garantito!".»

Fece un lungo tiro del suo sigaro, un largo sorriso, e continuò: «A quanto pare il nostro ufficio spedizioni ha combinato un pasticcio e a me tocca rimediare. Sto viaggiando per la Louisiana da giorni, passando a trovare tutte le famiglie sul nostro indirizzario che hanno effettuato ordini recenti. Una vera seccatura».

In realtà il sorrisetto sulla sua faccia diceva che non gli dispiaceva neanche un po' di girare per la Louisiana tutto solo con il suo cavallo e i suoi sigari, e questo me lo rese ancora più simpatico.

«Fatemi indovinare» dissi io. «Qualcuno doveva ricevere un oggetto, e invece per errore ne ha ricevuto un altro, non è vero?»

Jack smise di sorridere. Invece si sporse in avanti e disse: «Perché? Non sarà capitato proprio a voi, per caso?».

Mi voltai verso i miei amici con un sorriso. Ed gongolava (e io approfittai dell'occasione per riprendermi il sigaro), mentre Joju aveva un'espressione strana che non riuscii a decifrare.

«Forse» borbottai, facendo un po' il misterioso.

Jack scoppiò in una grossa risata: «Ma guarda, questa sì che è una fortuna. Non solo vengo nel posto giusto, ma parlo anche con le persone giuste! D'altronde mi sembrava strano che una signora ordinasse una rivoltella della polizia... Su su, non fate quella faccia, ho visto l'indirizzario e so tutto di tutti gli ordini che ha ricevuto il Catalogo in questa zona. Voi avevate chiesto una rivoltella e le munizioni, esatto?».

«Esatto» confermai io. «Ma invece nel pacco c'era un'altra cosa.»

«E che cosa?» mi domandò.

Stavo per rispondere ma Joju mi afferrò una spalla, e questo mi trattenne.

Jack esibì il suo sorriso più smagliante: «Sentite, ora vi spiego come funziona. Ho bisogno di sapere da voi qual era l'oggetto che avete ricevuto in cambio... Per controllare che stiate dicendo la verità, capite. Io mi fido di voi, d'altronde come potevate sapere perché mi trovo qui? Però è il mio lavoro, devo controllare lo stesso».

Mi strizzò l'occhio di nuovo.

«E se come credo siete voi le persone che sto cercando, allora vi chiederò di restituirmi l'oggetto e in cambio vi darò una bella ricompensa. Un regalo per scusarci dell'errore, del disturbo e tutto il resto.»

Il suo sorriso era così ampio che avevo paura si potesse crepare e gli cadessero fuori i denti.

«Tenetevi forte» disse lo straniero.«Perché sto parlando di cinquanta dollari! Tutti per voi!»

Faucet Can.

No. 23R6907 The Faucet Can. The most desirable faucet can made. Corrugated galvanized iron; brass faucet, nickel plated.
3 gallons. Weight, 2¼ lbs. Each..49c
5 gallons. Weight, 3¾ lbs. Each..54c

The Swinging Can.

No. 23R6910 Galvanized iron, corrugated, with spring valve spout. It is absolutely the most convenient can made, all the objectionable features in pump and faucet cans are overcome. The frame work is cut from heavy steel and is separable from the can when taken to the store. Warranted to be satisfactory. To fill the lamp, swing the can in position and push the button. Only one size, 5 gallons. Weight, 4¾ pounds. Price, each............................78c

Pump Can.

No. 23R6912 Galvanized iron, corrugated, with tin top. Supplied with steady steam pumps which are removable from the can, will give satisfaction in every way. Only one size made, 5 gals. Weight, 4 pounds. Price ...

LANTERNA TUBOLARE IN NICKEL E OTTONE

Cod. 31N559 – Di ridotte dimensioni, è ideale per l'uso fuori casa e per essere appesa alla sella di un cavallo. Antivento. Nessun bruciatore incluso, stoppino da 3/8 di pollice, no. 1 globo.

Peso: 1 libbra
Prezzo: 95 cent

as it
No
Pri
No.
Pri
No.
Pric

No. ... H. Seaml... Steel Oilers are cheap, durable and elegant. They are heavily electro copper plated on the inside to prevent rust and to prevent the oil from becoming gritty. On the outside they perfectly resemble solid burnished copper. The 9-inch nozzles are bent, all others are straight. Have clock steel spring bottoms.

Diameter of bottom....	2¾	3⅜	3⅝	3⅞	3¾	4⅛	4⅛
Length of nozzle, inches	2½	3	5	9	3	3	9
Weight, each, ounces...	2	3	4	5	6	7	8
Price, each.............	13c	16c	17c	19c	22c	27c	30c

Zinc Oilers.

No. 23R6955 Zinc Oilers, spring bottom.

Size..............	0	1	2	4	5
Weight, ounces...	1	2	2½	3	4
Price, each........	5c	6c	8c	10c	13c

No. 0 is small, 2 inches across bottom and holds about ⅛ pint. No. 5 is 4¾ inches across bottom and holds about 1 pint. The others are graduated between. The weights vary from 4 to 7 ounces.

Automatic Oilers.

No. 23R6958 Automatic Zinc Oilers. This oiler cannot be tipped over like the ordinary zinc oiler. When accidentally overthrown it will immediately resume an upright position because of the rounding shape of sides and very heavy bottom; consequently no oil can be accidentally spilled from this oiler.

No..................	1	2	3
Holds, ounces.......	3	4	6
Weight, ounces......	5	6	7
Price, each..........	22c	25c	28c

TUBULAR LANTERNS.

We illustrate all the latest designs and our Lanterns have the latest improvements. We show a larger variety to select from. They are safe and reliable. While our prices are lower than formerly, we still maintain our superior quality.

In selecting a lantern you should aim to secure the safest and best. Remember there are some makes of cheap lanterns that cause much annoyance as well as damage. The difference in price between our lanterns, the very best, and inferior makes is but a few cents.

Dietz Square Lift, or Star Tubular Lantern.

For Kerosene.

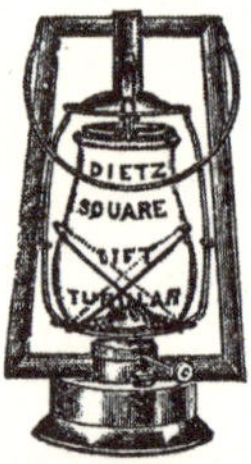

Our 47c Lantern has no equal for the money. Over 8,000 sold last year.

No. 23R7000 This is the old reliable Square Lift Lantern.
We have sold it for years, and it gives universal satisfaction. One of our most popular lanterns. The globe is raised by the thumb piece on top. No. 1 burner, ⅝-inch wick. No. 0 glo... Weight, about 1¾ 47c

Dietz Side Lift or Victor Tubular Lantern.

For Kerosene.

No. 23R7002 This is the most popular lantern on the market today.
The crank at the side raises and lowers the globe and locks the burner in place when down. A late improvement on this lantern consists of a bend on the guard wire over which the crank moves, thus perfectly locking the globe frame and burner down. No. 1 burner, ⅝-inch wick. No. 0 globe. Weight, about 1¾ pounds.
Price, each..... . ...47c

... Crystal Tubular Lantern.

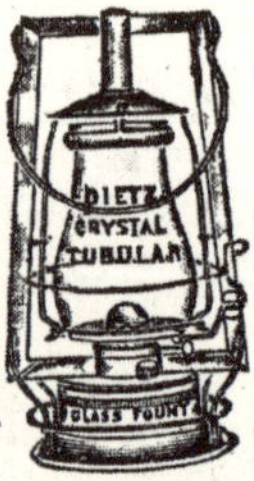

No. 23R7005 This is a strongly guarded tubular lantern with a glass fount instead of tin. This enables the user to see how much oil is in the fount, **and the fount will** never leak. Fitted with our improved side lift. While the fount on this lantern is strongly guarded and is not liable to breakage, still in case of accidentally breaking it can easily be removed and a new one put in. No. 1 burner, ⅝-inch wick, No. 0 globe. Weight, about 2½ pounds. Price, each.........68c

Dietz U. S. Brass and Nickel Plated Tubular Lantern.

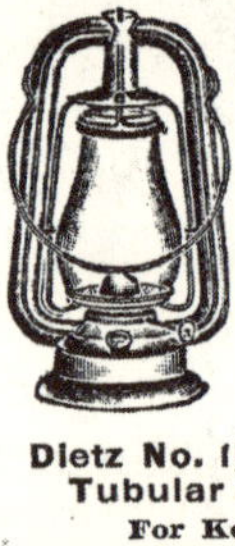

No. 23R7007 This is the smallest tubular lantern we make. Made of brass, very handsome. For use around the house and for ladies' use it cannot be excelled. No. 0 burner, ⅜-inch wick, U. S. globe. Weight, 1¼ pounds.
Price, each... ....63c
No. 23R7008 Same as above, **nickel plated.** Price, each.....95c

Dietz No. 1B Side Lift Tubular Lantern.

For Kerosene.

No. 23R7012 This Lantern has the No. 2 burner, 1-inch wick, and should fill a want where a large amount of light is needed in a hand lantern. **The oil pot** holds 1¼ pints of oil, and the lantern will burn nineteen hours without refilling.

7

LANTERNA TUBOLARE IN NICKEL E OTTONE

Per poco non ci restai secco sul posto. Scossi la testa come un cane che si scrolla il pelo dopo un bagno, e Jack ridacchiò ancora e disse: «Potete crederci, ho detto proprio cinquanta dollari».

Vicino a me Ed si era messo a tremolare e anche Julie aveva gli occhi sbarrati. Cosa ci si poteva fare con una cifra simile? Non riuscivo neanche a immaginarlo.

«Però!» esclamai. «Questo sì che è un regalo.»

«Vero?» disse Jack. «La Walker fa di tutto per i suoi clienti, proprio così. E per vincere i vostri cinquanta dollari dovete solo ridarmi il contenuto del pacco.»

«Ma...» balbettai «ma l'orologio non ce l'abbiamo qui. Dobbiamo... andare a prenderlo.»

«Ah-ah!» rispose Jack. «Dunque avete trovato un orologio. Risposta esatta. E com'è fatto?»

Rispose Eddie: «È una cipolla da tasca dell'American Company, un modello da ferroviere, cassa in argento... E non funziona».

Jack schioccò le dita tutto soddisfatto.

«Corrisponde! Corrisponde in pieno alla mia descrizione. Allora, dove l'avete messo? Quando potete consegnarmelo? Senza offesa, ma ho fretta di chiudere l'affare e tornarmene a New Orleans.»

Io stavo già per chiedergli di accompagnarci da Joju, ma lei mi si avvicinò e sussurrò all'orecchio: «Non voglio che veda casa mia».

Allora mi corressi al volo: «Questa notte, Jack» proposi. «Troviamoci sulla strada a sud del paese e ti portiamo l'orologio. Ma tu non dimenticarti i cinquanta dollari!».

Jack si levò il cappello in un inchino: «Non me ne dimenticherò. È un piacere fare affari con voi, ragazzi. Ci vediamo stanotte».

Non sto nemmeno a raccontare quante feste facemmo non appena Jack sparì di nuovo lungo il sentiero. Io abbracciai Joju, che abbracciò Eddie, che abbracciò me, e per poco dalla contentezza non abbracciavamo pure il pony.

«Ci pensate?» dissi. «Cinquanta dollari! Anche diviso tre, fa sempre...»

«Diviso quattro» mi interruppe Joju. «Non dimenticare Tit.»

«Ma Tit non era qui... poi è troppo piccolo...»

«Tit era con noi quando abbiamo trovato i tre dollari, e non dimenticate che l'orologio ce l'ha lui, e anzi c'è molto affezionato. Da quando l'ha visto, non l'ha abbandonato un momento.»

«Per cinquanta dollari sono sicuro che imparerà a rassegnarsi» dissi io, che ora stavo cominciando a innervosirmi.

«E comunque non è giusto, perché così io e Te Trois avremo solo dodici dollari e cinquanta a testa, e tu e Tit invece siete fratelli e ne avrete il doppio, e...»

Ci guardammo e scoppiammo a ridere. Dodici dollari e cinquanta a testa! Chi aveva mai visto tanti soldi? E adesso ci mettevamo pure a fare i tirchi!

«Tit avrà la sua quota, non importa se è tuo fratello» decretai. «Ma tu, Joju, dovrai convincerlo a darci l'orologio. Intanto io e Ed andremo al Rifugio e vi aspetteremo lì.»

«Al Rifugio?» borbottò il mio amico. «Ma è quasi ora di cena...»

«Rifletti» tagliai corto io. «Ormai i tuoi genitori si saranno accorti che hai preso il pony, giusto? E sapranno che te ne sei andato via anche se eri in punizione. Se ti fai rivedere, minimo ti rinchiudono nello sgabuzzino per una settimana. Quanto a me, non ho proprio voglia di essere rampognato perché non ho ancora finito col pollaio. Non ne posso più di lavorare! Così ora io e te ce ne andiamo al Rifugio e aspettiamo Joju, e stasera torneremo a casa con dodici dollari e cinquanta e allora ci accoglieranno come eroi!»

Già mi figuravo la scena nella testa. Mia mamma sarebbe caduta in ginocchio e mi avrebbe chiesto scusa e avrebbe detto a Chuck di lasciarmi la sua camera da letto per sempre.

Così convinsi Eddie a prestare il pony a Joju, perché lei aveva da fare parecchia strada più di noi. Poi io e il mio amico ci allontanammo fra gli alberi fischiettando.

«Dove sei finito, Te Trois?» gridava intanto mio fratello Chuck da dentro il recinto. «Appena ti piglio ti scortico a frustate!»

Sì sì, pensai. Voglio vedere quando mi presento a casa ricco come un signore.

Arrivammo al Rifugio che era quasi buio, e le zanzare volavano sulla palude agguerrite come uno squadrone di cavalleria. Ma io e Ed cominciavamo ad avere fame, così invece di rintanarci nella capanna decidemmo di pescare qualcosa.

Restammo per un po' sulla riva del bayou, con la schiena appoggiata alla nostra canoa in secca, ma eravamo troppo agitati e continuavamo a parlare e fare rumore, poi le zanzare non ci lasciavano in pace un attimo. Insomma, non pescammo un accidenti.

Prima si fece sera e poi notte, e a un certo punto sentimmo rumore di zoccoli: Julie e Tit e il pony.

Tit aveva gli occhi rigati di pianto e Joju mi spiegò che da quando gli aveva detto che bisognava restituire l'orologio lui piangeva senza sosta.

Mi inginocchiai davanti a Tit e gli promisi che con i soldi di Jack avremmo comprato un altro bellissimo orologio rotto ma lui non stava neanche a sentire, continuava coi lacrimoni e stringeva la cipolla rotta come se da quello dipendesse la sua vita intera.

«Un problema per volta» decisi alla fine. «Intanto andiamo al bivio fuori dal paese, non manca tanto all'appuntamento.»

Ci incamminammo, Ed davanti a tutti che guidava il pony attraverso le sabbie mobili, e intanto io e Joju parlavamo piano con Tit.

Il ragazzino continuava a far girare la rotella di quel dannato affare, un *crik crik crik* costante che mi mandava fuori di testa.

A quell'ora la strada che portava in paese era buia e desolata, e Jack non era ancora arrivato.

«Non mi piace» borbottò Ed. «Questo posto mi fa venire la pelle d'oca...»

«È perché sei un fifone» lo presi in giro. «Cosa vuoi che ci succeda? Non c'è nessuno qui!»

«Però potrebbe esserci. Che ne so, dei banditi... I banditi stanno sempre ad aspettare ai crocicchi.»

Ci pensai su, perché a me non risultava niente del genere, ma Joju mi prese per un braccio e disse: «Forse Ed ha ragione».

«Cioè?»

«Cioè, forse è meglio se io e Tit ci nascondiamo tra quegli alberi e aspettiamo lì. E poi quando Jack arriva e tira fuori i cinquanta dollari, voi fate un segnale e noi gli diamo l'orologio.»

Alla parola "orologio", Tit mugolò preoccupato.

«Bah» dissi io.

L'idea mi sembrava divertente, un po' come uno scambio tra congiurati in uno di quei romanzi d'avventure che ogni tanto ci leggeva Eddie. Però non capivo perché tutte quelle precauzioni.

«Il tuo amico Jack» esclamò Joju. «Non so... Non vi sembrava che sorridesse... un pochino troppo? E tutte quelle cose per fare il simpatico con noi, il sigaro e il baciamano e tutto il resto...»

«Be', è un venditore» osservò Ed. «Fare così è il suo mestiere.»

«Sì, però io sarei comunque più tranquilla a stare nascosta. Meglio non correre rischi, giusto?»

E detto questo, la ragazza prese Tit per mano e sparì nel buio, tra la vegetazione.

Joju mi aveva fatto venire l'agitazione. Forse aveva ragione lei e Jack non aveva intenzione di darci davvero cinquanta dollari.

A me era sembrato simpatico, in gamba. Ma forse era stata una finta per farci cascare nel suo tranello, come quando l'anno scorso era arrivato in paese quel tipo che vendeva una medicina per far crescere i capelli e alla fine nelle bottigliette c'era solo acqua sporca.

«Quando arriva Jack lascia parlare me» mormorai. «Ci aspetta una trattativa difficile.»

Eddie non disse niente e in quel momento vidi una lanterna che ondeggiava là in fondo come una lucciola ubriaca, poi sentii il rumore del cavallo, ed ecco Jack che cavalcava tutto tranquillo lungo il sentiero, con la redingote grigia e il cappello in testa anche se era buio.

Vidi che aveva caricato sulla sella due grosse borse di cuoio, segno che non pensava di dormire in paese ma voleva andarsene via subito.

«Proprio così» mi confermò scendendo da cavallo. «Parto per New Orleans questa notte e mi fermerò a dormire da qualche parte lungo il cammino. C'è una bella luna, ho la lanterna... E ho anche molta fretta.»

Il giovanotto puntò il lume verso di noi e Ed per poco non cadde all'indietro.

«Allora, l'avete portato?»

«Sì» dissi. «L'orologio rotto, come d'accordo.»

«E dove sta?»

Non so se era solo una mia fantasia o altro, ma il tono di voce di Jack non mi piaceva. Non era più tanto divertente.

«Te lo mostro tra un attimo» balbettai. «Intanto ce l'hai i cinquanta dollari?»

«Ce l'ho, ce l'ho. Non vi preoccupate. Questo orologio lo tiri fuori o no?»

Aveva troppa fretta, troppa foga, e se ne rese conto anche lui. Così fece un colpo di tosse, si aggiustò il cappello e disse: «Ehm, devo controllare che sia proprio il modello giusto... Tu hai detto che è un orologio rotto, eh? Ma non dovrebbe essere rotto...».

Mentiva.

Forse finora ero stato un tontolone come il mio amico Ed quando proprio è di luna, però sapevo capire se qualcuno mi raccontava una balla.

«Prima i cinquanta dollari!» esclamai, con la voce più grossa che avevo. «Poi l'orologio.»

Non avrei mai pensato che quel Jack fosse così veloce. In un attimo mi ritrovai acchiappato per il colletto della camicia e sollevato da terra, con la lanterna che mi sbatacchiava contro il torace.

«Basta così, ragazzino» ringhiò. «Dammi immediatamente quell'orologio!»

Eddie gridò, e io anche gridai, con tutto il fiato che avevo: «Julie! SCAPPA!».

«La ragazzina? Dov'è?»

Jack si guardò intorno e io approfittai di quell'attimo di distrazione per dargli un calcio proprio nei suoi preziosi gingilli.

Lui si piegò, schiacciandosi le parti basse con le mani, io mi divincolai e appena misi piede a terra iniziai a correre come un disperato.

Ed gridò qualcosa ma non capii niente, mi tuffai tra gli alberi nella direzione in cui era scomparsa Joju, e Eddie arrancava dietro di me e sentii che alle nostre spalle arrivava anche Jack, grugnendo e zoppicando, ma prendeva sempre più velocità.

Aveva lasciato indietro il cavallo (così come noi avevamo dimenticato il pony) ma correva con certe falcate che diventavano sempre più sicure man mano che il dolore gli passava, e la lanterna disegnava aloni di luce tra le foglie e le sterpaglie.

Non riuscivo a pensare più a niente, sentivo solo l'aria che mi strappava i polmoni, le erbacce di palude che mi frustavano dappertutto.

Raggiunsi Joju, lei faceva del suo meglio ma Tit era spaventato e incespicava ogni due passi con quel suo orologio ancora stretto in pugno.

Io non rallentai nemmeno, mi accucciai e tirai su Tit al volo stringendomelo addosso. Fu, più o meno, come prendere in braccio un sacco di pietre.

Non avrei mai detto che quel ragazzino nero poteva pesare tanto.

Cercai di correre lo stesso ma andavo così piano che mi superò persino Ed, e Tit mi stringeva il collo e mi impediva di respirare.

Mi fermai perché non avevo scelta, feci passare Tit sulla schiena a cavalluccio, poi ripresi a correre.

Jack era vicino, più vicino, lo sentii gridare: «Fermo o sparo!».

Aveva davvero una pistola? Niente di più facile, ma non volevo certo scoprirlo.

Intanto Julie e Ed avevano già superato il Ponte Fragile e stavano correndo tra le sabbie mobili, credo, ma quella dannata lanterna disegnava barbagli dappertutto e non vedevo un accidente.

Ho già detto che una lanterna nel bayou è pericolosa? Mi pare di sì.

Saltai sul Ponte Fragile che in realtà era una specie di passerella sbilenca sistemata sopra il fiume, e quando la marea era alta ci si bagnava i piedi fino alla caviglia e le tavole erano tutte coperte di melma scivolosa come sapone.

Rallentai, sentii Jack gridare: «Ora ti acchiappo brutto moccioso!».

Feci un passo avanti, saltai dall'altra parte piombando nel fango e facendo cadere Tit, che si mise a frignare.

Jack lanciò un urlo di trionfo che sembrava un animale e affrontò il Ponte Fragile a tutto sprint, e io pensai che dovevo per forza rialzarmi e afferrare Tit e poi non so cosa.

Ricominciai a correre e adesso ero davvero alla frutta, la luce mi confondeva e mi stavo precipitando tra le sabbie mobili alla cieca come un cavallo pazzo.

Poi una bestemmia tagliò in due la palude, ed era Jack, e questa volta era un suono disperato, e sentii altri suoni alle mie spalle, come uno sciaguattio e un fruscio, e dell'altro che non so perché avevo troppa paura.

Non ci pensai nemmeno a fermarmi e guardare cosa stava succedendo perché capace che era un'altra finta di Jack per acchiapparmi.

Così abbassai la testa e mi scapicollai tra gli alberi, scartai da una parte per togliermi di torno la maledetta lanterna e mi dileguai nella palude correndo con Tit sulle spalle.

Questa volta al buio.

Questa volta al sicuro.

OVERCOAT

Mackintosh, Greene & Co.'s Dark Frieze Overcoat

No. 45R242 Th... from dark Oxf... especially desira... cloth... splei... as ... The ... qualit... good q... and is... through... order fo... lieve tha... to send u... best valu... get in cl... than can be...

Price for o...

Mackinto... Co.'s Ox... $5...

No. 45R24... is made up ... goods as the a... It is made of d... ounce frieze, jus... ster as will co... price elsewhere... nish sizes only from... inches breast measu... one length, 50 inches.

Price for ulster........

All Wool Blue Beaver Overco... $5.00.

No. 45R246 This o... is made of all wool blu... beaver, heavy weight... goods that will wear and... satisfaction to the one who... it, made up as shown by ... illustration, extra well made, trimmed in a first class manner, s... breasted style only. We are offering the coat at our one s... margin of profit plan price We purchase all piece goods for re... made clothing for much less than it is actually worth; thus we... enabled to give our customers the value we claim.

Price for overcoat ....$5.0...

All Wool Blue Black Beaver Ulster, $6.00.

No. 45R248 This ulster is made from the same materia... as the above overcoat. It is a dark blue black all wool beaver goods that will give you satisfaction. **The price is very low and you may imagine that a good ulster cannot be had for the price we name,** but you can take our word that this coat is an exceptional value and a splendid garment for this money. We guarantee it to be the best coat ever offered for the price, and upon examination, if it is not found satisfactory, your money will be refunded. We take all chances on style, size or quality of goods.

Price for ulster....................................$6.00

WE ADVOCATE ORDERING READY MADE CLOTHING FROM OUR CATALOGUE.

It is just as satisfactory, we take the same special care to fill your order exact. You will be always sure of getting garments that will fit and please you. If you desire samples, however, FOR 5 CENTS IN POSTAGE STAMPS we will mail you our cloth sample book of

Mens' Ready to Wear Clothing.

Why we can save you 50 cents to $1.00 more on every overcoat by asking 5 cents for SAMPLE BOOK No. 56R, is explained on page 1129.

...dy Made Overcoat, $6.00.

...is made from a dark navy blue... well made and trimmed, sewed... a coat as you cannot get from... our price. Made up as shown... en from photographs, and will... the coat will look. Send us... at this coat will fit you, will... returned to us at our expense

.............................$6.00

...lster, $7.00.

...e up of the same mate-... weight cloth, especially... ould like very much to... know that you will be... it to your friends and... ders. Please remem-... that the coat we send... y This coat is made... igure; made in sizes

.............................$7.00

...ENT FROM US

...hat you cannot... you get from... with ours in... ady made suit, ... your future... CED.

m... c... c... w... ou... bo... extra heavy sle... We would like to have your order, as we know we can give you perfect satisfaction, and retain your future patronage in the clothing line. This garment is made up as shown by ulster style 12, fashion figure, and in sizes from 34 to 42 inches breast measure.

Price for ulster style..........$8.00

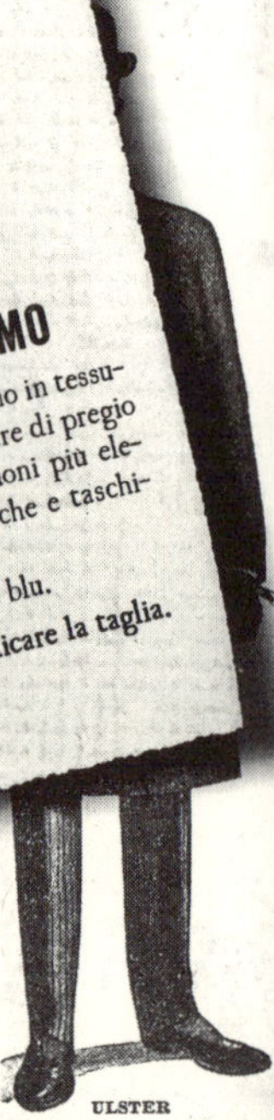

ULSTER

$7,25

REDINGOTE DA UOMO

Cod. 420004 - Redingote da uomo in tessuto di faglia, con fodera. Le finiture di pregio la rendono ideale per le occasioni più eleganti. Bottoni d'osso, due tasche e taschino interno, risvolto in satin.
Disponibile in nero, grigio o blu.

Al momento dell'ordine indicare la taglia.

Prezzo: $7,25

8

REDINGOTE DA UOMO

«Chi è, chi va là?»

«Chi vuoi che sia, scimunito. Fammi entrare.»

La porta del Rifugio si spalancò, due mani mi trascinarono dentro.

«Dov'è Jack?»

Questo era Ed.

«Tit sta bene?»

Questa era Joju.

Dentro la capanna c'era buio pesto e si sentivano battiti di cuori e respiri.

Posai a terra Tit e sentii il ragazzetto che si stringeva alla sorella in un abbraccio.

Se non fosse stata una roba da femmine, giuro che li avrei abbracciati pure io.

«Allora?» sussurrò Ed. «Jack ti ha seguito? Sta venendo qui?»

«Non lo so» mormorai.

«Come non lo sai?»

«Non lo so. C'era questa lanterna che non vedevo un

accidente, va bene? E poi a un certo punto ho sentito un grido e dei rumori, e sono scappato.»

«E a Jack che è successo?» chiese Joju.

«Non ne ho idea.»

«Non ti sei fermato a controllare?»

«Secondo voi mi fermavo a controllare? Non sono mica scemo. Poi avevo Tit sulle spalle, è già tanto che sono arrivato qui.»

«Uhm» disse Eddie. «Hai detto che hai sentito dei rumori. Rumori come?»

«Tipo di fanghiglia, di risucchio, e bestemmie a tutta birra.»

Silenzio.

Ora che ci pensavo, capivo cosa volevano dire quei rumori lì. Sabbie mobili. Jack ci era finito dentro, poco ma sicuro, d'altronde non era delle nostre parti e lì c'erano foglie ed erbe dappertutto, per trovare il terreno duro bisognava seguire l'istinto e l'esperienza.

«Caspita» mormorò Joju. «Quindi adesso che si fa?»

Non lo sapevo, avevo la testa appannata come se qualcuno avesse ficcato nella melma di palude anche me.

Il signor Dubois, che era un cacciatore, una volta aveva visto un orso adulto cadere nelle sabbie mobili e finire risucchiato finché era rimasta solo la punta delle orecchie che spuntava dal fango. Ma il signor Dubois diceva un sacco di castronerie e la maggior parte di quelle sabbie mobili era profonda solo un braccio o giù di lì (lo so perché avevo provato a controllare con un bastone).

Inoltre Jack era una canaglia giovane e furba.

«Secondo me arriverà fra poco» dissi alla fine. «Si libererà e verrà qui, e sarà incavolato come una biscia.»

«E almeno altrettanto sporco» ridacchiò Ed. Poi si morse il labbro, perché non era proprio il momento di fare battute.

Pian piano i miei occhi si erano abituati al buio. Strisciai fino al sacco di canapa dove tenevamo tutte le nostre cose, ci frugai dentro e ne tirai fuori il mio temperino tascabile.

Era un affare di pochi centimetri e aveva la lama scheggiata, ma era pur sempre un coltello e mi fece sentire meglio.

«Forza» sussurrai, «aiutatemi a sprangare la porta.»

Eddie mi strisciò vicino, prese un'asse e la sistemammo di traverso contro l'entrata.

Il nostro Rifugio era una bella casetta, devo dire, ma non è che fosse granché solido. Un uomo come Jack poteva buttar giù le pareti con una spallata. Ma c'era il caso di riuscire a rallentarlo un pochino.

«E ora che si fa?» disse Ed.

«Aspettiamo» dissi io.

«Ho paura» pigolò Ed.

«Meglio fare silenzio» disse Joju.

Così restammo in silenzio, ma a dire il vero questo faceva paura anche a me e il tempo sembrava non passare mai.

Alla fine sussurrai: «Joju, mi sa che avevi ragione. Jack non aveva intenzione di darci cinquanta dollari».

«Già. Però preferivo non avere ragione.»

Eddie si tolse gli occhiali e li ripulì contro la camicia: «Comunque l'orologio deve essere prezioso davvero. Altrimenti perché Jack lo voleva così tanto?».

Non l'avevo mai vista sotto questo aspetto, ma in effetti il mio amico aveva ragione. Se Jack era disposto anche a spararci pur di avere l'orologio, facile che doveva valere qualcosa.

Nel frattempo io mi ero proprio scocciato di starmene lì al buio, con tutta quella paura che mi stringeva la gola. Dovevo muovermi a qualunque costo o uscivo di testa.

«Va bene» decisi. «A quest'ora Jack dovrebbe essere già arrivato... E se non è qui, magari è tornato indietro o si è perso nella palude. Io vado a controllare cos'è successo, perché forse siamo rinchiusi qui per niente quando potremmo filarcela senza problemi.»

«Se tu vai in esplorazione io vengo con te» disse subito Joju.

«Non vorrete lasciarci qui, eh?» protestò Ed. «Veniamo anche io e Tit.»

Sbuffai. «Se c'è da correre, Tit ci rallenterà.»

«Ma io qui da solo non ci resto» concluse Eddie, e si capiva che non avrebbe cambiato idea.

Così uscimmo dalla capanna tutti e quattro, in fila, e il bayou risplendeva di una luce strana come di argento.

Io avevo il mio temperino in mano e camminavo attento a non far rumore. A un certo punto vidi qualcosa che brillava tra gli alberi, ed era la lanterna di Jack di sicuro, così mi inchiodai dove mi trovavo tanto che Ed picchiò la testa contro la mia schiena.

«Sssshhh» dissi, accovacciandomi come un gatto.

Restai a osservare un istante, poi aggiunsi: «Non si muove».

Perché in effetti la lanterna stava immobile, e forse Jack l'aveva lasciata per terra e aveva capito che nel bayou era meglio muoversi al buio. O forse stava da qualche parte, lì intorno, e ci osservava pronto a prenderci di sorpresa.

Mi mangiai il labbro pensando che Tit era lì con noi e aveva ancora l'orologio, forse quella testa dura di Ed faceva meglio a starsene al Rifugio.

«Io vado» mormorai. «Ma voi mi aspettate qui.»

«Te lo scordi» disse Joju. «Veniamo tutti. Però facciamo piano.»

Ci muovemmo in silenzio tra gli alberi, e siccome non era la solita strada io mi fermavo ogni due passi per tastare il pantano ed essere sicuro di non finire invischiato nelle sabbie mobili.

E finalmente potei vedere quello che era successo.

Jack era riverso a faccia in giù nel fango, con le gambe

sprofondate nelle sabbie mobili fino alla cintura. Il braccio sinistro era rigido e contorto. E quello destro non c'era più. Qualcuno gliel'aveva staccato di netto, e l'aveva portato via.

«Oddio!»

«Ma è morto?»

«Certo che è morto» dissi io. «Gli han portato via il braccio, la spalla e forse anche il cuore!»

«Ma siamo proprio sicuri?» domandò Joju.

«Ha perso un mucchio di sangue» disse Ed. «E sarà qui da un'ora almeno. Morto stecchito. Poverino, ce l'aveva quasi fatta a uscire dalle sabbie mobili.»

«Guarda che stava per ucciderci.»

«Sì però...»

Joju era pallida come se si fosse strofinata la faccia con la cenere. «Cosa dite che è stato?»

«Un mostro?» suggerii io.

«Per me è quella femmina di alligatore» sentenziò Eddie. «Siamo proprio vicini al suo nido. Nel tentativo di liberarsi dalla sabbia, Jack deve averle dato fastidio e lei è saltata fuori dalla tana e *ZAC*!»

«Allora state lontani» dissi. «Potrebbe ancora essere nei paraggi.»

Mi morsi il labbro perché tremavo così forte che non riuscivo a controllarmi. Strisciai fuori dal mio nascondiglio e con cautela arrivai da Jack, così vicino che potevo quasi toccarlo.

Prima di morire si era tolto la sua bella redingote grigia e ci stava mezzo sdraiato sopra, perché forse aveva provato a usare il cappotto per togliersi dalla palude (può sembrare un'assurdità se non avete mai visto come sono le sabbie mobili davvero, ma in realtà funziona, perché la stoffa si invischia con il fango e forma una specie di piattaforma un po' solida, che aiuta a togliersi dai guai).

Mi fermai per pensare un attimo cosa fare quando ci fu un trambusto fra i cespugli e mi sembrò di vedere l'occhio lucido di un alligatore, che aveva proprio lo stesso colore del fango.

«Ohè, ragazzi» gridai. «Occhio! La bestiaccia è ancora qui!»

Feci un passo indietro, tanto per stare sicuro, e mi guardai intorno alla ricerca di un sasso o un bastone, ma Eddie mi si parò davanti e alzò le braccia al cielo e iniziò a saltellare sul posto come un forsennato e disse: «Sorella alligatora, grazie per averci salvato da quest'uomo che voleva ucciderci... Anche se era meglio se non lo uccidevi tu... Comunque grazie. Ora lo sciamano della palude ti ordina di andartene da qui! Subito!».

Non so se l'alligatora capiva il linguaggio delle persone. Forse era matta come il mio amico Eddie, o forse si era spaventata con tutta quella confusione e voleva solo tornarsene dalle sue uova.

Fatto sta che i cespugli brontolarono un'ultima volta e poi ci fu un fruscio e poi basta, non si mosse più una foglia.

Io guardai Eddie, e Julie pure, poi tornammo tutti a guardare il morto e Tit affondò la faccia nella gonna della sorella.

Un cadavere. Non sapevo bene che fare.

«E adesso?» mormorai.

Joju sospirò: «Adesso lo perquisiamo. Guardiamo se nelle tasche ha qualcosa che ci spiega un po' cosa sta succedendo. Insomma, capisco che Jack non voleva darci cinquanta dollari... Ma poi è venuto fin qui, e ci ha inseguiti e tutto. Secondo me ha ragione Ed: quell'orologio scassato vale un mucchio di soldi».

Mai visto una ragazza con la testa che funziona come quella di Joju. Solo che dirlo era una cosa, e mettersi a toccare un morto era tutta un'altra.

«Chi va?» domandai, e Ed prese Tit per mano, e io capii che toccava a me come al solito. Così mi avvicinai stando attento a dove iniziavano le sabbie mobili. Alla fine mi sdraiai sull'ultimo tratto di terreno solido, mi allungai tutto e afferrai la redingote. Le dita di Jack la stringevano e sembravano non volerla lasciare, ma poi diedi un bello strattone e il cappotto venne via.

La redingote pesava parecchio, e quando la frugai bene alla luce della lanterna capii subito perché.

Intanto, nella tasca destra c'era una pistola. Una rivoltella vera con la canna lunga un palmo e sei proiettili già nel tamburo. Sembrava ancora più minacciosa di quella che avevamo ordinato dal Catalogo, anche perché era tutta insanguinata, forse Jack aveva cercato di prenderla prima che l'alligatora gli mordesse il braccio.

Fatto sta che mi infilai la pistola nella cintura dei pantaloni, poi guardai nell'altra tasca del cappotto e ci trovai un portafogli di pelle e una busta bella gonfia.

Tenendo in pugno la redingote strisciai indietro fino ai miei amici, perché per me la perquisizione era già finita così, non potevo certo controllargli anche le tasche dei pantaloni a Jack. Primo, perché rischiavo di finire nelle sabbie mobili anch'io. Secondo, perché non avrei fatto una cosa simile per tutto l'oro della California.

«Mi fai vedere la pistola?» domandò subito Eddie.

Io scossi la testa.

«Dopo, forse.»

Ma ovviamente non ne avevo nessuna intenzione.

Our $1.12 Opera Shopping Bag.

No. 18R2703 Opera Shopping Bag. Made of black moire silk, round extension frame with filigree top, fancy gilt tops. Silk cord handles. We recommend this number. Size, 8¾x9 inches.
Price, each............$1.12
If by mail, postage extra, 7 cents.

Quaker Purse.

No. 18R2705 Genuine Pigskin. 2 pockets. Size, 2⅛x2¼ inches. Its peculiar shape and formation admit of handling the coin without danger of losing its contents. Price, each ...39c
If by mail, postage extra, 3 cents.

SPECIAL VALUES IN MEN'S POCKETBOOKS AND CARD CASES.

All the novelties as well as staples in this line. Note our prices carefully. A pocketbook or card case makes an acceptable present.

Men's Coin Purse and Bill Fold.

No. 18R2707 Coin Purse and Bill Fold. A handy book for gents, with a compartment for silver and bills; made of best New Zealand calf. Size, closed, 3x3½ inches.
Price, each.....................46c
If by mail, postage extra, 3 cents.

No. 18R2709 Bill Fold. ... grain

Portafogli da uomo in morbidissima pelle di agnello, e due tasche per banconote. *Dimensioni 3 x 8 pollici*

PORTAFOGLI DA GENTILUOMO

Cod. 420004 - Portafogli pieghevole di ottima qualita in vitello, con finiture in cuoio chiaro. Impunture a contrasto. Presenta due tasche portamonete e due scomparti separati per banconote.

Dimensioni: 3 ¾ x 8 pollici
Prezzo: 55 cent

No. 18R27[illegible] ... Case of Seal Leather in black only. Size, 2¾x4½ inches. Inside finished in smooth calf and seal, one ticket and two regular pockets, one with flap and tuck strap; also place for stamps. Price, each, 47c
If by mail, postage extra, each, 4 cents.

English Calfskin Pocketbook.

No. 18R2721 Highly polished finish and faced with kid; four regular and three small pockets. Bill fold, with flap and tuck strap. Size, 2¾x4¾ inches.
Price, each...........52c
If by mail, postage extra, each, 3 cents.

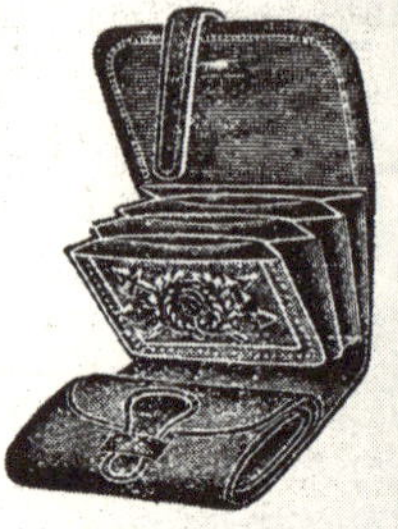

Seal Leather Strap Pocketbook.

No. 18R2723 Four regular pockets, bill fold, with flap and tuck strap, leather faced. Regular $1.00 pocketbook. Size, 2¾x4¾ inches.
Price, each...... ......69c
If by mail, postage extra, each, 3 cents.

Grain Leather Pocketbook.

No. 18R2725 Five large pockets and three small inner pockets. A pliable and serviceable purse. Size, 2¾x4 inches. Price, each........44c
If by mail, postage extra, each, 3 cents.

No. 18R2729 Fine Morocco Grain Leather Billbook. Four large full size pockets, also card and ticket pocket; kid faced and canvas lined.
...½x8 inches. Price, each........ ....36c
...f by mail, postage extra, each, 5 cents.

...18R2731 ... Morocco ...n Leather ...ook. Size, ...¾ in. Three ... and two ...pockets, kid ... and finely ...hed. An ex...ent book for ...ying letters ... papers.
...ach........50c
...by mail, postage extra, each, 5 cents.

No. 18R2733 Gentlemen's Billbook. Made of fine quality, smooth calf, yellow finish leather. Stitched throughout. Has two regular pockets and two bill folds, one side of which is secured by flap and tuck. Size, 3¾x8 inches. One of the most durable and best books made.
Price, each....55c
If by mail, postage extra, each, 6 cents.

9

PORTAFOGLI DA GENTILUOMO

Ritornammo al Rifugio ancora una volta, ed era proprio notte fonda adesso, le due o le tre perlomeno. A dire il vero mi sarebbe piaciuto tornare al bivio fuori dalla palude per riprenderci il pony di Eddie e magari controllare cosa c'era in quelle grandi borse di cuoio appese alla sella di Jack. Ma era chiaro che non c'era neanche da pensarci. Di sicuro mia mamma aveva cominciato a preoccuparsi non vedendomi tornare, e chissà i genitori di Eddie, e magari c'era tutto il paese in subbuglio che stava organizzando spedizioni di ricerca eccetera.

Così tornammo alla capanna e prendemmo una vecchia cassetta di legno. La rovesciammo per farci un tavolino. E sopra ci mettemmo tutto quanto: l'orologio rotto, il portafogli, la busta di carta.

Ed voleva che ci mettessi anche la pistola, ma non se ne parlava.

«Cominciamo dal portafogli» dichiarò Joju.

Mentre tutti la guardavamo attenti, lei prese quel rettangolo di pelle e lo aprì con uno scrocchio.

Ci stringemmo per guardare meglio, spalla contro spalla, e Eddie esclamò: «Woah!».

Nel portafogli c'era un pacchetto di banconote e alcune monete, più due assegni intestati alla Walker&Dawn, più un foglio di carta tutto ripiegato in cui si diceva che il signor Richard Norton Bolton lavorava come agente commerciale per la Walker&Dawn, ed era dunque autorizzato a svolgere affari e concludere accordi per conto della compagnia e vattelapesca.

«Pensate che Richard fosse il vero nome di Jack?» chiese Joju.

«Forse, o forse Jack è un criminale e ha derubato questo Richard» disse Ed.

Io intanto mi ero messo a contare le banconote facendomele frusciare tra le dita, e per la prima volta in vita mia capii cosa intendeva il reverendo Thompson quando ripeteva che far di conto poteva tornarmi utile nella vita.

Nel portafogli c'erano trentaquattro dollari e ottanta centesimi.

Li ricontai tre volte per essere sicuro, e di nuovo la stessa cifra.

Trentaquattro dollari. Ottanta centesimi.

Iniziai a sorridere come un bambino: «Ma ci pensate, ragazzi? In pratica siamo ricchi!».

«Come no» disse Joju. «Appena scopriranno quello che è successo a Jack, e troveranno il suo corpo nella palude, ci porteranno via tutto fino all'ultimo centesimo.»

Immediatamente mi misi a pensare a una soluzione (nascondere i soldi? sotterrarli?) e intanto Joju prese la busta e ne tirò fuori un bell'involto di fogli.

Era un lunghissimo elenco di nomi, oggetti, codici e indirizzi.

Le prime tre o quattro pagine erano macchiate di inchiostro e qualcuno aveva sbarrato ogni riga con un tratto di penna. Sulla quinta pagina, il primo nome a non essere coperto da un segno era quello di mia mamma.

CHEVALIER JOANNA, MRS. diceva il foglio, e poi c'era il nome del paese e l'indirizzo della mia fattoria, e poi COD. 61R510 & COD. 92R510 - REVOLVER E MUNIZIONI - VALORE $ 2,10. E subito dopo la data in cui avevamo inviato l'ordine al Catalogo, precisa precisa, e la data di spedizione che c'era anche sul pacco dell'orologio.

«Caspita» disse Eddie. «Questo Jack, o Richard, o come si chiamava, sapeva davvero tutto di noi.»

«Per forza» dissi io. «È tipo un elenco degli ordini al Catalogo, no? Ce l'aveva spiegato che stava facendo il giro delle famiglie per capire chi aveva ricevuto l'orologio per errore.»

Joju, che aveva continuato a frugare tra i fogli, ne pescò uno diverso dagli altri. Più che un elenco, assomigliava a una lettera.

Lo allungò a Ed, che era quello più bravo a leggere.

«"All'attenzione di tutti gli agenti di commercio Walker&Dawn in calce alla presente".»

«Calce? Presente? Che significa?» domandai.

Eddie e Julie scrollarono le spalle, facile che non lo sapevano manco loro.

Ed continuò: «"Si è verificato un grave errore nelle spedizioni destinate allo Stato della Louisiana, area di New Orleans; Stato del Texas, area di San Antonio; Stato dell'Oklahoma, area di Buffalo; Stato del Kansas, area di Kansas City; Stato del..."».

«Va bene, va bene» lo interruppe Joju. «Basta così con l'elenco. Vai avanti.»

La candela disegnava strane ombre sulle sue guance, la faceva assomigliare a un'indiana.

«"L'errore riguarda un singolo pacco spedito nel corso delle ultime due settimane, fa fede la data di questa lettera. Nel pacco in questione è stato incluso per errore un oggetto di valore inestimabile. Trattasi di: orologio ferroviario da taschino marcato American Company, con cronometro. L'orologio è l'esatta riproduzione del modello in Catalogo cod. 99S171, vedere relativa illustrazione e caratteristiche. La cassa presenta numerose ammaccature e graffi, in particolare una in forma di croce nella parte superiore sinistra. Sul bordo dell'orologio è visibile l'anno di costruzione, 1881. L'orologio non è funzionante".»

Io mi accorsi che stavo tremando.

«Tit» dissi. «Dammi l'orologio.»

Il ragazzino fece di no con la testa.

«Tit» disse Joju, «è importante.»

Il bambino sospirò e mi allungò la cipolla, e io ero così agitato che per poco non mi cadde di mano. La voltai, e in quell'intrico di graffi e segni individuai subito la croce di cui parlava la lettera, era profonda come se fosse stata incisa con la punta di un chiodo. E sul bordo, in piccolo e quasi invisibile, c'era proprio l'anno.

1881.

«Caspita se è vecchio questo coso» fischiai. «Più di vent'anni...»

«Eh-ehm» tossicchiò Eddie, «se mi lasciate finire, io vado avanti... "È di primaria importanza recuperare l'orologio. Occorre quindi visitare tutte le famiglie che hanno ricevuto ordini nelle date e zone indicate, e offrire loro un rimborso per il disturbo in cambio della restituzione dell'oggetto. La trattativa per il rimborso è a discrezione dell'agente, fino a un massimo di quattromila dollari".»

«Merda!» gridai io, rischiando di rovesciare tutto per terra. «Quattromila dollari! Ma ci pensate? Ci pensate? Questo orologio vale più dell'oro! Avete presente? E ce l'abbiamo noi!»

Anche Joju era saltata in piedi. «Jack ha cercato di truffarci alla grande, altro che cinquanta dollari! Ora...»

Eddie fece finta di non sentirci e invece continuò a leggere la sua lettera: «"Una volta recuperato l'oggetto, occorre inviare immediatamente un telegramma alla sede centrale di Chicago, quindi l'agente è pregato di salire sul primo treno e consegnare personalmente l'oggetto negli uffici Walker&Dawn, con la massima celerità e senza badare a spese. È proibito usare servizi postali, di pony express, o interrompere in qualsiasi momento la sorveglianza sull'oggetto, che andrà consegnato rigorosamente a mano"».

Eddie fece un altro bel respiro, e finì: «Continua con un elenco di tutti gli agenti assegnati alle diverse zone, direi che non ci interessa... E poi la lettera termina così: "Al signor Richard Norton Bolton sono affidate le ricerche per lo Stato della Louisiana. Buona fortuna"».

Quell'augurio mi rintoccò dentro come un colpo di campana.

Ci guardammo tutti quanti.

«E adesso?»

Ma per me non c'era neanche bisogno di pensarci.

E adesso si andava tutti a Chicago.

Non feci in tempo a dirlo che Eddie saltò in piedi e urtò la cassetta che ci faceva da tavolino, facendo cadere la candela e versando schizzi di cera dappertutto.

«Ma ti sei rincitrullito?»

«Attento o ti prendo a pugni.»

Lui non sembrò nemmeno sentirmi, era davvero sconvolto: «Abbiamo qui quasi dieci dollari a testa, sono proprio un mucchio di soldi. Ci basta tornare a casa e ci accoglieranno da eroi. Come volevi tu».

Non riuscivo a credere che il mio amico Eddie volesse voltarmi le spalle.

«Ma chi se ne impipa di dieci miseri, pidocchiosi dollari!» sbottai. «Qua si parla di diventare ricchissimi! È l'opportunità che abbiamo sempre sognato, non possiamo tirarci indietro proprio adesso. La nostra grande occasione!»

«Io e Tit ci stiamo» mormorò Julie, piano piano. «Per me possiamo partire subito.»

Tit le prese una mano, e Joju gli fece il sorriso più carino che avessi mai visto, come a dirgli di stare tranquillo e che ci avrebbe pensato lei a tutto.

«Ma Chicago è lontanissima» farfugliò Ed. «E cosa diranno i nostri genitori? Come minimo dovremmo avvertirli...»

«Nessuno di noi può tornare a casa adesso» decretai. «Vi immaginate lo scompiglio? Ci staranno cercando da tutte le parti, se solo ci vedono finiamo in punizione per un anno come minimo. E se qualcuno scopre questa storia dell'orologio, va a Chicago al posto nostro e siamo bell'e che fritti.»

Già mi immaginavo Chuck che saliva su un treno e andava ai magazzini della Walker&Dawn e magari finiva pure sul giornale. Era proprio una cosa da Chuck. E io non avevo proprio nessuna intenzione di permetterglielo.

«Ma si preoccuperanno tutti da morire!» obiettò Ed, piagnucolando.

«No, perché gli manderemo un telegramma appena riusciamo» lo rassicurai io. «E diremo che stiamo bene e siamo partiti per una missione importante. Quando diventeremo ricchi sfondati, sono sicuro che tutti ci faranno un mucchio di feste e di complimenti! Pensateci, questo orologio vale almeno quattromila dollari. Possiamo tornare qui e comprarci una piantagione a testa. E...»

«A me non interessa tornare qui» borbottò Joju.

«Allora girerai il mondo come una gran signora! Sentite me, bisogna partire subito e senza perdere tempo. Raduniamo le nostre cose e via. Questa notte stessa. Tempo due giorni arriviamo a New Orleans, e poi...»

«Poi?» mi sfidò Ed.

Io non sapevo bene dove stava Chicago. A parte che era un posto lontano.

«Compreremo una mappa» esclamai. «Non sarà così difficile. E poi il telegramma di Jack parlava di un treno, e abbiamo i soldi. Intanto possiamo andare fino a New Orleans...»

«A piedi?» strillò Ed.

«Con la canoa» spiegai io. «Arriviamo lì e poi cerchiamo la stazione e scoviamo il primo treno per Chicago o comunque per qualche città lì vicino, ci saliamo sopra, magari ci sarà da fare un cambio o due... Insomma, ci penseremo. Ma io sono sicuro che ce la facciamo.»

«Guarda che da New Orleans a Chicago ci saranno più di mille miglia. Lo so perché a casa mio papà ha l'atlante. In pratica dovremo attraversare tutti gli Stati Uniti, e tu la fai facile...»

«Non sarà facile per niente, Eddie. Sarà la cosa più pazzesca che c'è mai capitata, e quando torneremo a casa nessuno ci manderà più alla scuola domenicale, e nessuno prenderà più in giro Julie e Tit...»

Mi fermai, perché forse questo era meglio non dirlo. Ma Joju sorrise: «Sì, sarà tutto diverso. Per sempre».

Io allungai la mano, e Joju ce la mise sopra, e Tit anche, e infine Eddie ci guardò un'ultima volta e disse che eravamo tutti completamente matti e che, però, lui non poteva certo tornare a casa da solo, altrimenti si sarebbe preso anche la nostra parte di botte e non ne aveva proprio intenzione.

Così alla fine mise la mano pure lui.

Restava solo la cosa più importante da decidere, e cioè chi era il capo della spedizione.

Non volevo dire che ero io, perché pensavo che il fatto era più che chiaro: non poteva essere Eddie, perché era troppo fragile e poi aveva gli occhiali, e nemmeno Joju, perché era una femmina, e Tit non lo nomino nemmeno, figurarsi, che lui era il più piccolo ed era anche nero, per giunta.

Però un vero capo non deve proporsi lui, ma deve essere scelto e acclamato dal popolo.

Così aspettai di essere acclamato, e già stavo pensando a cosa avrei detto prima di accettare, no no non sono all'altezza, siete troppo buoni e cose così, molto modeste, ecco.

Invece Eddie cominciò a dire che il capo doveva farlo lui perché era uno sciamano e sapeva parlare con gli alligatori, e Joju che doveva farlo lei perché era quella più sveglia di tutti, e persino Tit agitava l'orologio e sembrava che volesse proporsi.

Allora sospirai, perché con un popolo così un capo deve portare pazienza, e sferrai un pugno nella pancia di Eddie che lo fece quasi piangere, e ne saltò fuori una zuffa coi fiocchi, e alla fine fu chiaro che il capo ero io e non si discute.

«E come primo ordine» annunciai «io dico di fare i bagagli e partire subito, che ormai è tardissimo e all'alba dobbiamo essere già lontani o rischiamo che ci scoprono.»

Così Eddie e Tit presero tutto quello che ci serviva, compresi il portafogli di Jack e la lettera, e persino la redingote sporca di sangue.

Io intanto uscii fuori e diedi una ripulita alla meglio alla canoa, e ci misi dentro le canne da pesca e tutto il resto.

Nemmeno un'ora dopo salirono tutti quanti a bordo, e io restai sulla riva e spinsi la canoa dentro l'acqua e poi balzai al posto di comando, che è a poppa, e presi il remo e cominciai a pagaiare a tutta forza verso il cuore della palude.

In men che non si dica il Rifugio era sparito dietro di noi, e insieme al Rifugio si allontanarono anche le nostre case, le nostre famiglie, e tutto quello che avevamo mai conosciuto finora.

PARTE 2

IL FIUME E LA STRADA

IL DELTA DEL MISSISSIPPI

Il delta del fiume Mississippi si estende per 30.000 miglia quadrate. Ogni anno il fiume deposita in mare 220 milioni di tonnellate di fango. Nei secoli i depositi hanno dato vita a un intrico di isole, laghi, paludi e canali chiamati con il nome di *bayou*.

10

IL DELTA DEL MISSISSIPPI

Nella notte Te Trois remava e remava, e sembrava non stancarsi mai. Stava in piedi sulla poppa, i capelli troppo lunghi che gli ricadevano sulle spalle nude, il remo messo di traverso come una lancia. Due colpi a destra, lenti e forti, due colpi a sinistra.

La piroga filava, Julie e Tit dormicchiavano, e io ero a prua rannicchiato come un riccio, con gli occhiali storti sul naso, le orecchie tese per sentire anche il più piccolo rumore.

«Chi c'è là fuori, Eddie?» mi domandò Te Trois.

«Un nido di serpenti a riva, ma non credo che siano pericolosi per noi» risposi. «Invece c'è un luccio di almeno sei piedi più avanti e sarà meglio spostarsi sull'altro lato del canale per evitarlo, avrà dei dentoni grossi così.»

Te Trois annuì e fece virare la canoa seguendo le mie istruzioni. Si fidava.

E dire che mi aveva preso in giro tante volte, quando dicevo di sentire le voci degli animali.

«Sono tutte fanfaronate Eddie» mi ripeteva con quella sua aria sicura, la fronte liscia mai sfiorata da un dubbio.

«Invece è vero» ribattevo io. «Guarda, ora su quel ramo si poseranno due pappagalli rossi.»

E quelli *tac*, subito comparivano in un frullare d'ali e facevano proprio quello che avevo detto.

Non sbagliavo mai, perché io sono uno sciamano. Uno sciamano della palude.

Anche il vecchio Joe lo era. Viveva nei boschi proprio dietro casa mia e l'avevo conosciuto per caso, un giorno che ero andato un po' in giro e l'avevo visto su un albero, appollaiato su un ramo come un passero.

In paese dicevano che Joe era un ubriacone e che rubava per pagarsi da bere, ma nessuno lo conosceva sul serio. Il vero nome del vecchio Joe era Malihomma, e lui era un uomo-medicina degli indiani Choctaw, e sapeva parlare con i serpenti e con gli uccelli.

«È una questione di occhi, ma soprattutto di orecchi» diceva. «Devi sforzarti di ascoltare quello che gli uomini sono troppo stupidi per sentire.»

Avevo passato pomeriggi interi seduto sul noce di casa mia, con gli occhi chiusi, a fare come diceva Joe, e pian piano avevo iniziato a capire.

«Che succede, Eddie?» mi domandò ora Te Trois, riscuotendomi dai miei pensieri. «C'è un fruscio che non mi piace.»

«Niente» risposi io. «È solo un canale. Inizia oltre quegli alberi ed è un canale bello grosso direi, i pesci si lasciano portare via dalla corrente. Spostati verso riva o dovrai faticare il doppio.»

Te Trois obbedì.

Tre colpi di remo e la prua della piroga si inclinò verso l'alto, solcando l'onda, e ci spingemmo verso le isole immerse nel buio, lontani dal centro del fiume.

Era il nostro secondo giorno di viaggio.

Io avevo centododici Preoccupazioni. Le avevo contate con cura, e una volta le avevo anche scritte su un quaderno, numerandole una dopo l'altra.

Le prime diciassette erano le mie Preoccupazioni Inconfessabili, cioè riguardavano cose che mi spaventavano tanto da non riuscire nemmeno a scriverle.

Poi cominciavano le Gravi Preoccupazioni, che erano: "Morire", "Ammalarmi e morire", "Prendere freddo e ammalarmi e morire", e così via.

Dopo le Gravi c'erano quelle Medie, poi quelle Normali, e poi quelle Piccole, come: "Non sapere la lezione e ricevere una punizione dal reverendo Thompson" (che era la mia centododicesima Preoccupazione).

Da quando ero partito, alle mie solite Preoccupazioni se n'era aggiunta almeno una ventina di nuove, e mi dispiaceva di non avere il quaderno per prenderne nota. Ad esempio avevo già "rischiato di annegare" e "rischiato di morire di fame e sete".

Il cuore continuava a battere così veloce che pensavo che potesse esplodere, e mi mancavano le mie cose, per esempio la bussola che mi aveva regalato mio padre ed era rimasta nel cassetto della scrivania, a casa, come un tesoro perduto.

Soprattutto, mi mancavano i miei libri.

Una volta, molto tempo prima, avevo detto a Joe l'Indiano che i libri erano una perdita di tempo e lui mi aveva tirato uno schiaffo forte dietro l'orecchio.

«Un uomo-medicina conosce molte magie. Io ti sto insegnando quella dei Choctaw, ma i libri sono la magia dell'uomo bianco.»

Allora avevo capito che in fondo anche mio padre, il dottor Brown, era un uomo-medicina: non importava se vestiva sempre con la camicia e la cravatta, e aveva i baffi arricciati all'insù, e odiava andare in giro per il bayou perché si sporcava le scarpe.

Mia madre invece nel bayou non ci era mai andata, anzi probabilmente da quando ero partito non si era mai alzata dal letto, pallida come un funerale, con la pelle tutta umida di sudore. Mia madre non stava bene, aveva sempre qualche malattia nuova e bastava il minimo spavento per farla rimanere a letto. Figurarsi ora, quello che stava passando. Forse sarebbe morta di crepacuore. E questa, a dire il vero, era la mia Preoccupazione Numero Due.

Per tutto il giorno precedente ci eravamo tenuti alla larga dai canali più frequentati, per paura che qualcuno ci vedesse e ci riportasse indietro.

Quando ci trovavamo in un vicolo cieco, e capitava spesso, trascinavamo la canoa tra il fango e le canne, Te Trois davanti e io in fondo, Julie e Tit carichi dei nostri pochi bagagli. Poi si riprendeva a navigare.

Indicavo la rotta leggendo la lingua delle stelle e delle piante, oppure seguendo al contrario la via delle tartarughe, che in quella stagione nuotavano sempre verso il mare. Noi invece viaggiavamo verso nord, senza fermarci mai.

Ogni tanto guardavo Te Trois di nascosto. Era bello, una creatura dell'acqua e dei boschi. Lui se lo domandava mai quello che stava capitando a casa? Sapevo che chiedendoglielo mi avrebbe risposto qualcosa su suo fratello Chuck e su qualche telegramma improbabile che avremmo spedito da New Orleans.

Anche Julie e Tit non pensavano a casa, ma per loro era ancora diverso, per loro casa era quel posto da cui si vuole scappare il più velocemente possibile.

Restavo solo io allora, Eddie Occhiostorto, lo sciamano con gli occhiali, il ragazzo della palude e dei libri.

Intanto la nostra canoa era stata trascinata nel fiume più grosso, almeno venti passi da una sponda all'altra, e la corrente era così forte che ci trascinava indietro.

Chiesi a Te Trois di accostarsi ancora alla riva, dove

l'acqua era più calma, e iniziammo a risalire la corrente facendoci largo tra le canne basse e i monticchi di fango.

Erano le dieci, le undici della sera, e c'era buio.

«Ho fame» disse Julie. «E Tit è stanco di star fermo. Quando scendiamo?»

«Tra poco» risposi. «Vedi quell'ombra scura che volteggia sugli alberi? È un gufo cornuto ed è in caccia. Significa che di là c'è terra solida.»

Julie mi rivolse un'occhiata di sbieco, come a dire: "Guarda Ed quante sorprese riserva". E aveva ragione. Lì nel bayou mi sentivo libero e grande come mai prima.

Toccammo riva, la canoa si incagliò nel fango e Te Trois fu il primo a saltare giù, con l'acqua che gli arrivava alle ginocchia, e spinse la barca sulla terraferma.

Quando smontai quasi non mi reggevo in piedi, Julie era pallida e Tit teneva gli occhi chiusi, quel suo orologio sempre stretto in mano come una bambolina voodoo.

Durante il giorno avevamo pescato dei gamberi, grossi e con il guscio rosso, e ora Te Trois accese un piccolo fuoco e li facemmo alla griglia, cuocendoli finché le corazze non furono tutte striate di nero.

I gamberi erano dolcissimi, teneri, con l'esterno bruciacchiato e l'interno crudo. Non avevo mai mangiato niente di così delizioso, e Te Trois sembrava volerseli divorare interi, corazza e tutto, mentre il sorriso di Julie le rischiarava il viso come una mezza luna.

Al termine della cena, Te Trois concluse con un rutto fragoroso, si pulì la bocca con la manica, e decretò: «Ora va meglio».

«Andrebbe meglio se non ruttassi!» esclamò Julie, e mentre lo diceva anche a lei scappò fuori un ruttino, che non era poi tanto piccolo.

Alla luce del fuoco scoppiammo tutti in una risata fragorosa. Anche Tit rideva, con un suono bello e gorgogliante, e sopra di noi c'era un cielo scuro e senza stelle, e la notte era umida e piena di piccoli rumori striscianti.

«È meglio dormire un po'» suggerii. «Se non ho sbagliato i calcoli, domani attraverseremo il Salvador e poi saremo arrivati.»

«Cos'è questo Salvador?» chiese Julie.

Te Trois si stava pulendo i denti con le zampette sottili di un gambero. «Già, cos'è?»

Io ricordavo bene i libri di geografia di mio padre.

«È un lago subito a sud di New Orleans» spiegai. «Dovrebbe essere bello grande e segna la fine del bayou. Ci vorrà un po' per la traversata, ma prima di sera saremo in città.»

«E a quel punto, sarà meglio pensare a un piano!» esclamò Julie. «Voglio dire, dobbiamo andare fino a Chicago. Come si fa? Non sappiamo nemmeno di preciso quanto è distante!»

«Più o meno sì» dissi io. «È a nord, ed è molto lontano.»

«Appunto, non possiamo certo andarci a piedi.»

Te Trois si stiracchiò come se quel discorso lo annoiasse a morte.

«Mi pare che ne avevamo già parlato» disse. «Troveremo un mezzo di trasporto. Abbiamo i soldi e possiamo vendere la canoa.»

«E la pistola di Jack» proposi io.

A dire la verità, ce l'avevo un po' con Te Trois per quella pistola. Da quando l'aveva trovata nella tasca della redingote, non me l'aveva fatta nemmeno tenere in mano una volta.

Il mio amico fece un lungo sbadiglio: «Io dico di non preoccuparci tanto. Anche perché sono stanco morto».

In pratica non aveva ancora finito di parlare che si era già stirato su un fianco e dormiva, le mani giunte come in preghiera. Julie sorrise: «Mai vista una cosa del genere. Doveva essere proprio stanco».

Io invece non riuscivo a togliermi dalla testa le parole di Julie. Aveva ragione, arrivare a Chicago non sarebbe stato facile, e toccava a me trovare la strada. Ero io la guida, giusto? Ero il più grande e conoscevo la magia dell'uomo bianco e quella degli indiani.

Ma la verità è che avevo paura. Te Trois diceva sempre che ero un fifone, una mammoletta, perché mi mettevo a piangere per ogni sciocchezza. Anche se non ci pensavo mai, forse aveva ragione lui. Forse ero davvero un codardo, e avrei dovuto tirarmi indietro da quella pazzia e tornare a casa, al sicuro.

Un ragazzo con centododici (ormai centotrentadue) Preoccupazioni non era adatto per un'avventura simile.

«Cos'è quella faccia, Eddie?» domandò Julie.

Mi si avvicinò e mi appoggiò la testa sulla spalla.

Julie aveva un odore buono, dolce, come la canna da zucchero bruciata, e la sua testa era pesante contro la mia spalla, i capelli lunghi mi stavano sparpagliati sulla camicia.

Provai a voltare gli occhi all'ingiù e mi accorsi che anche lei si era addormentata. Tit come sempre si era isolato da tutto e sembrava guardare un punto lontano oltre le cime degli alberi.

Chissà cosa gli passava per la testa in quel momento.

«Siamo rimasti solo io e te, vero, Tit?» domandai piano.

Il ragazzino non disse niente, ma si alzò e venne da me, si sdraiò per terra e mi appoggiò la testa sulle gambe.

Ecco là, pensai. Loro dormivano, e Eddie lo sciamano stava sveglio e parlava con la notte.

Il gufo cornuto di qualche ora prima lanciò un richiamo nel buio, lunghi versi modulati che sembravano il borbottio di un vecchio gentiluomo.

Fu allora che capii cosa stava cercando di dirmi. Diceva di non preoccuparmi più.

NEW ORLEANS

La città di New Orleans, in Louisiana, è attraversata dal fiume Mississippi. Da sempre è un crocevia di lingue e popoli: francesi, spagnoli, inglesi, indiani, africani e i *cajun*, lontani discendenti di una stirpe di boscaioli canadesi. New Orleans è famosa per il suo coloratissimo carnevale, il *Mardi Gras*.

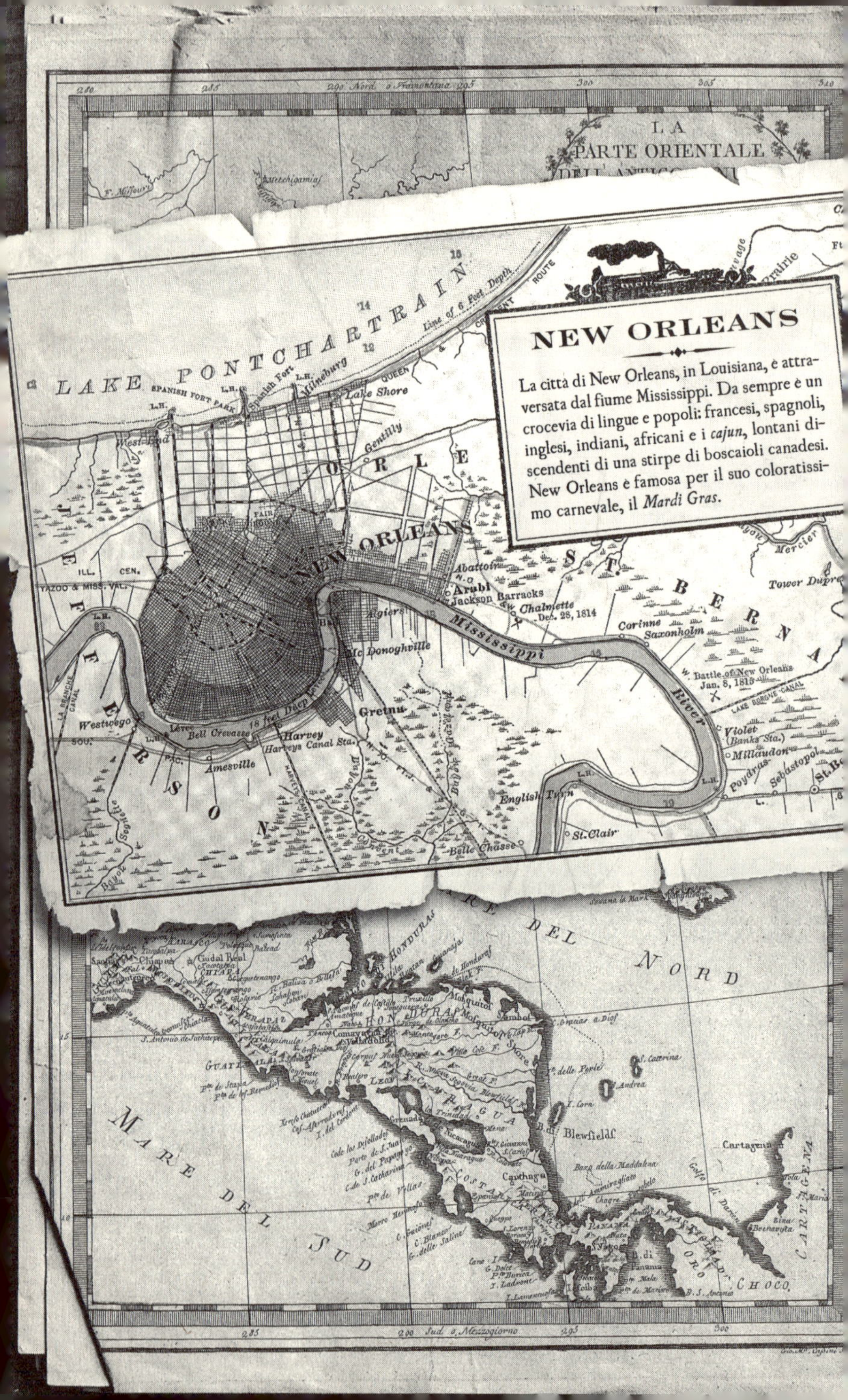

11

NEW ORLEANS

Arrivammo a New Orleans più o meno al tramonto. Io ero l'unico del gruppo a esserci già stato, un inverno che mio papà mi aveva portato da un dottore che si chiamava oculista e che mi aveva fatto mettere gli occhiali. I miei occhiali mi piacciono, perché senza di quelli non potrei vedere un granché. Invece ricordo che all'epoca New Orleans non mi era piaciuta per niente, puzzava e c'era una quantità di case, e le strade erano piene di fango. C'era troppa gente. E fango. E umidità gelida. E fango.

Adesso che era estate, faceva un caldo soffocante e io mi sentivo esausto e forse avevo anche un po' di febbre.

La traversata del lago Salvador era stata più faticosa del previsto, avevo dovuto dare il cambio a Te Trois e remare per ore sotto il sole, con il rischio di prendermi un malanno. Come se non bastasse, avevamo dovuto trascinare la canoa fuori dall'acqua per lunghi tratti, e ora mi facevano male le braccia e la schiena e avevo morsi di zanzare dappertutto.

«Basta così!» esclamai. «Ci conviene fermarci e accamparci per la notte.»

«E perché?» domandò Julie.

«Perché ormai è buio e siamo quasi arrivati in città» sospirai. «Su questo bel prato staremo una favola.»

Te Trois e Julie mi guardarono strani, come se all'improvviso mi fossero spuntati dei baffi da pesce gatto.

«Che c'è?» domandai. «Voi che proponete?»

«Proponiamo di fare un giro in città, sciocco» sbottò Julie. «Non sono mai stata a New Orleans, voglio dare un'occhiata!»

«Potrebbe essere pericoloso!» protestai io.

Non riuscivo neanche a pensare a tutte le cose terribili che potevano succederci, e di certo avrei dovuto aggiungere ancora un bel numero di Preoccupazioni al mio elenco.

«Tutto questo viaggio è pericoloso» osservò Te Trois. «È questo il bello, non ti pare?»

Lasciammo la canoa alla base di un argine, nascosta tra le canne in modo che fosse quasi invisibile. Io volevo anche scavare una buca nel fango e nasconderci dentro le nostre cose più preziose, ovvero l'orologio e la pistola e i dollari, ma nessuno era d'accordo, e poi non c'era modo di strappare quel benedetto orologio dalle mani di Tit.

«New Orleans è una città di ladri, lo sanno tutti» biascicai. «Anzi, qualcuno dovrebbe stare qui e fare la guardia...»

«Oh, fai pure!» disse Te Trois. «Io vado a divertirmi.»

«E io ti seguo» disse Julie, prendendo Tit per mano.

Li guardai allontanarsi lungo il sentiero che si perdeva tra le case.

Poi, be', decisi che non mi andava proprio di restare su quell'argine, da solo a parte un esercito di zanzare agguerrite.

Così feci un bel respiro e gli corsi dietro.

Prendete quattro ragazzi che hanno sempre vissuto in mezzo alle paludi e fateli arrivare, all'improvviso, tra le vie di una grande città.

Era tutto così improbabile che invece che a New Orleans mi sembrava di essere sbarcato sulla luna, ed ero tanto confuso, felice e terrorizzato che avevo le vertigini.

La città non era per niente come me la ricordavo, era un vortice di rumori, odori, energia. C'era gente dappertutto, bianchi e neri e indiani, e tutti mangiavano e bevevano, chiacchieravano, camminavano e correvano, si prendevano a pugni.

Piccole lanterne appese ovunque trasformavano le strade in un firmamento di stelle tremolanti, e c'erano carrozze e cavalli, e persino gentiluomini in bicicletta (non ne avevo mai visto una davvero, solo nelle pagine del Catalogo).

«Woah» mormorai, stupito. «È... è tutto... così...»

«Fantastico!» esclamò Julie.

La ragazza schizzò tra la folla tirandosi dietro Tit come la coda di un aquilone. Io e Te Trois la inseguimmo correndo, e intanto voltavo la testa da ogni parte per guardarmi intorno. All'angolo di una strada due ubriaconi combattevano col coltello, e la gente stava in cerchio e faceva il tifo. Tre ragazze ballavano scalze mentre un gruppetto di giovanotti applaudiva. Un nero suonava l'armonica.

L'aria vibrava di spezie, alcol, carne alla brace. Ci imbattemmo in una folla di giovani pigiati gli uni agli altri fino a occupare tutta la via. Non sapevo che cosa stessero facendo, erano girati dalla stessa parte ma non sembravano in fila per qualcosa, e i ragazzi tenevano le ragazze per mano o le abbracciavano alla vita.

Fu allora che sentii la musica. Era un ritmo scatenato e furibondo, il più meraviglioso che avessi mai udito.

Senza pensarci due volte ci infilammo fra la gente, sgusciando tra le gambe di tutti fino ad arrivare in prima fila.

La musica veniva da un'orchestrina di suonatori neri. Erano tutti vestiti con abiti bianchi ed elegantissimi: uno aveva il contrabbasso e uno la chitarra, poi c'erano un trombone e due clarinetti. E, davanti a loro, un altro soffiava come una locomotiva in una tromba.

Che spettacolo era! Da quella tromba uscivano tutte le note del mondo, a un tratto la musica era allegra e a un tratto struggente, e tutti gli altri della banda cercavano semplicemente di stargli dietro, seguendo il ritmo.

Ma la cosa più splendida era che la musica cambiava e si trasformava in base a quello che ci succedeva intorno. Una ragazza si mise a ballare in mille giravolte, e la tromba sparò una sequenza di note che seguiva l'orlo della sua gonna come un ricamo. Due ragazzi si spinsero e finirono per terra, e la tromba ci inventò sopra un motivetto buffo che fece ridere tutti.

Questa non era la musica seria e rigida che a volte mia madre suonava al pianoforte del salotto. Era musica imprevedibile, improvvisata. Era *viva*.

A lato dell'orchestra, un vecchio dalla barba sudicia teneva una botte tra le gambe e ci pescava dentro con grandi boccali. «Sciacquabudella a un penny!» gridava.

Prima che me ne accorgessi, Te Trois si parò davanti a lui e disse: «Ne voglio uno».

«Ma ce l'hai un penny?»

«Ce l'ho.»

Te Trois prese una moneta dalla tasca e il vecchio riempì un boccale di liquido trasparente che puzzava da far lacrimare gli occhi.

«Chi è che suona?» domandai al vecchio.

Quello sorrise: «Non siete di queste parti, vero? Se no avreste sentito parlare di Buddy Bolden, la miglior cornetta di New Orleans. Quando suona lui, l'intera città si ferma ad ascoltare».

«Woah» mormorai. «E come si chiama questa musica?»

Il vecchio scrollò le spalle: «Non lo so, ma che t'importa? Per capire la musica non serve un nome, bastano le orecchie».

Julie mi prese per una spalla e mi trascinò di nuovo in prima fila per ascoltare la musica di Buddy Bolden, e Te Trois mi passò il boccale. Fu come bere fuoco liquido.

Cominciai a tossire, poi iniziammo a ballare, poi bevvi ancora. E poi... non so, perché il resto non me lo ricordo.

Mi risvegliai sdraiato sulla sponda dell'argine e con la bocca piena di fango.

Il sole era già sorto da un pezzo e mi facevano male le tempie come se qualcuno ci avesse piantato un chiodo. Mi girai da un lato e vomitai per un'eternità.

«Guarda chi si vede» disse Te Trois, mentre il suo viso mi compariva davanti tutto sfocato.

«Che mi è successo?» domandai.

Julie, da qualche parte all'altezza dei miei piedi, rispose: «È successo che sei stato male e abbiamo dovuto trascinarti di peso fin qui».

«Non sto molto bene neanche adesso» confessai.

«Sarà meglio che ti riprenda in fretta» disse Te Trois passandomi gli occhiali. «Devi andare in città.»

«Io? Cioè, io da solo?»

«Proprio così.»

Mi infilai gli occhiali sul naso, trasformando le ombre confuse che avevo davanti nelle facce familiari dei miei amici. Poi mi misi a sedere. Mi girava la testa, e di sicuro avevo anche la febbre.

«Credo di avere la febbre.»

«Credo che tu abbia la sbornia» ridacchiò Julie. «E comunque dovrai andare in città lo stesso. Non c'è scelta.»

«Perché?»

Te Trois sospirò, e Julie mi strizzò l'occhio: «Di' un po' tu, ieri sera non ti sei accorto di niente? Cioè, a parte il fatto che non reggi l'alcol».

«Mi pare fosse tutto normale... Abbiamo ballato, e ci guardavano tutti...»

Julie annuì, e io osservai Te Trois e cominciai a capire. Il mio amico era scalzo, con i pantaloni corti tutti sbrindellati e una camicia che si era già strappata in almeno tre punti diversi e cadeva a pezzi. Come se non bastasse, era coperto di fango ed erba di palude, e i capelli gli stavano arruffati in testa come un nido di rondini.

Sembrava un folletto appena uscito dal bayou. E a New Orleans invece erano tutti degli elegantoni, avevano scarpe lucide e modi raffinati da cittadini.

«La verità è che siamo quattro campagnoli male in arnese» esclamò Julie. «Sembriamo degli straccioni e non sappiamo come ci si comporta in città, e quindi attiriamo l'attenzione e i sospetti. E se non facciamo qualcosa, alla fine la polizia ci chiederà i documenti o dove sono i nostri genitori, e prima o poi ci rimanderà a casa.»

La voce le tremava appena, come se quella prospettiva la terrorizzasse. Ma c'era anche qualcos'altro, una specie di... vergogna. E pensai che forse, la notte prima, si era sentita in imbarazzo per quel suo vestito vecchio e macchiato, mentre le altre avevano abiti scintillanti.

«Dunque cosa proponete di fare?» domandai.

«Tu sei il più alto, sai parlare con tutta la grammatica e hai gli occhiali... e soprattutto i tuoi vestiti sono quelli messi meglio. Perciò andrai in città a raccogliere informazioni e a comprare abiti nuovi per tutti.»

Non avevo molta scelta, questo l'avevo capito già da un pezzo. Così mi alzai in piedi, cercando di controllare la testa che mi girava e la febbre e tutto il resto. Scalai l'argine e raggiunsi la riva del canale, mi lavai la faccia nell'acqua paludosa e pettinai i capelli umidi con le dita.

«Come sto?» domandai a Julie.

«Un figurino» rispose lei.

Mi avviai in città e mi accorsi che camminare mi faceva bene. Dopotutto avevo le tasche piene di soldi, e le orecchie ancora ronzanti per la musica della sera prima, ed era una giornata splendida. Cosa potevo chiedere di più?

Mi fermai a un chiosco di strada e comprai una fetta di torta di gamberi per colazione, sentendomi solo un pochino in colpa perché gli altri di sicuro non avevano mangiato niente. Ma avevo una missione da portare a termine, mi servivano forze. Poi la torta era squisita.

Gironzolai per le strade finché non trovai un negozio dall'aria raffinata che forse faceva al caso mio. Se Julie aveva ragione, il proprietario poteva insospettirsi per un ragazzino che aveva tanti soldi da spendere, ma io mi ero preparato una storiella da raccontare. E cioè che i miei genitori vivevano nel Kansas, io ero appena arrivato a New Orleans per andare a trovare mio zio, e questo zio mi aveva mandato a comprare dei vestiti mentre lui sbrigava altre commissioni.

Non avevo ancora finito di parlare che il commerciante scoppiò a ridere: «Ah, sì? E tu verresti dal Kansas?».

«Sissignore» risposi, «nato e cresciuto lì.»

«E allora com'è che parli francese?»

Non avevo pensato a quel piccolo dettaglio, e cioè che il francese era la lingua dei *cajun* e delle paludi, e invece in Kansas tutti usavano l'inglese.

Mi vergognavo talmente che scappai dal negozio, ripresi fiato, quindi provai a entrare in un altro cambiando un po' la mia storia. Andò meglio, entrai in un terzo negozio. E cominciai a prenderci gusto.

In tutto, quella mattina, comprai: un completo estivo per me, di lino chiaro, da gran signore; un vestitino a fiori per Julie; un gilet a scacchi per me; una camicia usata per Te Trois; un cappello per me, con la fascia sul lato; una divisa di seconda mano da servitore per Tit; un set di calze per me; un maglioncino di cotone per Julie; un cravattino con il fermaglio per me; un sacchetto di velluto dove Tit avrebbe potuto custodire l'orologio; degli stivali di vacchetta per me; delle scarpe per Te Trois, vecchie ma ancora buone; delle scarpe di vernice per me; delle scarpette rosse con il tacco per Julie; una valigia di cuoio usata con la serratura d'ottone per farci stare dentro tutto quanto.

Chiacchierando con i commercianti imparai un po' di cose utili sul proseguimento del viaggio, e in una cartoleria comprai una mappa degli Stati Uniti d'America e una, più dettagliata, dello Stato della Louisiana.

Riuscii a tornare dai miei amici solo verso mezzogiorno. Li trovai che fumavano una sigaretta all'ombra di un enorme cipresso e mi avvicinai in silenzio, impettito nei miei abiti nuovi.

Quando si accorsero di me levai il cappello con un gesto elegante, aggiustai il cravattino e appoggiai a terra la valigia di cuoio, proprio come farebbe un viaggiatore europeo appena sbarcato da un transatlantico.

«Scusate il ritardo!» esclamai con tono contegnoso. «Spero che non vi siate annoiati troppo in mia assenza.»

«Oh, per niente» disse Te Trois con uno sbuffo di fumo. «Io ho venduto la canoa.»

«Davvero?»

«Per due dollari.»

Non riuscivo a crederci, ma Julie confermò subito: «L'ha comprata un tipo mezzo matto. Ha detto che quella era una vera piroga cajun e che la voleva a qualsiasi prezzo».

«A saperlo prima che c'è gente simile in giro» aggiunse Te Trois «c'era da fabbricare piroghe tutto il giorno e poi venirle a vendere qui a New Orleans.»

Non sapevo cosa pensare. Io non avevo mai avuto bisogno di soldi prima d'ora. Joe l'Indiano non aveva soldi, eppure viveva bene lo stesso. Invece ora cominciavo a rendermi conto che per il resto del mondo funzionava in un altro modo, e durante la mia spedizione nei negozi ne avevo avuto la prova.

«A proposito» mormorai, «per i nostri vestiti ho speso dieci dollari...»

A Te Trois scivolò la sigaretta di bocca per la sorpresa: «Di' un po', sei impazzito?».

«Ho pensato che fossero soldi ben spesi.»

«Ma è quasi la metà dei nostri risparmi!»

«Veramente, è circa un quarto dei risparmi. Per non parlare dei soldi che abbiamo guadagnato con la canoa. E poi, nel caso, possiamo sempre vendere la pistola di Jack.»

«La pistola non si tocca.»

Riflettei un istante se mi conveniva saltargli addosso e dargli una bella lezione, ma poi pensai ai miei vestiti nuovi e considerai che un gentiluomo come me non si poteva sporcare le mani con un selvaggio.

«Invece di litigare, dovremmo pensare alle cose serie!» esclamò Julie. «Ed, sei riuscito a capire come possiamo continuare il viaggio?»

Mi aggiustai il cappello dandomi un'aria di importanza.

«Certo che sì» spiegai. «È per questo che ho dovuto girare tanto!»

Mi sedetti (non prima di aver steso un fazzoletto per terra, per non sporcarmi i pantaloni) e mostrai la mappa nuova.

Tit, che di solito era sempre perso nel suo mondo, saltò su e corse a guardare. Prese il foglio e lo girò da una parte all'altra, quindi puntò un dito dritto dritto sulla scritta "New Orleans".

E poi lo puntò di nuovo, una spanna più in alto, questa volta sulla scritta "Chicago".

«Eeeeeh? Tit, ma quando hai imparato a leggere?»

Il ragazzino mi guardò, sorrise, e come al solito non disse niente.

«Julie, per caso gliel'hai insegnato tu?»

«Oh no, ma Tit impara alla svelta. Forse non parla molto, però le rotelle gli funzionano eccome.»

Julie diceva sempre che Tit era intelligente, ma a essere sinceri non è che lui facesse granché per darle ragione. Certe volte sembrava più un animale della foresta che un bambino.

Intanto Te Trois, senza battere ciglio, era tornato a concentrarsi sulla mappa: «Non pensavo che Chicago fosse così lontana. È un bel po' di strada».

«Altroché!» esclamò Julie.

In pratica, dovevamo tagliare a metà gli Stati Uniti d'America, da sud a nord. Anche dalla mappa si capiva che era un viaggio lunghissimo.

«Questa linea rossa a zig-zag indica la ferrovia» spiegai, facendo segno con il dito. «Il treno è senz'altro il modo più veloce per arrivare a destinazione: ci saliamo sopra, viaggiamo tutta la notte e siamo a Memphis. Lì cambiamo treno, e nel giro di un altro giorno arriviamo a Chicago.»

«Fantastico!» approvò Te Trois.

«Però c'è qualche inghippo, giusto?» domandò Julie.

Lei sapeva sempre guardarmi dentro, in un modo o nell'altro.

«Ho provato a informarmi su quanto costano i biglietti» spiegai. «E be', servono un bel po' di soldi. Ventisette dollari per arrivare fino a Chicago. Ventisette dollari *a testa*.»

Te Trois mi passò la sigaretta senza che dovessi neanche chiederla, e feci un lungo tiro che mi bruciò la gola.

«L'altra possibilità che abbiamo è prendere un battello a vapore e risalire il Mississippi» spiegai.

Picchiettai la mappa con l'unghia, indicando il grande fiume che procedeva verso nord in una lunga serie di anse e serpentine.

«In pratica il Mississippi segue proprio il percorso che dobbiamo fare noi, ma siccome fa un sacco di curve ci vorrà molto più tempo che in treno» spiegai.

«Dannazione, sapevo che non dovevo vendere la canoa!» esclamò Te Trois.

A me venne quasi da ridere: «Saranno milleduecento miglia di fiume, non potevamo mica farle a remi, e tutte controcorrente. No no, occorre prendere un traghetto, e anche così ci aspettano come minimo cinque giorni di viaggio per raggiungere St. Louis».

Aspettai che Te Trois e Julie trovassero la città sulla mappa.

«E da lì, dovremo comunque trovare il modo di coprire le ultime tre o quattrocento miglia per arrivare fino a Chicago.»

«Uhm» borbottò Te Trois. «Quanto costano i biglietti per il battello?»

«Cinque dollari a testa, se viaggiamo sul ponte. E Tit paga la metà perché è il nostro servitore.»

«Mio fratello non è un servo» esclamò Julie. «È mio fratello!»

«Lo so, lo so. Faremo solo per finta, d'accordo? Perché così risparmiamo un po'.»

Julie mi guardò poco convinta. «E poi sai cosa significa cinque dollari a testa? Visto tutto quello che hai speso in vestiti, in pratica una volta pagato il battello arriveremo a St. Louis che saremo quasi al verde!»

Mi strinsi nelle spalle. Aveva ragione, e forse ero stato un po' impulsivo negli acquisti. Ma ormai non ci potevo fare niente.

«In qualche modo ce la caveremo» borbottai.

Julie non sembrava ancora soddisfatta, e tra noi si creò un silenzio imbarazzante.

Non sapevo cosa fare, così aprii la valigia e tirai fuori le scarpe rosse che avevo comprato per lei. Per un attimo giurerei che gli occhi le diventarono umidi.

«Queste sono... per me?» domandò.

«Certo» risposi. «Ho pensato che fossero carine.»

Julie mi guardò in un modo strano.

«Sei un ragazzo pieno di sorprese, Eddie Brown.»

IL MISSISSIPPI

Il Mississippi è il più lungo fiume d'America, e il quarto fiume più lungo del mondo. Nasce a nord dalle acque del lago Itasca, in Minnesota, e scorre fino al Golfo del Messico poco più a sud della città di New Orleans. Le sue acque bagnano un'area di circa un milione e mezzo di miglia quadrate.

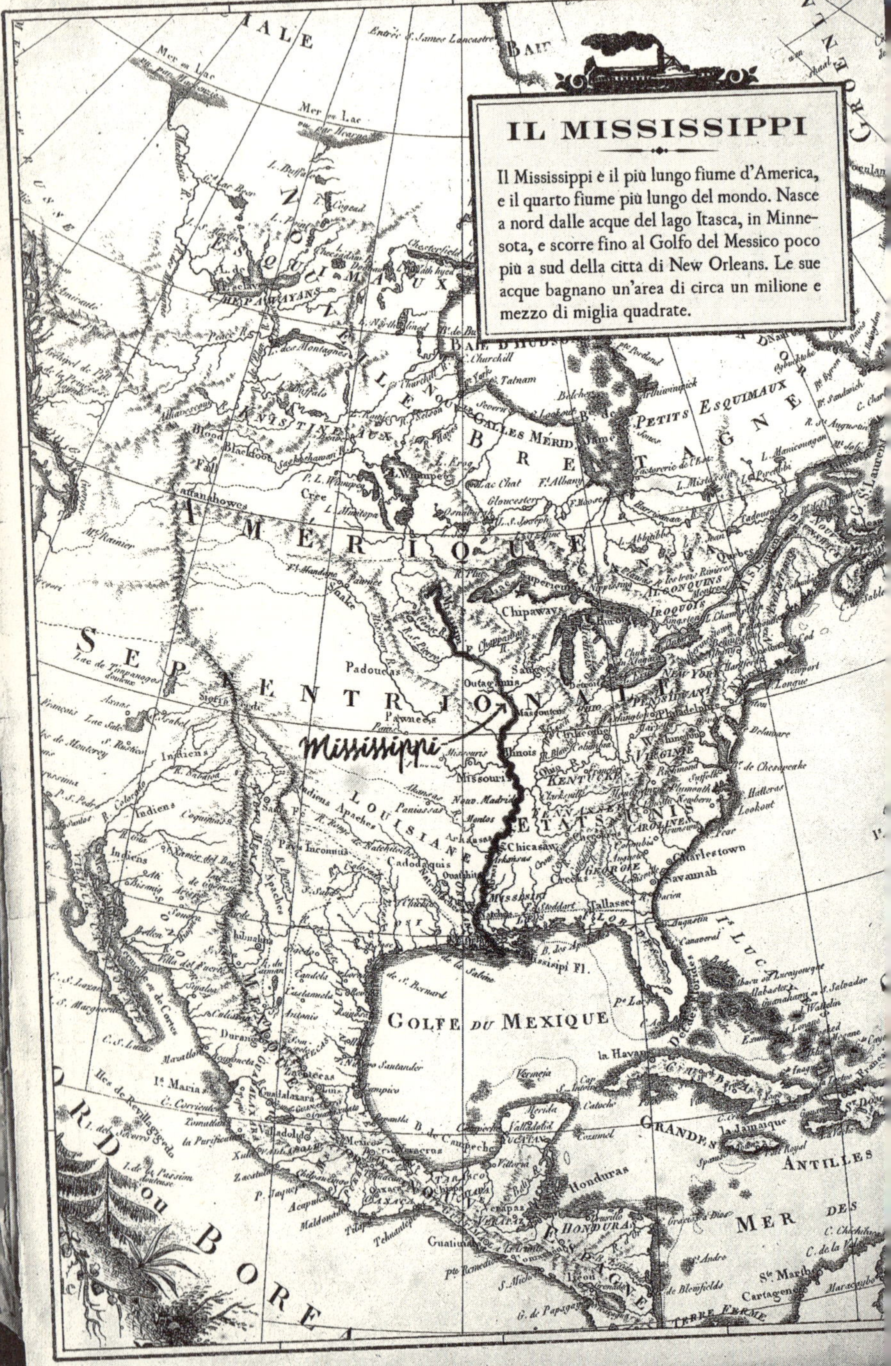

12

IL MISSISSIPPI

Ormai la decisione era presa. La banda dell'orologio sarebbe partita da New Orleans in nave, e poi avrebbe seguito la rotta dell'avventura (per dirla con le parole di Te Trois).

Arrivammo al porto di New Orleans che era già metà pomeriggio, e il Mississippi scorreva lento e maestoso, con la superficie scura macchiata di barbagli di sole. Lungo le sponde i battelli all'ormeggio sembravano capi indiani con la testa ornata da alti pennacchi di fumo.

Non sapevo che al mondo esistessero navi così grandi: quei traghetti erano palazzi galleggianti a tre piani, pieni di oblò e bandierine colorate. Sopra, tra le ciminiere gemelle si vedeva spuntare il gabbiotto della cabina di pilotaggio, mentre a poppa spiccava la grande ruota a pale che avrebbe spinto il battello sul fiume con tutta la forza del vapore.

Al porto a quell'ora non c'era molta gente, solo alcuni marinai che stavano scaricando grossi sacchi da una chiatta, e gruppetti di passeggeri che si affacciavano dai parapetti di un battello in partenza.

La nave si chiamava *Louisiana Story*, e proprio davanti alla passerella c'era un funzionario che vendeva i biglietti.

Non appena ci vide arrivare, strizzò gli occhi e sputò un grosso grumo di catarro sul pontile.

«E voi che volete?» domandò.

Mi feci avanti io perché ero il più vecchio.

«Tre biglietti per me e i miei amici» risposi. «E uno ridotto per Tit, cioè, per il nostro servitore.»

Speravo di cuore che il negoziante a cui avevo strappato quell'informazione mi avesse detto la verità.

«E dove vorreste andare?»

«A St. Louis» dissi io.

«È un bel po' lontano.»

«Lo è.»

«Fino a St. Louis la tariffa è di dieci dollari a testa in cabina, cinque sul ponte. Il nero paga la metà. E se volete mangiare a bordo, sono venticinque centesimi a pasto. A testa. Ma sono parecchi soldi.»

Noi non avevamo pensato di procurarci delle provviste, ma in fondo avevamo ancora un piccolo fondo di risparmi. Così risposi all'uomo di non preoccuparsi e gli mostrai due banconote da dieci dollari.

Quello per poco non si fece cadere il naso dalla faccia, ma subito dopo si drizzò di nuovo: «E dov'è il vostro accompagnatore?»

«Quale... accompagnatore?» farfugliai.

Il funzionario sogghignò, contento di avermi finalmente beccato in castagna.

«Nel momento in cui salite su quella passerella, la compagnia di navigazione è responsabile dei passeggeri, specie se sono dei ragazzini come voi. Ma ho bisogno di un adulto che vi accompagni qui, e di un altro che vi venga a prendere a St. Louis, non vi pare? Non posso prendervi a bordo senza un adulto che garantisce per voi.»

«Io...» balbettai «io non sapevo...»

Guardai Julie che sembrava preoccupata quanto me. Ma fu Te Trois a prendere l'iniziativa.

«Caspita» disse, «mio cugino Eddie non lo sapeva, e a quanto pare non lo sapeva neanche nostro zio. Cioè, suo padre. Non so se lo conosce, è il sindaco...»

«Sindaco?» domandò il funzionario.

«Sì, e senatore, anche» buttò lì Te Trois con noncuranza e quella sua solita aria da buffone. «Non sapeva di doverci accompagnare qui...»

«Perché è molto impegnato» aggiunse Julie cercando di rendersi utile.

«Quindi ci ha scaricato con quella carrozza lì, vede? Quella elegante che se ne sta andando. Ci ha lasciato al porto con il nostro servitore, e via. Fino a St. Louis, dove ci verrà a prendere uno dei suoi.»

Il funzionario ci guardò, e aveva quell'espressione corrucciata che hanno a volte gli adulti quando non sanno se qualcuno li sta prendendo in giro.

«E questo sindaco senatore... vi lascia stare sul ponte? Sapete i marinai come li chiamano quelli che viaggiano all'aperto? "Merce viva." Perché gli tocca trovar posto tra le casse di mercanzia e le balle di cotone.»

«In effetti sarebbe meglio una cabina, per nostra cugina» disse Te Trois. «Ma forse questo nostro zio non lo sapeva...»

«Non lo sapeva?»

Il funzionario sospirò, poi scosse la testa e iniziò a scribacchiare con la penna sui tagliandi dei biglietti. Raccolse i nostri soldi come se scottassero, ci consegnò i tagliandi di carta e ci indicò di affrettarci sulla passerella della nave.

Dalla sua espressione era chiaro che si augurava di non vederci mai più e, a dire il vero, io speravo proprio di accontentarlo.

Il battello partì al tramonto e fu uno spettacolo. La campana d'ottone si mise a suonare a tutto spiano con rintocchi da cattedrale, e marinai con le divise scure ritirarono la passerella e tolsero gli ormeggi.

Poi la nave vibrò sotto di noi, tutta quanta, e sembrava un gigantesco animale addormentato che finalmente si decideva a svegliarsi, e i due comignoli sbuffarono nuvole di fumo nero.

La ruota iniziò a girare. Prima piano, pianissimo, e il battello si staccò dalla riva. Poi più veloce. Poi ancora più veloce, sollevando alti spruzzi.

Nessun animale avrebbe mai nuotato facendo tutto quel rumore e alzando tanta acqua: quel battello era pura magia dell'uomo bianco. Ma mi sentii più leggero vedendo New Orleans che spariva dietro di noi, e gli aironi che riprendevano a volteggiare sul fiume, le creature del bayou che si muovevano tra gli arbusti e sulle rive.

«Uuuuh» disse Te Trois, vicino a me. «Guarda come fila la nave, Ed! Secondo te possiamo andare a vedere la postazione del pilota, lassù in alto?»

«Io voglio andarci!» esclamò subito Julie. «Scommetto che se glielo chiedo, il pilota mi farà tenere il timone.»

«Ah, bella questa!» ridacchiò una voce dietro di noi.

Ci voltammo, tutti insieme, e vedemmo tre ragazzetti scalzi che ci guardavano sogghignando.

Avevano la nostra età, più o meno, e vestivano tutti con pantaloni di panno e un gilet blu scuro. Per il resto, non potevano essere più diversi: uno era robusto e grassoccio come un bufalo, l'altro magrolino e con due occhi come fanali, e il terzo era nero più di Tit e gli mancavano tutti i denti, infatti quando sorrideva metteva in mostra due gengive rosa confetto.

«Perché, "bella questa"?» domandò Julie, stringendo i pugni e piazzandoseli sui fianchi con fare minaccioso.

«Perché le donne non possono andare al timone. E tu

sei una donna. O meglio, una bambina» disse quello senza denti.

«E tu come lo sai, che le donne non fanno i piloti?»

Il ragazzino tirò su col naso, dandosi un'aria di importanza.

«Lo so perché noi lo facciamo. Cioè, siamo marinai.»

«Bubbole» disse Te Trois.

«Invece no. Io sono René, lui è Tom e lui è Mike» esclamò, indicando se stesso, quello grosso e quello smilzo. «E siamo mozzi sulla *Louisiana Story*.»

«I mozzi non sono proprio marinai» osservò Julie. «Non è vero, Eddie?»

«Ehm, non saprei...»

«Voi invece chi siete?»

«Te Trois, Eddie, Julie, e Tit.»

«*Tettruà?* Tito? Mai sentito nomi strani così. Poi avete l'aria dei signorini, ma di solito quelli non dormono tra la merce. Perché volete andarvene a St. Louis?»

«Abbiamo una missione, noi!» sbottò Te Trois, un po' offeso, e io gli tirai una gomitata nelle costole. Non mi sembrava una buona idea raccontare dell'orologio e del resto.

«Il mio amico intende dire che abbiamo un... viaggio importante, da fare, fino a St. Louis» balbettai io. «Sapete, siamo... figli del governatore.»

«Questa sì che è una balla» disse René.

«Non lo è» dissi io.

«Fidati che lo è» rispose lui. «E comunque se siete davvero gente così importante, peccato per voi.»

Te Trois si allungò in avanti: «Perché peccato?».

«Perché volevamo mostrarvi i motori della nave, ma immagino che non vorrete sporcarvi quei vostri bei vestiti...»

Non ci interessava niente dei vestiti, e credo che Te Trois pur di vedere i motori sarebbe stato disposto ad andare in giro anche nudo.

I tre giovani mozzi ci accompagnarono al deposito bagagli per lasciare la valigia e poi ci portarono a fare il giro della nave, seguendo il contorno luccicante del parapetto d'ottone e descrivendoci tutto quello che sapevano.

«La nave ha tre ponti: il principale che è quello più basso dove ci sta il carico e quelli come voi, poi c'è il ponte delle caldaie che è quello dove siamo ora e dove ci sono le cabine – si chiama così perché sta proprio sopra le caldaie – e per ultimo c'è il ponte degli uragani che è quello più in alto.»

«Perché "ponte degli uragani"?» chiese Te Trois.

«E che acciderbola ne so» rispose René. «Forse perché, essendo quello più alto, è dove vorrei rifugiarmi se ci fosse una tempesta strappabudella. Meno rischi di finire in acqua, capite? Comunque di là c'è il corridoio centrale con il salottino della cena e il bar dove la sera i grandi si trovano per giocare a carte. Lì dietro invece stanno gli ufficiali, si mettono nascosti perché non c'è nessuno che può vederli quando si bevono un goccio durante il turno. In quella cabina ci stanno degli altri ragazzi...»

«Che ragazzi?» domandò Te Trois.

«Due gemelli, credo, perché sono uguali come le chiappe di un babbuino. Solo che uno è un maschio e uno è una femmina. Viaggiano con uno zio. Mentre in quella cabina là c'è anche una ragazzina che avrà dieci anni al massimo, e sta con una vedova ingrugnita come non ne ho viste mai. Ha l'alito che sa di merda di pesce gatto.»

Da quando li avevamo conosciuti, Tom e Mike si erano sempre limitati ad annuire o aggiungere qualche commento breve tipo "sì", "no", "magari". René invece parlava a tutta velocità in un francese bastardo, sputacchiando spesso da quella sua bocca sdentata. E soprattutto, infilava ogni momento nel discorso una serie di espressioni assurde e colorite, che mi facevano sghignazzare e accendevano gli occhi di Te Trois di un'infinita ammirazione.

Solo Julie sembrava starsene un poco in disparte, teneva Tit per mano e si guardava sempre intorno come se avesse paura di qualcosa.

A volte le ragazze sono difficili da capire.

Io invece devo dire che mi sentivo più tranquillo, adesso che avevamo conosciuto qualcuno e sapevamo che c'erano altri ragazzi a bordo. Avremmo attirato meno l'attenzione, poco ma sicuro, e c'era anche il caso di divertirsi un po'. I tre mozzi se non altro mi sembravano simpatici.

Ci riportarono al ponte principale e ci mostrarono i depositi della legna e del carbone a prua, e la fornace dove marinai coperti di sudore continuavano ad alimentare le fiamme, sotto l'occhio attento di un ufficiale. Ed ecco poi le grandi cisterne di ferro delle caldaie che trasformavano l'acqua in vapore.

«E dov'è la sala macchine?»

«A poppa ovviamente, dove c'è la ruota. Di qua.»

Ci eravamo infilati in un corridoio che seguiva il fianco della nave, e René indicò una porta di legno che si apriva proprio sul fondo.

«Metteteci la mano sopra» ci invitò con un ghigno. «Sentite che roba? Le vibrazioni! E che rumore!»

Julie sbadigliò un po', come se quei discorsi da meccanico non la interessassero per niente, Te Trois invece sembrava friggere di impazienza.

Afferrò la maniglia, ma il grosso Tom lo bloccò mettendogli una mano sulla spalla.

«Piano» disse. «È proibito, qui.»

Annuimmo tutti insieme, come per dire che avevamo capito benissimo.

René aprì il portello e ci trovammo di colpo in una stanza invasa da un fracasso infernale. C'erano tubi da tutte le parti, e grosse leve di ferro che si muovevano in su e in giù, e in fondo invece del muro si vedeva la grande ruota a pale che girava e girava, riversando spruzzi da tutte le parti. La stanza era un intrico di manovelle e strani quadranti pieni di numeri e scritte, e un signore impettito li controllava tutti con aria concentrata.

I mozzi ci fecero cenno di starcene zitti e di seguirli, e noi ci spostammo dall'altra parte per non farci vedere e goderci i motori in santa pace.

Proprio allora Tit emise un verso, e io mi voltai, e vidi che non eravamo i soli a esserci nascosti in sala macchine. Tra i meccanismi e gli ingranaggi era rintanato anche un ragazzetto con i capelli scuri, i vestiti sbrindellati e una strana cicatrice a forma di V sulla guancia.

«Whoa!» bisbigliai io, stupito.

René, Tom e Mike si voltarono di scatto, e René esclamò: «Accibarba, un clandestino! Visto ragazzi, ne abbiamo acciuffato uno!».

«Che significa?» domandò Julie.

«Significa che questo bellimbrodo voleva navigare a sbafo, ma ora gli toccherà invece un bel tuffo nel fiume. È la tradizione marinaresca!»

Il ragazzo con la cicatrice fece un passo indietro, strisciando come un ragno, e andò a sbattere con la schiena contro un piloncino di ferro.

Parola mia, non credo di aver mai visto nessuno così terrorizzato.

«No no» disse con un filo di voce. «Per favore, non dite niente. Posso ricompensarvi.»

«Ah, sì?» domandò René. «E come?»

Il ragazzetto tirò fuori una sacca da viaggio piuttosto logora.

«Loro non possono vedere» disse indicando noi.

René annuì con aria saputa e si fece avanti, con Tom e Mike subito dietro per coprirci la visuale.

Io però sbirciai il clandestino tirar fuori dalla sacca tre o quattro fogli stropicciati.

René li studiò con attenzione.

Poi sputò per terra ed esplose in una risatina.

«Be', gente, che dire» commentò. «Per me il ragazzo può restare eccome! Tutto il tempo che vuole!»

RINOMATO CATALOGO CONVENIENZA
Walker & Dawn
RIMBORSO GARANTITO

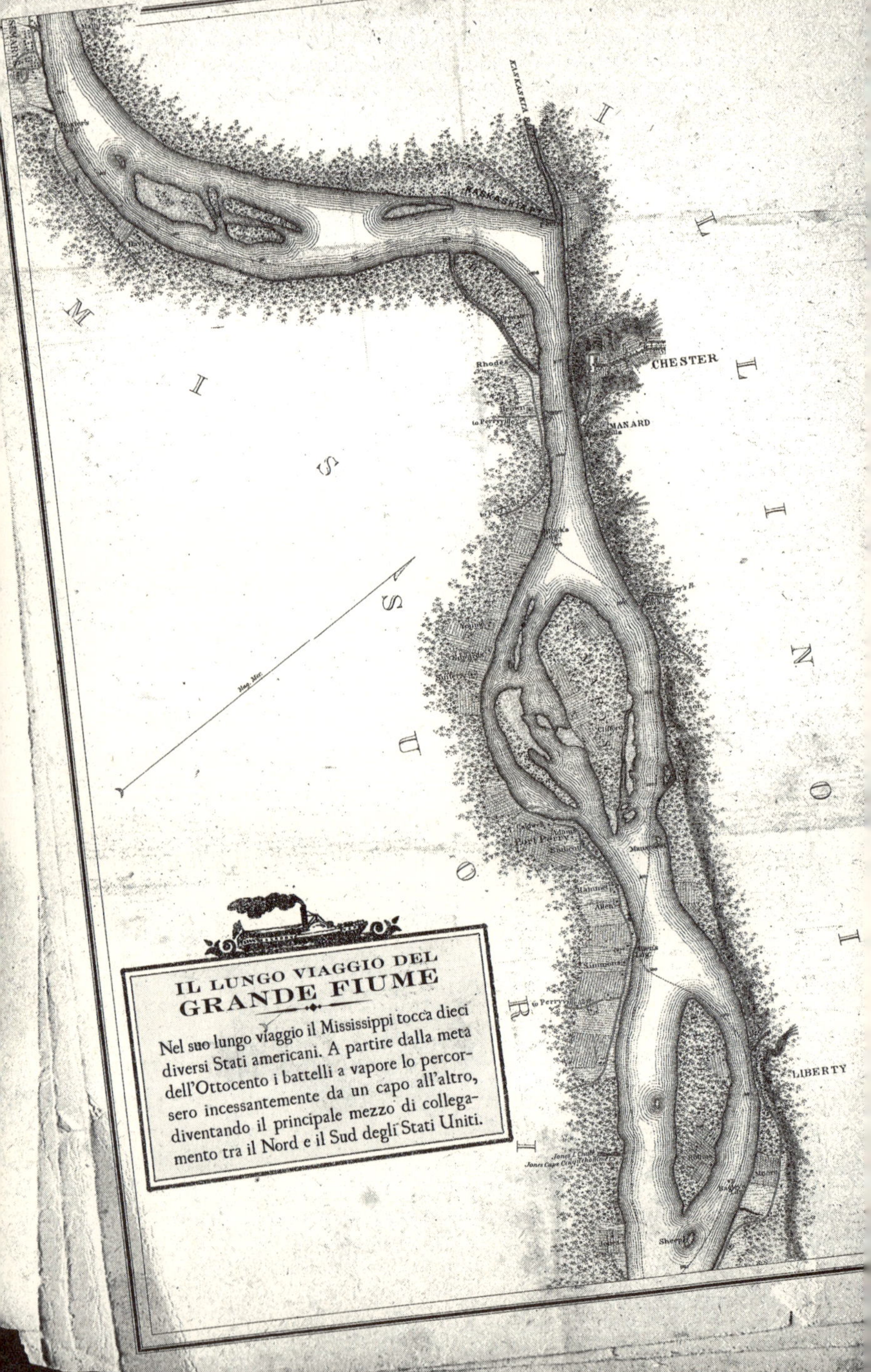

IL LUNGO VIAGGIO DEL GRANDE FIUME

Nel suo lungo viaggio il Mississippi tocca dieci diversi Stati americani. A partire dalla metà dell'Ottocento i battelli a vapore lo percorsero incessantemente da un capo all'altro, diventando il principale mezzo di collegamento tra il Nord e il Sud degli Stati Uniti.

13

IL LUNGO VIAGGIO DEL GRANDE FIUME

Gli indiani Choctaw chiamano il Mississippi *Bulbancha,* che significa "il luogo dove si parlano molte lingue".

Man mano che correvamo verso nord il nome diventava sempre più azzeccato. I passeggeri che salirono a Baton Rouge parlavano in francese come noi, ma da lì in poi a ogni fermata c'erano sempre più passeggeri che parlavano in inglese, usando strani dialetti che facevo fatica a capire.

Il Mississippi era largo e imponente e la *Louisiana Story* navigava risalendo la corrente, sempre così vicina alla riva da rischiare di incagliarsi, schivando con incredibile pazienza le insenature, le isole, le secche e gli scogli, i tronchi affioranti, i pali e i sassi, le rapide e le zone di acqua bassa.

Lontano, nel mezzo del grande fiume, altre navi sfrecciavano a tutto vapore in senso contrario dirette verso New Orleans, sfruttando le correnti impetuose che animavano il cuore del Missisippi.

A tratti un marinaio dell'equipaggio si sporgeva dalle murate, rovesciava in acqua un peso legato a una corda, poi lo ritirava su e gridava qualcosa. Il suo inglese marinaresco era così strascicato che faticavo a distinguere le parole, ma ogni tanto una cosa la capivo: "Mark Twain".

«E che significa?» mi domandò Te Trois.

«Non ne ho idea» risposi. «Forse a quel marinaio piacciono i romanzi d'avventure. Qualche tempo fa ho letto il libro di uno scrittore che si chiama proprio Mark Twain.»

«E che libro è?» mi incalzò Te Trois.

«Be', è un libro niente male: parla di questo ragazzo, Huck, che ha trovato un tesoro ed è diventato molto ricco. Solo che siccome è ricco adesso deve andare a scuola, e per questo decide di scappare e si imbarca su una zattera insieme a un suo amico schiavo, e con quella discendono il Mississippi...»

«Uhm» bofonchiò Te Trois. «Che sciocchezza.»

«Guarda che è uno dei romanzi più belli che...»

«Dico che è una sciocchezza perché è il contrario di quello che facciamo noi» tagliò corto lui. «Sì, cioè, questo Huck ha un tesoro, e invece di essere contento se ne scappa verso sud. Invece noi, noi il tesoro lo stiamo cercando, e per questo risaliamo il grande fiume facendo proprio l'opposto rispetto a lui.»

Rifletté un istante, poi aggiunse: «E Huck doveva solo seguire la corrente, gli bastava saltare su una zattera e lasciarsi trasportare dal fiume. Invece noi dobbiamo muoverci all'incontrario e per riuscirci servono forza e fatica, e più andiamo avanti e più sarà difficile. Perché perdere un tesoro è un giochetto, ma trovarne uno...».

«Trovarne uno è tutta un'altra cosa» conclusi, pensieroso.

Nessuno disse più una parola, e rimanemmo a osservare il fiume fangoso che spumeggiava sotto di noi.

In realtà scoprii più tardi che i marinai della nave non erano appassionati di libri, ma stavano solo misurando la profondità del fiume. Quando il fiume era a due tacche, gli uomini gridavano *mark twain* che vuol dire "segna due", oppure *mark three* che significa "segna tre", e così via. Era solo una coincidenza, insomma.

Ma il Mississippi era davvero *Bulbancha*, luogo di molte lingue, e la nave parlava una sua lingua speciale e unica che io poco a poco iniziavo a capire.

C'erano le parole che i marinai si scambiavano in sala macchine, come "ferma tutto, motori indietro, avanti pianissimo" e così via.

Poi c'erano le parole dei piloti: sulla nave ce n'erano ben tre che si davano il cambio, ed erano tutti e tre piloti "di controcorrente", esperti nel portare la nave da sud a nord seguendo la riva del fiume, là dove c'erano le "acque morte" che permettevano di risalire senza troppo sforzo. Ma a bordo c'erano anche due piloti "di corrente", che avrebbero guidato il grande battello nel viaggio di ritorno, stando proprio al centro del fiume dove la forza delle acque era spaventosa e il Mississippi si increspava in alte ondate di fango.

I piloti di corrente e controcorrente parlavano lingue simili ma diverse, e ricordavano a memoria le secche e le curve del fiume, si lanciavano istruzioni e avvertimenti, si raccontavano storie.

Secondo loro il Mississippi non stava mai fermo, era un enorme animale che scorreva ed erodeva le rive, abbatteva gli argini, creava isole. A volte il fiume "prendeva una scorciatoia", cioè usciva dal suo letto e invadeva una campagna o un boschetto, scavandosi un nuovo passaggio nella terraferma e magari tagliando via un'intera curva o un'ansa. E così paesi che fino a quel momento erano stati sul fiume, ora si ritrovavano nell'entroterra, lontani dall'acqua anche una decina di miglia.

Io e Te Trois sapevamo tutte quelle cose perché ce le aveva dette René, ovviamente, che aveva già percorso il Mississippi da un capo all'altro almeno cento volte.

Non ci credevo granché, ma tenevo sempre la bocca chiusa perché René ci permetteva di salire fin nella cabina del pilota, o di scendere nelle cambuse a sgraffignare qualcosa da mangiare senza dover pagare i venticinque centesimi della tariffa.

A bordo del battello eravamo liberi, liberi come non eravamo mai stati prima.

Per dire la verità, in teoria avremmo dovuto trovarci sotto la responsabilità del capitano, un uomo grasso e con la barba ispida come un cespuglio di rovi, che la prima sera ci aveva chiamati nella sua cabina e ci aveva fatto una ramanzina su come era importante essere buoni e giudiziosi.

Aveva detto che ci avrebbe tenuto d'occhio ma poi, all'atto pratico, non lo avevo più visto, e io e Te Trois potevamo andare in giro quanto e come ci pareva.

Julie per la verità se la passava un po' meno bene, perché appunto era una ragazza, e il capitano aveva chiesto a una delle signore a bordo, la vedova Lorence, di darle qualcosa da fare e magari insegnarle qualche sermone della Bibbia.

Sermoni a Julie, figurarsi, lei che non era mai neanche venuta alla scuola domenicale del reverendo Thompson!

Fatto sta che la vedova Lorence era una vecchietta curva, dolce e gentile come un generale di corpo d'armata, ed era quella che secondo René aveva l'alito che sapeva di merda di pesce gatto. Io non mi avvicinavo certo per controllare, ma provavo una gran pena per Minnie, la nipote della vedova che doveva viaggiare con lei fino a Cairo, in Illinois.

E provavo una gran pena per Julie, anche, certo.

Ne avevo conosciute altre, di vedove come la vedova Lorence. Al nostro paese ce n'erano tre: la signora Beau, la signora Travert e la signora Flinch.

Una volta avevo parlato di loro con Joe l'Indiano e lui le aveva chiamate "il trio collorosso", perché erano come gli avvoltoi collorosso: sentivano puzza di carogna a decine di miglia di distanza.

Erano loro che avevano costretto la mamma di Julie ad andarsene dal paese e trasferirsi nella capanna ai margini della piantagione, ed era sempre il trio collorosso che si schierava davanti al droghiere quando Julie passava in città (e allora sembravano davvero tre avvoltoi), e commentava a bassa voce e scuoteva la testa con aria preoccupata.

Julie aveva sopportato donne così per tutta la sua vita. E forse per questo, quando la vedova usciva dalla sua cabina e si metteva a strillare e a chiamarla, lei non si faceva trovare mai.

Intanto erano passati due giorni da quando avevamo lasciato New Orleans, e cinque da quando eravamo andati via di casa, e nessuno di noi aveva mai spedito un telegramma per avvisare che stavamo bene e che ci eravamo messi in viaggio per portare a termine una grande missione.

A volte mi chiedevo, poi, se era davvero una missione così grande. Forse avevamo sbagliato tutto, forse Jack non era davvero un agente della Walker&Dawn, o forse ancora quell'orologio rotto non valeva un accidente.

Tit portava sempre al collo il sacchetto di velluto che avevo comprato a New Orleans, e ogni volta che aveva un minuto libero tirava fuori quella vecchia cipolla e se la rigirava in mano come se fosse un tesoro.

Almeno per lui, quell'aggeggio un valore l'aveva sul serio.

«Si può sapere che ci trovi?» gli chiesi una sera, sul ponte, quando Te Trois e Julie si erano già addormentati in uno spazietto tra due enormi sacchi di carbone, e lui invece stava rannicchiato ai miei piedi come un cucciolo.

«Le sette e le nove» bisbigliò Tit.

Sobbalzai. Da quando lo conoscevo, era la prima volta che lo sentivo parlare. Per molto tempo avevo pensato addirittura che fosse muto.

«Come, scusa?» feci io.

«E un quarto e quarantaquattro e ventisette.»

Mi drizzai di scatto: «Tit, ma tu... tu parli!».

Lui mi sorrise, indicò l'orologio.

Giuro che non avevo idea di cosa stesse succedendo. Tit aveva sempre avuto una certa passione per i numeri, lo sapevo bene. Ogni volta che giocava con qualcosa, dei sassolini per esempio, li divideva in mucchietti e li contava e ricontava. Era per quello che gli piaceva l'orologio, perché c'erano dei numeri scritti sopra? Possibile. E comunque, chissà cosa passava nella testa di Tit.

Il nostro viaggio continuò, seguendo il fiume che in quel tratto segnava il confine tra lo Stato della Louisiana e quello del Mississippi. Le città passavano via una dopo l'altra, costringevano il battello a zigzagare dalla sponda destra a quella sinistra per fermarsi nei diversi porti, e così facendo ogni volta cambiavamo Stato: Natchez, Stato del Mississippi. Vidalia, Stato della Louisiana. Vicksburg, Mississippi. Tallulah, Louisiana.

Chi avrebbe mai pensato che il mondo potesse essere così grande, e con così tante città, e tante persone.

Il clandestino che avevamo trovato il primo giorno si faceva chiamare Cheat, e diceva di aver viaggiato già in tutta l'America, da nord a sud e da est a ovest. Era orfano, e viveva rubacchiando e facendo lavoretti dove capitava.

La raccontava come se fosse la vita più divertente del mondo.

Quel pomeriggio ci eravamo rintanati nel deposito bagagli, che rispetto alla sala macchine era un posto molto più fresco e silenzioso e, soprattutto, non c'era mai nessuno.

«Dimmi un po'» gli domandai. «Come hai fatto a convincere René e gli altri a non buttarti nel fiume?»

«Ho i miei segreti» rispose, masticando un pezzo di carne secca con un rumore umido da ruminante.

«E quali? Sembravano... dei disegni, ma non ho visto niente.»

«Non volevo mostrarvelo perché c'era anche quella ragazza, con voi.»

«Julie?»

«Eh. Lei non può vedere. Ma tu, se vuoi, sì.»

Fece un sorriso furbo, aprì la sacca da viaggio e tirò fuori un manipolo di fogli stropicciati. Me li passò strizzandomi l'occhio.

Avevo sbagliato. Quelli non erano disegni, ma fotografie. In bianco e nero. E ritraevano delle donne senza vestiti. Una ragazza nuda fumava appoggiata contro un muro. Una ragazza nuda stava sdraiata su un prato. Un'altra era in sella a un cavallo.

«Forte, eh?» domandò Cheat.

«Oh» dissi io.

Non avevo mai visto nessuno senza vestiti, né una donna né, se è per questo, un uomo. A parte la signora Thompson, la moglie del reverendo, quella volta che io e Te Trois l'avevamo scoperta che si faceva il bagno nel fiume, e garantisco che non era un bello spettacolo e poi eravamo scappati subito.

«Scusa ma...» farfugliai, imbarazzato. «René ti ha lasciato restare... solo per vedere queste foto?»

«Tu non l'avresti fatto?»

Tossicchiai imbarazzato, e Cheat mi sferrò un pugno sulla spalla e disse: «Sei proprio un novellino, Eddie. Ancora un bamboccetto. Ma tra qualche anno vedrai se non ho ragione io».

Non sapevo se fosse vero, e soprattutto non sapevo su cosa avrebbe dovuto aver ragione, ma fui un bel po' sollevato vedendo Julie che entrava come una furia nel deposito bagagli.

Cheat nascose le foto con la velocità di un prestigiatore, e guardando Julie mi resi conto di essere diventato rosso fino alla punta dei capelli, e non potevo fare a meno di chiedermi se anche lei sarebbe stata uguale a quelle ragazze, senza il suo vestitino a fiori.

«Ehm...» mormorai.

«Oh, eccoti qua. Te Trois?»

«Non lo so, con René forse, a vedere i fuochisti...»

«Allora va bene, non importa. Tu però vieni con me. Da solo» specificò, lanciando un'occhiataccia a Cheat.

Il ragazzino le scoccò un bacio e le fece l'occhiolino, e Julie soffocò un mugugno disgustato.

Scrollai le spalle e la seguii fuori, dove l'aria era calda e appiccicosa come colla, e ci sistemammo all'ombra contro il parapetto del ponte delle caldaie.

«Com'è che sei tutto rosso in faccia?» mi domandò Julie.

Cercai di inventarmi una risposta, non ci riuscii, e restai imbambolato a osservarla mentre con aria tranquilla toglieva dalla scollatura del vestito un ritaglio di giornale. Me lo allungò.

«Guarda cos'ho trovato» disse. «Qualcuno l'ha lasciato su un tavolo del salottino, poco fa.»

«Cos'è?» domandai io.

«Una pagina del "Picayune"» rispose Julie. «È di due giorni fa, quando siamo partiti da New Orleans.»

«E da quando leggi i giornali?»

Julie scrollò le spalle.

«Ho visto che parlava di Chicago, mi sono incuriosita, e poi...»

«Poi?»

«Ho letto tutto, anche se mi ci è voluto un po'. E mi sono incuriosita ancora di più.»

Il foglio che mi aveva passato Julie veniva dalla sezione della cronaca.

Il titolo, a tutto campo, diceva:

L'ASSASSINO ASSASSINATO.
TROVATO MORTO A CHICAGO IL KILLER DI MISS DAWN.

«Cosa...?» domandai io.

«Leggi» rispose Julie, e io mi aggiustai gli occhiali.

L'articolo era accompagnato dalla fotografia di un uomo di una certa età e i capelli tirati indietro con la brillantina. Nella foto aveva una camicia bianca e un cravattino, e si capiva che un tempo era stato un gran signore, perché aveva l'aria sicura di chi pensa di fare un favore al mondo per il solo fatto di respirare.

Il testo, più o meno, diceva:

> *Chicago.* Continuano le indagini sulla morte di Mister Darsley, ucciso da tre colpi di pistola e ritrovato in un vicolo alcune settimane fa. Mister Darsley, 52 anni, in gioventù era stato un celebre investigatore privato e intimo amico di Miss Dawn, la fondatrice insieme a Mister Walker del Rinomato Catalogo Convenienza.

Guardai Julie, che però picchiettò la pagina senza aggiungere niente.

> Mister Darsley era stato condannato all'ergastolo per l'omicidio della stessa Miss Dawn, avvenuto il 31 dicembre del 1899. Grazie all'appoggio dei migliori avvocati d'America Darsley si salvò dall'impiccagione, ma la sentenza fece molto discutere.

Di Darsley non si era saputo più nulla fino alla notte della sua evasione: scappato dal carcere in cui era detenuto, dopo aver trucidato a sangue freddo una guardia, la sua fuga è stata comunque di breve durata. L'uomo è stato ritrovato morto poche ore dopo la sua evasione, nelle vicinanze della stazione ferroviaria. Per uno scherzo del destino, questa è anche la zona in cui si trovano i magazzini della Walker&Dawn Company, e dove sorgevano gli appartamenti privati di Miss Dawn.

L'articolo continuava con diversi particolari raccapriccianti su Mister Darsley, definito una "belva assetata di sangue", e "uomo in combutta con la malavita organizzata della città".

«Hai capito?» domandò Julie.

La risposta era no, così rilessi l'articolo un'altra volta dall'inizio, con più calma.

Poi rialzai la testa e dissi: «Be'?».

«Non ti sembra strano?» commentò la mia amica. «Il Catalogo ci manda per errore un orologio preziosissimo, tanto che pur di impadronirsene per poco qualcuno non ci fa fuori. E ora scopriamo che, appena qualche giorno prima di ricevere l'orologio, l'assassino di Miss Dawn era uscito di prigione. Ed era stato ucciso, tra l'altro, proprio vicino alla casa di Miss Dawn.»

Ripiegai il giornale e lo restituii a Julie. Ancora non capivo.

«Tu sapevi che Miss Dawn era stata assassinata?» mi domandò lei. «Nella... notte di capodanno del 1899?»

Feci di sì con la testa. Era una cosa che sapevano tutti, più o meno, e io ne avevo sentito parlare qualche volta. Niente di che, solo commenti sulla povera Miss Dawn e la fine che aveva fatto, pronunciati dalle amiche di mia madre con una smorfia mentre bevevano il tè in salotto.

«Secondo me dev'esserci un collegamento fra la morte di Darsley e l'orologio» disse Julie. «Per forza. E dobbiamo scoprire qual è.»

La ragazza si voltò e si allontanò di un passo, poi si girò ancora e mi rivolse un sorriso storto da gatto selvatico: «Un'ultima cosa. Tu e Te Trois state attenti a quei ragazzi, i marinai, e a Cheat. Non mi piacciono proprio per niente».

MEMPHIS

Memphis è una città nel Sud del Tennessee. Porto fluviale e snodo ferroviario di primaria importanza, agli inizi del XX secolo era anche il più grande mercato del mondo per la vendita del cotone.

14

MEMPHIS

Il battello costeggiò la sponda orientale di una grande isola dall'aria barbara e arrivò finalmente in vista di Memphis. I marinai rovesciarono fascine verdi nella fornace, e dai camini il fumo cominciò a uscire bello scuro e ben visibile, e, dall'alto, il fischietto della *Louisiana Story* lacerò l'aria con uno strillo acuto.

A terra qualcuno si accorse della nave e saltò in piedi, una campana rispose al fischio e per un attimo tutto il Mississippi diventò un agitarsi frenetico.

I passeggeri che dovevano sbarcare prepararono le valigie, e la gente del porto corse sul molo, i venditori portavano i carretti con le merci sperando di fare qualche buon affare, le ragazze adocchiavano tra i viaggiatori se per caso c'era un buon partito o semplicemente qualche *beau* a cui sospirare, e com'è ovvio i ragazzi facevano esattamente la stessa cosa, e insomma c'era un grande fermento dappertutto.

Memphis era una città importante, ancora più grande di New Orleans, e al porto potevano attraccare decine di navi tutte insieme. La *Louisiana Story* progettava di fermarsi lì una mezza giornata per permettere ai passeggeri di scendere e magari cenare in città.

Ovviamente, anche noi volevamo andare a terra. O meglio, lo volevano fare Julie e Te Trois.

Io invece mi sentivo un po' timoroso, e mi domandavo se "perdere la nave e restare bloccato a Memphis" meritasse di entrare a far parte del mio elenco delle Preoccupazioni. Secondo me, decisamente sì.

«Forse sarebbe più prudente stare a bordo...»

«Ma la nave partirà di nuovo alle sette!» protestò Julie. «Abbiamo un mucchio di tempo. Possiamo farci un giretto veloce...»

«Lascia perdere» sbuffò Te Trois. «Eddie è il solito fifone. Quando ci ricapita di fare un giro a Memphis?»

E con queste parole saltò fuori che, insomma, come sempre, io potevo andare con loro oppure restarmene da solo. E faceva davvero troppo caldo per passare mezza giornata nella nave deserta, a guardare i marinai che caricavano casse di legno.

Memphis ci accolse con un abbraccio bollente, faceva così caldo che non si riusciva a respirare, e c'era gente dappertutto, carretti e diligenze, gente elegante e accattoni, tutti ammucchiati sui moli come topolini in gabbia.

Noi sgusciammo via, Te Trois e Julie avanti a tutti, io indietro tenendo Tit per mano, e ci allontanammo lungo la sponda del Mississippi alla ricerca di un po' d'aria fresca.

«Oh!» gridò Te Trois, così forte che per poco non mi fece cadere per terra. «E quello che sarebbe?»

Alzò il dito, e devo dire che anche a me cascò la mascella dalla faccia.

Poco oltre il punto dove ci trovavamo, il cielo era tagliato in due da una gigantesca struttura di acciaio scintillante, che attraversava il Mississippi da un capo all'altro. Un treno lanciato a tutta velocità stava attraversando quel ponte magnifico con un gran sferragliamento, e sembrava proprio che la locomotiva viaggiasse in volo fra le nuvole.

«Woah!» dissi io. «E da quando i treni vanno per aria?»

«Guarda che è solo un ponte» rispose Julie.

«Ma io non sapevo che ci potessero essere ponti così lunghi» protestò Te Trois. «Perché, tu sì?»

Ci dirigemmo da quella parte arrivando a ridosso delle rotaie, strisce luccicanti nel sole del pomeriggio.

Era davvero un ponte immenso, lungo forse un miglio, che sfidava il grande Mississippi con le sue traversine di metallo.

Te Trois voleva attraversarlo tutto e vedere cosa c'era dall'altra parte (che domande, l'altra sponda) ma questa volta riuscii a convincerlo a lasciar perdere. Ci mancava solo che un altro treno passasse finché eravamo lì sopra... L'unica alternativa allo schianto sarebbe stata tuffarsi nel fiume.

Tornammo indietro, verso la città, e per un po' girellammo per le vie e sbirciammo i negozi. Era tutto così incredibile.

«Che ne dite di bere qualcosa?» suggerì Julie. «Io ho una sete...»

Fece due saltelli ed entrò nella bottega di un droghiere.

«Scusi, signore, quella caraffa sul banco è limonata? Quanto costa un bicchiere?»

Il proprietario del negozio alzò la testa e fece una smorfia.

«Un bicchiere un penny» disse.

«Allora limonata per tutti» disse Te Trois.

Il proprietario prese tre bicchieri da un secchio pieno d'acqua, li sistemò sopra il bancone e ci versò dentro il liquido giallo, facendo attenzione a non sprecarne nemmeno una goccia.

«Prima i soldi poi la limonata» disse.

Io scossi la testa: «Signore, manca un bicchiere».

«Non credo» rispose il proprietario.

Tossicchiai: «Signore, noi siamo in quattro. Lì ci sono solo tre bicchieri».

Il proprietario tirò su con il naso.

«La limonata è solo per voi tre. In questo negozio non serviamo i negri.»

Quella parola mi rimbombò dentro come una coltellata.

«Ma... ma Tit è con noi!» protestò Julie con un soffio, e vidi che mostrava i denti come una gatta randagia.

«Ho detto niente negri. Datemi tre centesimi per la limonata e andatevene all'inferno.»

Te Trois ringhiò: «Non abbiamo bevuto. Perché dovremmo pagare?».

«Perché ho sporcato i bicchieri e la limonata l'ho versata. Che c'è, siete in cerca di guai?»

Il proprietario si alzò in piedi e aveva braccia robuste e pelose.

«Ehi!» sbottò Te Trois, ma io lo afferrai per la spalla: «Andiamocene via, meglio evitare guai».

«I miei tre centesimi!» sbraitò il proprietario.

Te Trois sputò per terra: «Ecco cosa pago per quella schifosa limonata!».

Poi fece un gesto, e tutti e quattro ci voltammo e scappammo via.

Avevamo il fiatone e il cuore ci batteva fortissimo. Tit piangeva, Julie era così arrabbiata che sembrava una nuvola di temporale.

E io, io mi vergognavo e basta.

«Dai, non importa» mormorai.

«Sì che importa» disse Julie.

«Ma non ci possiamo fare niente» risposi io.

Julie si voltò verso Te Trois.

«Tu invece qualcosa hai fatto» disse. «Grazie.»

Era vero, Te Trois si era ribellato. Io invece mi sentivo un vigliacco, e quel marchio mi bruciava dentro come impresso a fuoco.

Ormai ne avevamo abbastanza di Memphis, io e tutti gli altri, e poi si stava facendo tardi e non volevamo perdere il battello. Decidemmo di tornarcene alla nave e per far prima ci avviammo per certe vie secondarie, muovendoci in direzione del porto.

I vicoli erano stretti, pieni di sporcizia, e puzzavano di urina. Sentii un'improvvisa angoscia e la voglia di tornare a casa mia, nel bayou, e ripresi a respirare sul serio solo quando vidi il riflesso color fango del Mississippi che faceva capolino in fondo, oltre gli ultimi magazzini.

Tenevo ancora Tit per mano.

«Oh, eccovi qua. Dove eravate finiti? È un pezzo che vi cerco.»

Lanciai uno strilletto da stupido, ma la voce mi aveva proprio colto di sorpresa.

Sentii la risatina allegra di Cheat che sbucava da dietro l'angolo di un deposito. Un filo d'erba gli penzolava dal labbro come una pipa e aveva l'aria sorniona di un gatto davanti al camino. Chissà che ci faceva qui, chissà perché aveva deciso di scendere dalla nave.

«Oh, sei tu» dissi. «Non sai che roba, ci è successo di tutto, devo raccontarti...»

«Già già» disse Cheat. «In effetti, è un pezzo che volevo chiederti di raccontarmi un po' di cose. Tipo chi siete per davvero.»

«Lo sai già, chi siamo» dichiarò Julie.

Cheat da gatto che era si trasformò in volpe.

«Invece so solo le fandonie che avete rifilato a me e agli altri. Ma ora, se non vi dispiace, vorrei la verità.»

Lo disse strascicato, con un accento dell'Ovest. *Veritaaaah.*

«Ci ho pensato, e sono convinto che avete qualcosa da nascondere. Dite di avere una missione, state lì a confabulare in continuazione, e ogni volta che qualcuno si avvicina fate finta di niente o vi allontanate con una scusa.»

«Non è vero!» disse Te Trois.

«Io invece dico di sì» continuò Cheat. «Vivo nel deposito bagagli, ricordate? Perciò ecco, ho avuto un bel po' di tempo per guardare nella vostra valigia...»

Cheat si lasciò scivolare la sacca da viaggio sul davanti, e ne tirò fuori la pistola di Jack. La teneva per la canna, con due dita, come se fosse la zampa di un ragno.

Se la fece dondolare davanti agli occhi un paio di volte, poi sogghignò e la impugnò come si deve.

«Maledetto ladro!» sibilò Te Trois.

«C'erano un bel po' di scartoffie, in quella valigia, ma purtroppo io non so leggere. Però una pistola non c'è bisogno di leggerla, giusto? Eh eh eh. E siccome nel vostro bagaglio oltre a questa c'era anche un cappotto da uomo... Capirete che ho cominciato a farmi certe domande su di voi.»

Senza neanche accorgermene presi Tit e me lo feci passare dietro la schiena, come per proteggerlo.

Il tempo sembrava essersi fermato.

Cheat annuì verso di me.

«Già, e il nero muto» continuò. «Scommetto che c'entra anche lui in tutta questa storia, eh? E magari c'entra anche quello strano orologio che il piccolo si porta sempre appresso...»

Non avevo mai avuto tanta paura.

Anche Jack, nella palude, aveva minacciato di spararci... Ma io stavo correndo e non avevo *visto* niente. Ora invece la pistola era proprio davanti a me, e mentre Cheat parlava la faceva oscillare avanti e indietro, passando da me, a Te Trois, a Julie.

Voleva spararci, l'avrebbe fatto davvero? Perché no. In fondo eravamo in un vicolo, in una città malfamata, e nessuno sapeva che eravamo lì e nessuno poteva aiutarci.

Ecco la Preoccupazione Numero Uno, Eddie, mormorai fra me. Preoccupazione Numero Uno.

«Non fate quelle facce!» esclamò Cheat. «È tutto molto facile: ora ci consegnate tutti i vostri soldi, quel bel portafogli di pelle che ho *indocchiato* già da un po'. E l'orologio. E poi ci dite chi siete.»

«*Ci*?» esclamò Julie.

«Già» disse Cheat. «Ci. A me, e ai miei amici.»

Girai la testa e vidi i due mozzi, René e Tom, che si avvicinavano a passo lento dall'altro capo del vicolo.

René sorrideva come se fosse tutto un gran divertimento. Tom invece era serio e stringeva in mano un coltello di quelli che si usano per pulire il pesce. Sottile sottile, e affilato affilato.

«Ciao, ragazzi» disse René. «Come state?»

Parlava lento e con il sorriso, ma in realtà stava dicendo: "Ecco qua i signorini, non ve l'aspettavate questa, eh?".

«Il portafogli» disse Cheat. «Avanti.»

Io ero la guida e quindi io avevo il portafogli di Jack, mi rigonfiava la tasca dietro dei pantaloni.

Non so come fece Cheat a capirlo, ma la rivoltella si puntò dritta contro di me.

«Forza, Ed» disse Cheat. «Dammelo.»

Non sapevo che fare, così obbedii. Cheat, René e Tom si avvicinarono ancora, erano tanto vicini che potevo sentire l'odore dei loro vestiti sudati.

Io presi il portafogli, ma tremavo al punto che mi scivolò di mano e cadde con un tonfo e una nuvoletta di polvere.

«Eddie!» strillò allora Te Trois. «Ma stai attento!»

Il mio amico si chinò in fretta per raccoglierlo, e non so come gli venne in mente una mossa simile ma fatto sta che con una mano prese il portafogli e con l'altra una bella manciata di sabbia e terriccio, e la strinse in pugno, e con un unico movimento elegante la lanciò negli occhi di Cheat.

Poi si gettò in avanti caricando il ragazzo come un toro, e lo centrò allo stomaco con una spallata.

La pistola volò via dalla mano di Cheat e descrisse un arco d'argento nell'aria, per finire chissà dove.

«Aaah!» gridò Cheat.

«Tom, prendili!» gridò René.

Non avevo nessuna voglia di farmi prendere. Così afferrai Tit per mano. E cominciai a correre.

Via di qui Eddie Ed, mi dissi, via di qui.

Si vede che sono un fifone, scappare era proprio la cosa che mi veniva più naturale.

Sentii grida, e il rumore delle scarpacce di Te Trois e di quelle di Julie che mi seguivano.

«Veloci, ragazzi!» gridò Te Trois. Ma anche gli altri erano veloci, mai visto nessuno che corresse alla grande come quel René, e Tom e Cheat comunque gli andavano appresso.

Mi chiesi se avessero recuperato la pistola. Mi chiesi se stessero per spararmi alle spalle.

In quel momento un fischio acutissimo fece tremare l'aria. La nave! Stava per partire e lasciarci lì!

Accelerai ancora, vidi Te Trois che mi superava di slancio per gettarsi tra i magazzini e raggiungere l'ultimo tratto allo scoperto, sui moli.

Io invece scivolai, inciampai, e finii contro un barilotto appoggiato a un magazzino insieme a un mucchio di altra robaccia. D'istinto, non sapendo bene che fare, spinsi la botte alle mie spalle e ne approfittai per lanciarmi di nuovo in avanti.

Il barile rotolò addosso a René, che piombò su Tom e Cheat in un groviglio di braccia e gambe e bestemmie.

«Bravo, Ed!» esclamò Te Trois. «Andiamo!»

Ci sono corse che non si possono raccontare.

Divorammo la strada e la polvere, le nostre grida nascoste dal cuore che ci pompava nelle orecchie. Saltammo mendicanti e rotoli di corda, schivammo carretti, finché le nostre scarpe ancora nuove cominciarono a pestare le assi del pontile.

La *Louisiana Story* si preparava a salpare, le caldaie erano in pressione e i comignoli sputavano fumo, sentivo già il brontolio familiare della ruota di poppa che mordeva l'acqua.

Due marinai si avvicinarono alla passerella per toglierla di mezzo e slegare gli ormeggi.

«Aspettate! Siamo passeggeri!» strillò Te Trois.

Non so come ma arrivammo a bordo appena in tempo, più che salire sul ponte ci finimmo sopra con una capriola, e piroettammo sulle assi lucide tra gli sguardi perplessi degli altri passeggeri.

Poi ci furono l'ultimo fischio e l'ultima corda sganciata e trainata a bordo, e finalmente la *Louisiana Story* prese il largo.

Boccheggiando mi appoggiai al parapetto per cercare René e Cheat e Tom, sulla riva o tra i moli, ma non li vidi da nessuna parte.

Ce li eravamo lasciati alle spalle. Eravamo salvi. Soprattutto, eravamo vivi.

ALL'INCONTRO DEI DUE FIUMI

La citta di Cairo si trova nell'Illinois, e sorge nel punto in cui il Mississippi incontra il fiume Ohio. Citta ricca e influente, fu teatro di numerosi scontri razziali tra la popolazione bianca e quella di colore.

15

ALL'INCONTRO DEI DUE FIUMI

Te Trois e Julie andarono verso il deposito bagagli per controllare la nostra valigia, tirandosi dietro Tit che continuava a singhiozzare. Io invece rimasi solo, a riprendere fiato e riordinare le idee nella confusione del ponte delle caldaie.

Il caldo insopportabile del pomeriggio era stato spazzato via da un vento fresco pieno di profumi che non conoscevo.

Anche la natura tutto intorno era cambiata. Le sponde del fiume erano punteggiate di piccole lanterne di segnalazione, come lucciole, e aguzzando gli occhi mi sembrava di scorgere tra la vegetazione occhi e nasi umidi di cervi, con le corna simili a rami intricati.

In quel tratto il fiume segnava il confine tra Arkansas e Tennessee e il bayou era solo un ricordo lontano, c'erano foreste e terraferma ovunque. Era un ambiente che non conoscevo e che mi metteva a disagio. Le lezioni di Joe valevano ancora, così lontano da casa? Come potevo essere uno sciamano della palude, se la palude non c'era più?

Ma alzando la testa verso il cielo, dovevo ammettere

che le stelle erano sempre uguali. Il velo d'umidità era caduto e le rendeva più lucide e splendenti, e le costellazioni erano sempre al loro posto.

Non tutto era perduto.

«A ogni viaggio, la tua borsa diventa più pesante» diceva sempre Joe.

Una borsa più pesante di segreti, pistole, paure, giorni passati. Non so se era quello che volevo davvero, ma comunque non avevo scelta. Non ce l'ha nessuno.

Invece di raggiungere gli altri nel nostro solito rifugio tra i sacchi di carbone me ne restai in disparte, vicino ai boiler delle caldaie.

Era il posto più tranquillo della nave, lì, perché faceva caldo e gli altri passeggeri cercavano di rimanerne lontano il più possibile.

A me invece del caldo non importava, e avevo bisogno di starmene un po' solo con i miei pensieri. Quando mi sentii stanco mi sdraiai a terra. Mi sforzai di dormire.

«Ehi, tu.»

Riaprii gli occhi di scatto, e mi irrigidii quando vidi che a svegliarmi era stato Mike. Dei tre giovani mozzi della *Louisiana Story*, era quello che parlava meno e che avevo conosciuto meno.

Cercai di tirarmi in piedi in fretta, per paura che anche lui fosse in combutta con gli altri e avesse un coltello o che.

«Tranquillo, non ti faccio niente» disse invece, e mi si sedette accanto. «Volevo solo chiederti che è successo a René e Tom. Sono rimasti a Memphis?»

«A quanto pare» bofonchiai.

«Già. Il signor Weaver è andato su tutte le furie non vedendoli al loro posto. Vi hanno dato fastidio?»

Non risposi.

«So che progettavano qualcosa contro di voi. Non mi

interessa... Ma sono contento che non siano più sulla nave. A volte René mi metteva i brividi.»

A me no, invece. Mi ero accorto che qualcosa non andava solo quando era troppo tardi.

Comunque ringraziai Mike e restammo a chiacchierare per un po', e quando se ne andò a sbrigare le sue faccende, appoggiai la testa e chiusi gli occhi e mi addormentai di colpo. Dormii tutta la notte di un sonno profondo e scuro come il letto del fiume.

Il pomeriggio seguente il fischio della nave annunciò che eravamo arrivati a Cairo, e di nuovo ci fu il solito trambusto di passerelle e gente al porto, passeggeri pronti a scendere e altri a salire.

Io, Te Trois, Julie e Tit osservavamo la scena a distanza perché questa volta nessuno si sognava di scendere di nuovo a terra. Oh no. Per quanto ci riguardava, avremmo lasciato la nave solo a St. Louis l'indomani, e non un attimo prima.

«Ehi, ragazzi» disse Julie, «guardate com'è vestito strano quello...»

Capii subito di chi stava parlando, perché in effetti spiccava nella folla come un pipistrello a mezzogiorno. Doveva avere una quarantina d'anni, la pelle abbronzata e capelli grigi che avevano bisogno di un buon taglio. Indossava un incredibile completo rosso a righe e aveva scarpe rosse, un cappello a cilindro e una cravatta a pallini.

L'uomo portava con sé una valigetta di cuoio dall'aria costosa e si guardava intorno sorridendo, come per uno scherzo che solo lui aveva capito davvero.

Io e Te Trois ci allungammo oltre il parapetto per guardare e lui subito si accorse di noi e ci strizzò l'occhio prima di inforcare le scalette che portavano al ponte superiore. Lo vedemmo sparire in una delle cabine sul fondo, di quelle più lontane dalle caldaie e quindi più lussuose.

Andammo in giro a bighellonare un po', e io restai per un pezzo a vedere scorrere il fiume.

Poi, più tardi, trovai Te Trois nel saloon della nave, dove tra vetri sporchi e tavoli di legno scuro gli uomini bevevano whisky, fumavano sigari e giocavano a poker.

Te Trois se ne stava seduto per terra in un angolo, e appena mi vide fece un sorriso storto.

«Che fai?» gli domandai, lasciandomi scivolare accanto a lui.

«Mi annoiavo e sono venuto a vedere» rispose. «Sai, noi ragazzi non potremmo stare qui. Ma su questa nave nessuno si accorge di niente.»

Lo disse con aria di importanza, ridacchiò, e solo allora mi accorsi che tra gli uomini che giocavano c'era anche quello strano signore vestito di rosso.

«Si chiama Edward Berry» mi disse Te Trois, indicandolo con un cenno del viso. «Lo so perché ho sentito mentre si presentava.»

«Edward come me» dissi.

«Già, bella coincidenza.»

«E come gioca, è bravo?»

Te Trois scrollò le spalle.

«Perde sempre. Se non sta attento gli portano via anche le bretelle.»

Restai a guardare la partita per un po'. Conoscevo le regole del poker perché avevo visto giocare Joe l'Indiano, al paese, e mi era sempre sembrato un gioco un po' sciocco: ognuno aveva cinque carte, e scommetteva che con quelle poteva superare le carte degli altri. Si cominciava allora un balletto di puntate e rilanci e soldi ammucchiati sul tavolo, finché alla fine qualcuno diceva "vedo" e allora le carte venivano scoperte, e il vincitore si prendeva tutto il piatto.

A quanto pare però Berry faceva tutto il contrario di quel che bisognava fare: buttava via le mani vincenti, puntava tutto su quelle perse in partenza, e un paio di volte sbagliò perfino la scala dei punteggi e cercò di battere un colore con un tris (cosa che, me ne rendevo conto persino io, era proprio assurda).

Però va detto che nessuno sapeva perdere con il suo stile. Continuava a ridere e fare battute, e anche davanti a una mano sfortunata era così tranquillo che presto al tavolo tutti lo adoravano e volevano parlare solo con lui, Berry di qua e Berry di là.

Verso l'ora di cena io e Te Trois decidemmo di raggiungere Julie e Tit per mangiare qualcosa, e appena ci alzammo dal nostro posto Berry si voltò e ci strizzò l'occhio e disse: «Arrivederci, ragazzi!».

E pareva che il vero vincitore di quella stramba partita fosse lui.

Dopo cena si accesero le luci del saloon e di nuovo gli uomini si riunirono per giocare a carte. Era l'ultima sera prima dell'arrivo a St. Louis e nell'aria c'era il profumo di occasioni perdute e ultime possibilità.

Io, Te Trois, Julie e Tit ci sistemammo in un angolo dove non avremmo dato fastidio.

I volti attorno al tavolo di gioco erano già lucidi di sudore e i baffi tremavano sotto le nuvolette di fumo dei sigari.

Arrivò Berry e salutò noi per primi, come se fossimo le persone più importanti della sala, e non nascondo che mi fece un certo piacere.

Gli altri giocatori gli fecero posto attorno al tavolo in silenzio.

C'era una tensione elastica come gelatina man mano che i soldi si accumulavano sul tavolo. Dollari su dollari, io non ne avevo mai visto tanti, c'erano portafogli che si aprivano in continuazione e banconote impilate, gente che gemeva per una mano sbagliata, o rideva e imprecava per una vittoria.

Berry cominciò subito a perdere grosse somme, ma questa volta non era più tanto allegro, gli tremava la mano quando doveva aprire il borsellino e mi chiedevo perché non si ritirasse in cabina alla ricerca di un passatempo meno costoso. Un buon libro, ad esempio.

«Vedo la tua puntata» disse un tizio che si chiamava Stud «e rilancio di dieci dollari.»

«Ci sto» aggiunse un altro che si chiamava Fred.

Tutti i giocatori attorno al tavolo, a turno, lasciarono la mano. Fred e Stud si erano dimostrati i più forti di tutta la nave e dieci dollari erano fuori portata per la maggior parte della gente. Solo una settimana fa, una cifra simile mi sarebbe sembrata un sogno.

«Io... rilancio di altri dieci dollari» esclamò allora Berry.

Si creò un silenzio assoluto, sembrava che anche il Mississippi avesse smesso di scorrere.

Stud e Fred si scambiarono uno sguardo di intesa fin troppo chiaro, e io capii subito che Berry era finito in una trappola, e che quei due volevano tirargli un brutto scherzo.

«Anch'io rilancio, ma di cinquanta» disse Fred.

«E io rilancio di altri cinquanta» gli fece eco Stud. Poi rivolto verso Berry: «Vediamo se sei un uomo, amico».

Il nostro amico guardò le sue carte, sembrò riflettere a lungo, poi esclamò: «Vedo i vostri cento dollari. E rilancio di altri cinquanta!».

La gente cominciò a mormorare, un tizio si chinò verso Berry e gli sussurrò di lasciar perdere. Ma lui tirò fuori di tasca un altro portafogli, che non aveva mai usato finora, e vidi che era pieno zeppo di banconote: sembrava una Bibbia rilegata in carta moneta.

Fred e Stud si scambiarono un cenno d'intesa e iniziarono a rilanciare e rilanciare, intenzionati a portargli via fino all'ultimo penny, e quello sconsiderato di Berry ogni volta ci pensava e sembrava sul punto di tirarsi indietro, ma poi mormorava qualcosa come: «Eh no, sono sicuro di vincere, poi ormai non posso lasciare un piatto simile» quindi rilanciava pure lui.

Alla fine su quel tavolo c'erano abbastanza soldi da comprarci una fattoria, e anche ai tavoli vicini avevano smesso di giocare e seguivano col fiato sospeso quell'incredibile mano di poker.

«Ultimo rilancio» annunciò Fred. «Metto sul piatto altri cento dollari. Che ne dici, amico?»

«Io dico che mi ritiro» disse Stud, ma fece l'occhiolino e io capii che quei due si erano messi d'accordo, e che in caso di vincita poi avrebbero fatto a mezzo.

Volevo avvertire Berry ma non mi riusciva di parlare.

Lui aprì per l'ennesima volta il portafogli.

«Uhm» bofonchiò. «Ultimo rilancio, eh? Allora fammi vedere se ho abbastanza soldi per vedere la tua puntata...»

Cominciò a tirar fuori le sue ultime banconote e contarle sul tavolo. Dieci, venti, trenta, quaranta... A novanta dollari, il portafogli era ormai vuoto.

Berry non si scompose e cominciò a frugare nelle tasche della giacca alla ricerca di monetine. Arrivò a novantadue, poi a novantasei dollari, novantasette. E si fermò.

«A quanto pare» annunciò «non mi è rimasto proprio più niente.»

«Ah ah!» esultò Fred, allungandosi sulla catasta di denaro. «Se non vedi la puntata, il piatto è mio.»

«Un attimo, un attimo» esclamò Berry. «Magari qualcuno mi può prestare questi tre dollari che mi mancano.»

Si girò verso di noi, proprio verso di me e Te Trois e Julie e Tit: «Che ne dite, ragazzi? Non è che per caso vi avanzano tre dollari?».

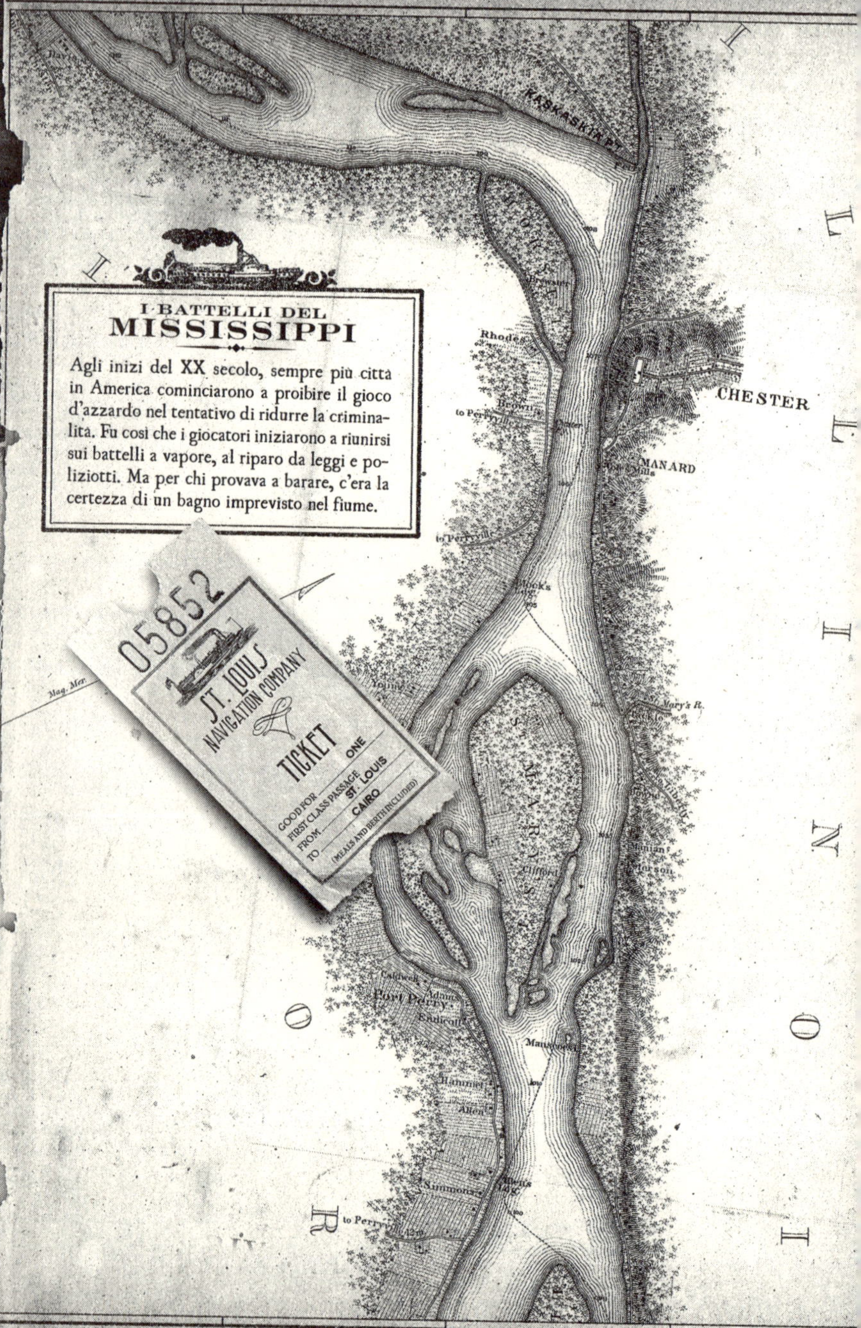

I BATTELLI DEL MISSISSIPPI

Agli inizi del XX secolo, sempre più citta in America cominciarono a proibire il gioco d'azzardo nel tentativo di ridurre la criminalità. Fu cosi che i giocatori iniziarono a riunirsi sui battelli a vapore, al riparo da leggi e poliziotti. Ma per chi provava a barare, c'era la certezza di un bagno imprevisto nel fiume.

16

I BATTELLI DEL MISSISSIPPI

Non sapevo cosa dire. E non sapevo come Berry avesse indovinato che io, in tasca, avevo esattamente tre dollari. Gli ultimi soldi che ci erano rimasti.

«Tre dollari me li potreste dare, no?»

«Cosa ci guadagniamo, a prestarteli?» disse Te Trois.

Berry scoppiò in una risata: «Sentite? Così giovane, e ha già capito tutto dalla vita. Se mi aiutate, ci guadagnerete la mia amicizia, e magari una quota della vincita».

«Ehi» sbottò un tizio. «Te li presto io, tre dollari.»

«Lascia stare» lo fermò un altro. «Ha chiesto ai ragazzi. Vediamo che fanno.»

«Daglieli» mi disse Julie, sottovoce, senza guardarmi.

«Cosa?»

«Dagli i soldi.»

Questa era proprio bella. Solo il giorno prima avevamo rischiato la pelle tutti quanti per non lasciare che le nostre ultime preziosissime monete (e l'orologio, certo) finissero nelle mani di Cheat. E ora avrei dovuto buttar via quei soldi per una mano di carte?

Domani saremmo arrivati a St. Louis e con tre dollari non potevamo comprarci un biglietto del treno, ma almeno avremmo avuto da mangiare per qualche giorno.

Julie però era la più fredda di noi, la più prudente, e non mi avrebbe mai detto di consegnare i nostri risparmi se non fosse stata assolutamente sicura. Sicura di cosa? Non ne avevo idea.

Lentamente mi sfilai una scarpa e ne tirai fuori le nostre ultime tre monete da un dollaro. Le strofinai sui pantaloni e le passai a Berry.

«Grazie, ragazzo» esclamò lui.

Fece saltellare le monete nel palmo della mano, le appoggiò sul tavolo con il resto del montepremi. Quindi, con un ruggito, disse a Fred la parola magica: «Vedo».

"Vedo" significa che la mano è finita, si scoprono le carte e chi ha la combinazione più alta vince.

Fred ghignava come quando, al paese, il signor Dubois prendeva in trappola un grosso alligatore.

«Mi dispiace, amico» esclamò rivolto a Berry. «E mi dispiace anche per i ragazzini. Ma ho vinto io.»

Scoprì le sue carte una per volta. Asso di picche. Asso di cuori. Asso di fiori. Infine, con un gesto lento da prestigiatore, l'asso di quadri.

Poker d'assi.

«È grave?» mi chiese Julie, sempre senza guardarmi.

«Altroché» gemetti. «È una mano imbattibile.»

Fred si allungò sul piatto per prendere i soldi, ma Berry lo bloccò: «Aspetta, devo scoprire le mie carte. È così che si fa, no?». E mise sul piatto un due di picche.

Mi sentivo le lacrime agli occhi, perché ora non c'erano proprio più speranze, e Te Trois mi artigliò un braccio con le unghie mentre Berry calava un tre, sempre di picche. Poi un quattro, sempre di picche, e Fred era diventato pallidissimo e qualcuno iniziò a mormorare, poi ecco un cinque di picche. E l'ultima carta, che era un sei. Di picche, ovviamente.

«Che vuol dire?» domandò ancora Julie.

Io quasi non riuscivo a parlare. «Vuol dire che è una...»

«... Scala colore» completò Berry, con un filo di voce. «Se non sbaglio, scala colore batte il poker d'assi.»

Fred scattò in piedi, e pensai che volesse rovesciare il tavolo, ma Berry fu più veloce di lui e in un attimo nella sua mano era comparso un coltello a scatto. La lama appuntita scivolò fuori dal manico di madreperla con un sibilo.

«Niente scherzi!» esclamò Berry. «Mi dispiace Fred, e mi dispiace anche per Stud, ma la mano è regolare e qui ci sono un sacco di testimoni. Giusto?»

«Giusto» rispose qualcuno.

«Perciò, se permettete, ho intenzione di incassare la vincita e tornarmene in cabina. Sono stanco.»

Sempre tenendo il coltello puntato contro i due, Berry mi fece un gesto con l'altra mano: «Ragazzo, prendi una borsa e mettici dentro i soldi. Una parte è vostra, dopotutto» Mi affrettai a obbedire, e me ne andai dalla sala da gioco con la valigia tenuta alta sopra la testa come un trofeo.

Invece di infilarsi nella sua cabina, Berry continuò lungo il corridoio e domandò: «Dov'è la vostra cabina, ragazzi? Spero che non vi dispiaccia ospitarmi per la notte, perché scommetto che Fred e Stud verranno a cercarmi tra qualche ora, ed è meglio che non mi trovino».

«Quei due sono truffatori, vero?» domandò Te Trois.

«Sono due bari!» esclamò Berry. «Ed erano sicuri di vincere... Ma non sapevano che sono un baro anch'io.»

«Solo che noi non abbiamo una cabina» rispose Julie. «Siamo "merce viva", passeggeri da ponte.»

«Uhm.»

«Però c'è il deposito bagagli» suggerii io. «È chiuso, e sappiamo dove tengono la chiave.»

Era una buona idea, e detto fatto ci spostammo da quella parte. Quando fummo dentro, Berry prese una seggiola e la infilò sotto la maniglia della porta. Aveva ancora il coltello in pugno.

L'uomo appoggiò l'orecchio alla porta chiusa, trattenne il fiato, poi sospirò. «Sembra tutto a posto» mormorò. «Anche se non si può mai dire.»

Aprì la valigia, ne tirò fuori due banconote da dieci dollari e ce le lanciò. Te Trois le acchiappò al volo.

«Ecco qua» esclamò. «Per ringraziarvi dell'aiuto» disse.

«I tre dollari» esclamai io a quel punto. «Come facevi a sapere che avevo tre dollari con me?»

«Questo pomeriggio, sul ponte principale. Ti ho visto che tiravi fuori le monete dal portafogli e le mettevi nella scarpa, e ho pensato che fosse una buona mossa. Ci sono brutte facce qua in giro.»

Decisamente, aveva ragione.

Edward Berry ci studiò a lungo, guardandoci a uno a uno negli occhi. E io mi resi conto che anche quell'uomo che si chiamava come me poteva essere pericoloso. Non lo era, adesso, forse. Ma poteva diventarlo.

«Allora» disse. «Visto che abbiamo un po' di tempo da perdere, mi dite perché ve ne andate a St. Louis? Non c'è un adulto con voi, e si vede che i vostri vestiti sono stati comprati da poco. Insomma, lasciatevelo dire, avete tutta l'aria di nascondere un mistero.»

Io feci del mio meglio per non voltarmi verso Tit e il suo sacchetto con l'orologio, e sperai che gli altri facessero altrettanto. Dopo quello che era successo con René e i suoi a Memphis, non potevamo correre rischi. Non di nuovo.

«Non volete dirmelo? Come vi pare, non è che mi interessi poi tanto. Ma se pensate di fermarvi a lungo a St. Louis fatemelo sapere, ho un po' di amici lì.»

«Chicago» mormorò allora Julie. «Stiamo andando a Chicago. Ai magazzini della Walker&Dawn.»

Aveva parlato con voce strozzata, e io non riuscivo a capire perché si fosse lasciata sfuggire quella frase, e Te Trois le mise una mano sulla spalla.

Il sorriso di Berry lampeggiò di un baluginio d'oro.

«Se volete ordinare qualcosa dal Catalogo, ragazzi, ci sono metodi più veloci.»

«Sì, lo sappiamo» rispose Julie.

«Comunque grazie di avermelo detto.»

Julie sorrise: «Tu sei un baro. È solo a chi è abituato a mentire che si può, ogni tanto, dire la verità».

A quelle parole Berry scoppiò in una risata.

«Hai proprio ragione» disse. «Comunque è una bella coincidenza. Questa settimana è la seconda volta che sento parlare della Walker&Dawn. Se non ricordo male, sul giornale...»

«È così» intervenni io, ripensando al ritaglio che Julie mi aveva mostrato due giorni prima. «A Chicago hanno ucciso l'assassino di Miss Dawn.»

«Era successo nel 1899, se non sbaglio» annuì Edward Berry. «Ho una certa memoria per le date e i numeri... Deformazione professionale, se mi capite. Comunque ora ricordo: era la notizia di Mister Darsley, fuggito di prigione e trovato morto solo poche ore dopo. Brutta storia. Brutta, bruttissima storia.»

«E ce la potresti raccontare?» domandò Te Trois.

«Perché vi interessa?»

«Non ci interessa» rispose il mio amico. «È solo... per passare il tempo.»

«Ah-ah» disse Berry. Con uno scatto fece rientrare la lama del coltello, e picchiettò l'impugnatura di madreperla contro la coscia, riflettendo. Nella penombra la sua faccia sembrava quella del joker di un mazzo di carte. «Vedete, il delitto Dawn è stato uno dei casi più affascinanti degli ultimi anni, e all'epoca nessuno parlò d'altro per un bel po'. D'altronde c'erano tutti gli ingredienti di una grande storia: la notte di capodanno di *fin de siècle*, una donna ricca e geniale, il suo spasimante... E il suo rivale.»

«Spasimante?» domandai io. «Rivale?»

«Mister Walker, ovviamente» disse Berry. «Ma forse è meglio raccontare dall'inizio. Quando era giovane, Mister Walker lavorava per il Servizio Postale, sempre in viaggio da un lato all'altro d'America. Un giorno conobbe Miss Dawn, figlia di un commerciante in difficoltà. I due si piacquero subito, e Walker decise di vendere le merci di suo padre nei vari paesi che visitava per lavoro. Fu un successo, e nel giro di poco tempo Walker si licenziò dalle poste e fondò la Walker&Dawn.

«Intanto, Miss Dawn si era chiesta a lungo perché le vendite porta a porta di Walker avessero avuto tanta fortuna. Poi aveva capito: per chi non viveva in città, ma ad esempio in una fattoria isolata nel West, era molto difficile spostarsi per fare acquisti... E la gente adorava poter ricevere la merce a domicilio. Fu così che Miss Dawn ebbe l'idea del Rinomato Catalogo, e compilò di suo pugno la prima versione del libro, tutto da sola.

«Vedete» continuò Berry «per Mister Walker, Miss Dawn non era solo una collega. Si dice che lei fosse bellissima, nonché una delle persone più intelligenti d'America, e Walker se ne innamorò perdutamente. La chiese in moglie più volte, ma lei rifiutò sempre...»

«Perché?» domandò Julie.

«Be', non lo so. Si dice che non volesse rinunciare alla sua indipendenza, inoltre sembra che lei e Walker fossero tipi molto diversi: Miss Dawn amava starsene da sola, a inventare e leggere, mentre Walker apprezzava la bella vita e le occasioni mondane. Fatto sta che quei due erano come eterni fidanzati. Fu allora che si affacciò sulla scena il nostro Mister Darsley.»

«L'assassino!» esclamò Te Trois.

Berry annuì. «Lui. Ma a quei tempi, parliamo del '97

o '98, Darsley era solo un detective privato. Dicono che fosse bello come un attore, e finiva sui giornali un giorno sì e quello dopo pure. Se c'era un mistero da risolvere o un caso da svelare, Darsley arrivava alla soluzione sempre un attimo prima della polizia, e tutta Chicago stravedeva per lui.»

«Insomma, anche Darsley si innamorò di Miss Dawn, e iniziò a farle una corte serrata. Lei però lo rifiutò, così com'era successo con Mister Walker... E Darsley impazzì, e la notte di capodanno del 1899 la uccise. Un colpo di pistola dritto in fronte. *BANG!*»

L'ultima parola risuonò nella stanza come uno sparo vero, e io immaginai la povera Miss Dawn che scivolava a terra nel buio, l'ultimo respiro che le sfuggiva dalla bocca socchiusa.

«Ovviamente, Mister Walker giurò che avrebbe spedito Darsley sulla forca, e incaricò i suoi migliori avvocati di seguire il caso. Ma anche Darsley aveva degli avvocati niente male: si dice che l'investigatore fosse un buon amico di Emerald Jim, il re della mafia di Chicago, e che Emerald Jim in persona abbia fatto di tutto per salvargli la vita. Gli avvocati di Darsley provarono che la pistola con cui era stato commesso il crimine era stata rubata al detective appena una settimana prima, e Darsley al momento del delitto si trovava in un night di Chicago per il veglione di capodanno, e c'erano almeno dieci ballerine disposte a testimoniare per lui. Insomma, alla fine invece di essere impiccato fu condannato all'ergastolo. Ma Darsley continuò a dichiararsi innocente, a dire che l'avevano incastrato. E quando finì dietro le sbarre giurò di evadere per ottenere, prima o poi, la sua vendetta...»

Le parole di Berry restarono nell'aria come una nuvola di fumo.

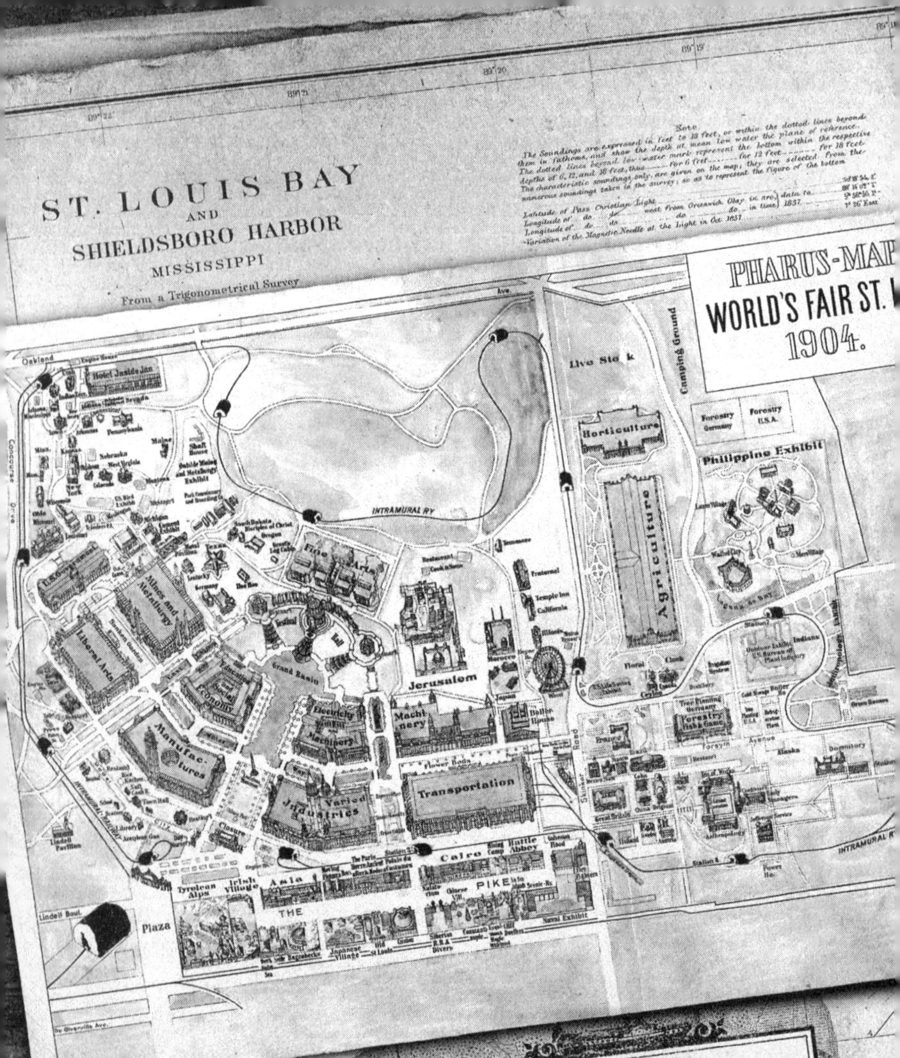

ST. LOUIS

La città di St. Louis si trova nella valle dove il fiume Missouri, il più lungo del Nord America, getta le sue acque nel Mississippi. Era anche il porto di partenza per i traghetti diretti verso New Orleans e gli Stati del Sud. Nel 1904 St. Louis fu la prima città non europea a ospitare le Olimpiadi.

17

ST. LOUIS

La *Louisiana Story* arrivò a destinazione più o meno verso l'ora di pranzo, e già dal fiume si capiva che quella città era diversa dalle altre, così grande che l'occhio non riusciva ad abbracciarla con lo sguardo.

«St. Louis è la quarta città d'America» ci aveva spiegato Berry la notte prima. «Ma Chicago, be', vedrete che è ancora più grande.»

Io non riuscivo a immaginare come ci potesse essere qualcosa di più maestoso dello spettacolo che avevo davanti. St. Louis era un bayou artificiale fatto di case, strade, pontili, persone. Come facevano gli animali a vivere in un posto simile, senza neanche un albero? Che tipo di uccelli poteva volare in quel cielo opaco?

La nave non aveva ancora attraccato quando vidi una carrozza che schizzava oltre i moli a tutta velocità. Non aveva cavalli che la tiravano. Era... un'automobile.

Sapevo che da qualche parte nel mondo esistevano aggeggi simili, carrozze a vapore che si potevano guidare come battelli, ma non credevo che ne avrei mai vista una.

«Woah!» esclamai.

«Pensi che possiamo farci un giro?» mi domandò Te Trois, con gli occhi scintillanti di meraviglia.

«Cerchiamo di spendere i soldi in modo migliore» lo rimbeccò Julie in un sussurro.

La nave fermò i motori e i marinai calarono la passerella. Noi aspettammo che tutti scendessero a terra (in particolare Fred e Stud, che si guardavano intorno alla ricerca di Berry), quindi osservammo il baro che andava dal comandante e gli stringeva la mano, promettendo che si sarebbe occupato di noi e ci avrebbe consegnato a nostro zio.

Quindi toccammo terra e arrivammo così a St. Louis.

«Sapete già dove andare?» ci domandò Berry.

«Non proprio» confessò Te Trois.

«Allora voglio darvi un ultimo consiglio. Non avete abbastanza denaro per arrivare in treno fino a Chicago... Ma se siete furbi come credo, capirete che per viaggiare non c'è sempre bisogno di un biglietto.»

Se ne andò via così, senza nemmeno salutare, e io non sapevo se essere triste o sollevato che non avesse cercato di rubarci l'orologio, o tutti i nostri averi o chissà che.

Restammo a osservarlo mentre si allontanava a grandi passi, con il suo completo multicolore e il cappello a cilindro, l'aria soddisfatta di chi è padrone del mondo e sa che niente di male potrà succedergli mai.

Ci addentrammo nel porto, tra i magazzini, e ci infilammo in un labirinto di sacchi e botti. Tit finì tra i piedi di un marinaio grande e grosso che trasportava una botte larga così.

«Ops!» disse il marinaio. «Ehi, attenzione!»

Il coperchio della botte scivolò di un tantino e un mezzo gallone di salamoia volò fuori dal barile.

Tit e Julie finirono inzuppati dalla testa ai piedi.

Erano così buffi che io e Te Trois ci mettemmo a ridere, e Julie disse: «Bleah, puzzerò di sardina per mesi».

A queste parole ridemmo ancora più forte, e Julie alzò le mani dritto avanti a sé ed esclamò con voce cavernosa: «Attenti, sono il mostro della palude...».

Fingemmo di scappare via, e Julie invece acchiappò Te Trois e lo abbracciò stretto e gli scoccò un bacio sulla guancia. Il mio amico diventò rosso come se gli fosse scoppiato un cocomero sulla faccia, e io sentii qualcosa che mi scoppiava dentro allo stesso modo. Non sapevo cosa fosse ma faceva male.

A un tratto mi passò ogni voglia di giocare, e provai solo il desiderio di uscire di lì e andar via.

Tit mugolò un verso senza senso e mi abbracciò e mi diede un bacio più o meno all'altezza del petto, ma io brontolai: «Levati, mi sporchi il vestito».

«Ti sporca il vestito?» domandò Julie. «E io cosa dovrei dire? Guarda come sono conciata.»

Mi fissava con aria di sfida, ma le voltai le spalle e mi allontanai senza dire niente.

Ci incamminammo in una direzione a caso e io decisi immediatamente che odiavo St. Louis. Non mi piaceva l'odore di carbone e polvere. Non mi piacevano le case in pietra così alte da cancellare il cielo, e non mi piaceva il cielo grigio, e la gente frenetica come se tutti fossero in ritardo.

«Eddie Ed!» gridò Te Trois. «Visto che roba? Quella è vera, una automobile vera, e per poco non mi tirava sotto!»

Era tutto contento come se farsi ammazzare fosse il massimo del divertimento.

«Sì. Be', di auto ce n'erano già al porto, mi pare» commentai con un'alzata di spalle.

Te Trois mi afferrò un braccio: «Ma hai la febbre per caso? Non hai sentito quello che ti ho detto? *Automobile! Investito!* Non è la cosa più incredibile del mondo? Secondo Joju quell'auto andava almeno a quindici miglia l'ora!».

Tra tutte le cose che odiavo quel giorno, mi resi conto che odiavo soprattutto quello stupido diminutivo, Joju.

Ma decisi di far finta di niente, e camminammo a casaccio fino all'ora di pranzo sotto un'afa opprimente che faceva appiccicare i vestiti. Non sentivo il verso di nessun uccello, e gli unici animali in giro erano cani randagi e topi.

Ovunque c'erano dei cartelli che parlavano delle Olimpiadi, LE PRIME GRANDI OLIMPIADI AMERICANE. Mancava poco più di un mese. In uno dei poster c'era un indiano che tirava con l'arco, e questo mi fece ripensare a Joe e provai una fitta di nostalgia al pensiero di casa e di quanto era lontana.

Poi mi resi conto che la nostalgia era più che altro fame, avevo lo stomaco accartocciato, e trovammo un chiosco in mezzo alla strada che vendeva salsicce. Il cartello diceva: 1 SALSICCIA = 2 CENT; 3 SALSICCE = 5 CENT.

Il chiosco era gestito da un signore e sua moglie, e parlando riuscimmo a spuntare il prezzo di sei cent per quattro salsicce.

«Ma Anton!» protestò la donna. «Vuoi mandarci in rovina?».

Il marito le sorrise senza rispondere, tolse quattro guanti bianchi dalla tasca del suo grembiule e ce li allungò: «Infilate questi. Così non vi scottate le dita».

Aprì un coperchio da cui si levò uno sbuffo di fumo e pescò dalla vasca la prima salsiccia bollita, che era grossa e caldissima.

«Ma ricordate che il guanto poi lo dovete restituire!» protestò la moglie.

Ricevemmo così quattro guanti e quattro salsicce, pagammo i nostri sei cent e ci allontanammo all'ombra per mangiare con calma. Quelle salsicce erano la cosa più deliziosa che avessi mai assaggiato e mi fecero tornare il buon umore.

Dopo pranzo riprendemmo il cammino molto più contenti di prima, e avevamo già svoltato in fondo alla strada quando sentimmo la signora del chiosco che gridava: «Non ci hanno ridato i guanti! Vedi, Anton? È sempre così, spendiamo in guanti più di quello che guadagniamo in salsicce. Presto dovremo chiudere il chiosco».

«Sai che ti dico?» rispose allora Anton. «Da domani avvolgeremo le salsicce in un bel pezzo di pane. Così sono anche più buone.»

Pane e salsiccia calda, pensai allontanandomi. E magari uno spruzzo di senape. Secondo me quell'idea aveva un futuro.

La St. Louis Union Station era un edificio enorme (LA STAZIONE FERROVIARIA PIÙ GRANDE DEL MONDO recitava uno striscione appeso sopra l'ingresso) che assomigliava a un castello o a una di quelle chiese europee che si vedevano sui libri di mio padre.

Sulla sinistra c'era un alto campanile proprio come in una chiesa, mentre la facciata era di pietra grigia, adorna di archi e torrette circolari.

L'aria vibrava del frastuono dei treni in marcia, e il piazzale esterno era un intrico di uomini, cavalli, carrozze e automobili.

«Santo cielo» sussurrai. «E ora che facciamo?»

Te Trois mi rivolse un sorriso che gli spaccava in due la faccia: «Che domande, andiamo a dare un'occhiata!».

Impiegammo un po' a raggiungere l'entrata e ci infilammo in un salone dal soffitto altissimo. C'erano persone da tutte le parti, e cartelli variopinti che indicavano BIGLIETTERIA, TOILETTE, FACCHINI, BINARI.

Un ragazzo agitava un giornale gridando a gran voce: «Ultime notizie!».

C'erano un nero grande e grosso che teneva una capretta sotto un braccio e un bambino sotto l'altro.

C'era un uomo d'affari con i baffi e la bombetta.

C'erano commercianti, signore, contadini, ragazzi, professori.

Te Trois individuò una signora che vendeva caramelle mou, e prima che potessi fermarlo ne aveva comprato un bell'involto e ce lo offrì masticando con gusto.

Poi ci sedemmo su una panchina per riflettere sul da farsi.

Secondo la nostra mappa dovevamo percorrere ancora trecento miglia per arrivare a Chicago, e questa volta non c'erano fiumi ad accompagnarci comodamente a destinazione.

Mi sembrava di essere in viaggio da sempre, e mi sentivo molto più vecchio rispetto a solo una settimana prima, quando mi trovavo ancora a casa con mio padre e mia madre.

«Che possibilità abbiamo?» domandò Te Trois.

Ancora una volta toccava a Ed la Guida trovare una risposta.

«Non molte» dissi. «Bisogna attraversare un pezzetto di Missouri e poi tutto l'Illinois. Con la diligenza ci vorrebbe una vita, e poi abbiamo pochi soldi. Oppure c'è il treno.»

«Già!» esclamò Te Trois. «Com'è che diceva Berry? Non sempre serve un biglietto...»

«Intendeva dire di viaggiare da clandestini» spiegai io. «Come Cheat.»

Il nome di Cheat fece calare il silenzio per un attimo, e ci guardammo preoccupati. Solo Tit, in disparte come sempre, sembrava tranquillo mentre giocava con il suo orologio. Non sapevo come avremmo fatto a togliergli quell'aggeggio una volta arrivati a Chicago.

«Sentite» disse Julie. «Se vogliamo salire su un treno di nascosto tanto vale provarci, non credete? Cerchiamo il primo treno per Chicago e intrufoliamoci a bordo. Poi possiamo chiuderci in bagno, così il controllore penserà che c'è un passeggero che sta poco bene e non vorrà guardargli il biglietto.»

Era un buon piano.

Scoprimmo che il primo treno che faceva al caso nostro sarebbe partito alle otto di sera. Mangiammo qualcosa, Julie restò per un bel pezzo nella toilette della stazione insieme a Tit, e quando ne uscì non puzzava più di sardine in salamoia ma di ragazza, come sempre.

Verso le sette le pensiline si colorarono di arancione, il colore brillante del metallo fuso. E proprio allora, sbuffando e sfumacchiando, il nostro treno andò a sistemarsi sul binario.

Prendemmo la valigia e ci sistemammo tra gli altri passeggeri in attesa, con aria indifferente, e quando si aprirono le porte ci facemmo avanti per salire.

«Fermi» dissi io a un tratto.

Te Trois, che stava già per raggiungere il predellino, si bloccò.

«Che c'è?» domandò.

Julie, che aveva capito, ordinò: «Non si passa. C'è il controllore».

Era un uomo alto, in divisa e con il berretto da ferroviere. Stava fermo all'ingresso dello scompartimento e man mano che i passeggeri salivano a bordo controllava i biglietti.

«E allora che facciamo?» domandò Te Trois.

«Proviamo con un'altra carrozza» suggerii io.

Percorremmo il treno da un capo all'altro, sentendoci sempre più sconfitti man mano che vedevamo i ferrovieri sistemati a tutte le entrate.

Erano gentili, indicavano ai passeggeri dove prendere posto.

Per noi, erano guardiani insuperabili.

Dopo un po', le porte del treno si chiusero e il convoglio partì sbuffando verso Chicago, senza di noi.

«E ora che si fa?» domandai, sentendomi addosso un po' di stanchezza e un pesante senso di sconfitta.

«Da questa parte» disse Te Trois. «Ho un'idea.»

Il mio amico cominciò a correre. Ma correva nella direzione sbagliata, non verso la stazione bensì lungo la pensilina dei binari. Con un balzo saltò giù dal marciapiede e lungo la massicciata dei binari, uscì dalla pensilina e continuò a correre tra le rotaie e il pietrisco. Dopo un istante di incertezza noi gli andammo dietro, sparendo in quel labirinto di sassi, acciaio e treni in movimento.

Da quando era cominciata quell'avventura, non facevo altro che correre. O almeno così mi sembrava.

Ora ci trovavamo in un ampio piazzale di scambio dove i binari si riunivano e incrociavano all'infinito, annodandosi come fili di lana prima di sciogliersi verso l'orizzonte. Sulla sinistra si innalzavano grandi capannoni, e macchinari per caricare i treni e per rifornire di carbone le locomotive.

«Che ne pensate?» esclamò Te Trois trionfante. «Ecco il posto giusto per saltare su un treno senza farci vedere.»

«Certo, sicuro, proprio una bell'idea!» rispose Julie. «Qui ci sono centinaia di binari, e i treni che passano potrebbero essere diretti ovunque. Come niente rischiamo di ritrovarci nel West, oppure a New York!»

Intanto si stava facendo buio, e treni e magazzini diventavano macchie scure contro il cielo sempre più nero.

Raggiungemmo uno dei depositi e ci girammo intorno alla ricerca di non so bene cosa, quando un treno si fermò proprio davanti a noi in una nuvola di fumo.

Era un treno piccolo, solo cinque vagoni più la locomotiva e il carrellino per il carbone. La locomotiva aveva un elaborato paraurti d'ottone che correva sulle fiancate arricciandosi come un paio di baffi, mentre i vagoni erano abbelliti da un'elegante scritta dorata. Forse quello era il nome del treno, ma nel buio non riuscivo a leggere bene.

A un tratto da dietro un finestrino fecero capolino i visi di due ragazzi che avevano più o meno la nostra età. La prima era una tipetta con i capelli rossi e un buffo vestito da macchinista tutto sporco d'olio. L'altro invece era un giovane alto e snello, con occhi scuri come chicchi di caffè.

Te Trois alzò una mano per salutare, ma io mi accorsi che alle spalle dei ragazzi era comparso il capotreno, e per quel giorno ne avevamo avuto abbastanza di uomini delle ferrovie.

Afferrai il mio amico e lo strattonai indietro, e al di là del vetro la ragazzina coi capelli rossi ci sorrise.

Durò solo un istante, poi lo strano trenino si mise in moto e sparì nel buio, diretto verso chissà dove.

LE PRATERIE

Le praterie sono tipiche degli Stati centrali del Nord America e sono formate da vaste distese d'erba e prati. Le praterie sono l'habitat di numerosi animali, ma sono famose in particolare per essere la casa del grande bisonte.

18

LE PRATERIE

Non sapevamo che fare, così ci sedemmo a terra, la schiena appoggiata a un palo, le scarpe affondate nel pietrisco.

Nessuno di noi diceva granché, eravamo stanchissimi e io di sicuro mi stavo per ammalare, avrei voluto tanto assaggiare un po' di quei biscotti anti-tosse che Joe l'Indiano preparava con il miele selvatico e certe sue erbe di palude.

Chiusi gli occhi, sperando di addormentarmi e non pensare più a niente, quando all'improvviso Julie saltò in piedi e afferrò la valigia.

«Ci siamo» disse.

Una locomotiva veniva piano verso di noi, sbuffando come un fumatore che soffoca sotto una nube di fumo.

Dietro alla motrice c'erano un mucchio di vagoni di legno dall'aria malconcia. Un treno merci.

«Quello è il nostro passaggio fino a destinazione» esclamò Julie, cominciando a correre. «Forza, finché va così piano possiamo saltarci su al volo!»

«Sei impazzita?» domandai io.

Te Trois si drizzò in piedi e afferrò Tit per la vita, iniziando a correre anche lui.

«Ma siete impazziti tutti?» domandai io.

«Leggi cosa c'è scritto... sul primo... vagone!» gridò Julie, ormai lanciata nello scatto.

Io alzai la testa, i miei occhiali erano tutti sporchi e nella penombra non vedevo quasi niente, finché riuscii a mettere a fuoco la scritta: UNION STOCKYARD & TRANSIT CO. E più in piccolo: CHICAGO, ILLINOIS.

«Ohé!» esclamai, tirandomi su a fatica. «Ohé aspettatemi, non vorrete partire senza di me!»

Ma non era facile essere veloce nel buio, con le scarpe che affondavano tra i sassolini aguzzi e a terra un labirinto infido di rotaie e traversine.

Julie aveva detto che il treno andava piano, ma a me sembrava comunque troppo rapido. La vidi spiccare un salto e aggrapparsi alla maniglia, spalancare la porta di un vagone e capitombolare dentro.

Te Trois arrancava tenendo Tit in braccio, Julie glielo prese dalle mani, Te Trois si appese alla maniglia e piroettò all'indietro guardando verso di me.

«Forza, Eddie!» ansimò. «Ci sei quasi!»

A quelle parole io scivolai e finii a faccia in giù nella ghiaia. Gli occhiali mi caddero dal naso e dovetti cercarli a tastoni.

Il treno stava prendendo velocità e Te Trois mi appariva già lontanissimo mentre i vagoni mi scorrevano accanto, così vicini da poterli toccare.

«Eddie!» era la voce di Julie. «Eddie, rialzati, forza!»

«Corri, Ed!»

Io ci provai, mi tirai su e iniziai a pompare con le gambe, mentre mi sentivo scoppiare il torace e le orecchie rimbombavano del suono di mille tamburi. Non pensavo di poter andare così veloce, stavo riducendo il distacco, eppure non bastava ancora.

Te Trois si proiettò all'indietro, agganciato alla maniglia come un acrobata, mi tese la mano e per un attimo pensai che potevo farcela davvero.

Raccolsi le energie per un ultimo scatto, allungai la mano il più possibile con uno schiocco doloroso alla spalla... E mancai la presa.

Le mie dita e quelle di Te Trois non si sfiorarono neppure e il treno accelerò ancora, le mie gambe invece si impastarono e capii che era tutto perduto.

I vagoni ripresero a sorpassarmi e cercai di correre ancora, ma ormai non ci credevo più.

«Eddie!» strillò Julie, lontanissima là avanti.

«Ragazzi!» strillai io.

Cosa potevo fare adesso?

Mi fermai a riprendere fiato, mentre senza neanche accorgermene gli occhi mi si appannavano per le lacrime.

Gridai: «Te Trois!».

Poi quel nome mi morì in gola. Perché proprio in quell'istante una mano mi afferrò per la giacca. E mi strattonò sul treno.

Rotolai nella paglia che ricopriva il fondo del vagone, annaspai, mi ritrovai circondato di zampe pelose, nasi umidi e corna. Vitelli. Il vagone era pieno di bestiame che muggiva piano, un manzo si voltò e il ciuffo della coda mi colpì la faccia come una frustata.

«Che cosa...?» borbottai.

Cercai di rimettermi in piedi.

«Te Trois? Julie! Tit! Dove siete! Che cosa...?»

«Statti buono, te» disse una voce. «Ti ho tirato su, ma posso sempre ributtarti giù.»

«Come? Ma...»

«Se fai rumore spaventi le vacche. Se spaventi le vacche, quelle scalciano.»

Non ci capivo nulla.

Si accese una fiammella, la fiammella illuminò il fornelletto di una pipa da cui qualcuno tirò una profonda boccata. Feci in tempo a intravedere una barba riccioluta prima che tornasse il buio.

«I miei amici...»

«I tuoi amici sono almeno sei vagoni più avanti, e per arrivarci dovrai aspettare che si fermi il treno. Spiace tanto. E comunque potresti ringraziare, senza di me saresti ancora in mezzo ai binari come un fesso.»

«Non sono un fesso!» protestai.

Poi pensai che in effetti, senza l'aiuto di quello strano signore barbuto, mi sarei trovato davvero in una brutta situazione. Così dissi piano: «Grazie...».

«Non c'è di che» rispose l'altro. «Non è che hai qualche spicciolo, per caso? Quando vi ho visti, tutti elegantini con quei vestiti nuovi, ho pensato che magari c'era qualche spicciolo per il vecchio Alex.»

«Alex è lei?» domandai, incerto.

«Alex sono io. Alex the Cat.»

Parlava un inglese buffo, strascicato, come se avesse delle patate infilate nelle guance.

«Piacere di conoscerla. Mi chiamo Eddie, Eddie Brown.»

«Allora, questi spicci?»

Tirò ancora dalla pipa, questa volta più a lungo. La brace rischiarò la sua barba che era riccissima, così lunga che doveva arrivargli fino alla pancia.

Ora che i miei occhi si erano abituati all'oscurità potevo vederlo meglio: era un uomo di mezza età e ben piazzato, avvolto in un cappotto rigonfio, e stava seduto a gambe incrociate con la schiena appoggiata alla parete del vagone.

Vicino a lui c'era un sacco postale con un bastone fissato all'estremità, per poterlo trasportare meglio appoggiandoselo in spalla.

L'uomo tossicchiò, come per ricordarmi che stava ancora aspettando, e io imbarazzato mi frugai tra i vestiti fino a trovare le monetine avanzate dal pranzo a base di salsicce.

Feci per lanciargliele, ma Alex the Cat mi guardò storto e io mi alzai dal mio posto per consegnargliele.

Quello annuì gravemente, e la sua barba si aprì in due come una tenda, mentre tra i riccioli faceva capolino la testa di un gatto. Era un micetto appena nato o quasi, tutto nero a parte una strana macchia bianca a forma di luna.

Pensavo di non aver mai conosciuto un tipo così strano. Aveva un vocione profondo e parlava a frasi brevi, come se prima di dire qualcosa dovesse rifletterci con attenzione.

Il treno intanto correva a tutta velocità, e il vento entrava dalla porta socchiusa con un ruggito di animale selvatico.

Mi affacciai, facendo attenzione a non perdere l'equilibrio, e rimasi senza fiato vedendo che St. Louis era ormai lontana e i prati ci sfilavano attorno come pennellate frettolose su un quadro.

«Ti conviene toglierti di lì e chiudere la porta» disse il mio strano compagno di viaggio. «L'aria spaventa le vacche. Se spaventa le vacche, quelle scalciano.»

Obbedii in fretta, quindi domandai: «Lei… tu… sei un controllore, per caso?».

Questa volta Alex si mise a ridere, un rumore gorgogliante e profondo.

«Un controllore non ti faceva salire su questo treno come clandestino, ti pare?»

«Però stai andando a Chicago» osservai. «Questo treno è diretto lì, vero?»

Alex continuò a fumare la pipa per un po', in silenzio, poi disse: «Il treno va lì, le vacche pure. Io, per me, non ho ancora deciso».

«E quando… quando arriveremo?»

«Dopodomani, probabilmente» rispose Alex. «Ci vuole un po', perché il giorno ci fanno stare fermi. Bisogna far riposare le vacche, e liberare i binari per i treni passeggeri. Quindi verso l'alba si fa sosta e si riparte con lo scuro.»

E così avrei potuto rivedere i miei amici. Al solo pensiero mi sembrava di respirare meglio.

Alex the Cat mi studiò a lungo, in silenzio. Avevo l'impressione che mi stesse esaminando. Forse si chiedeva se c'erano altri spiccioli nascosti da qualche parte, ma in realtà avevo le tasche completamente vuote. Dopo Memphis, avevamo deciso di comune accordo che era meglio che i soldi li tenesse Te Trois.

Poi mi accorsi che il vagabondo aveva chiuso gli occhi, e in effetti ero stanchissimo anche io, e il treno saltellava sulle rotaie con un rumore monotono che assomigliava al battito di un cuore. Mi ricordava mia mamma, quando ero piccolo e mi ammalavo, e lei mi appoggiava la testa sul petto e mi chiamava "Eddie Porcellana" perché ero così fragile.

Ma ormai non ero più Eddie Porcellana, neanche un po'. Ero diventato un viaggiatore, clandestino su un treno sparato verso nord.

I vitelli intorno a me dormivano. E, un attimo dopo, io dormivo con loro.

Quando aprii gli occhi il vagone splendeva di un'aria azzurra da primo mattino. Dalle fessure nelle pareti di legno filtrava la luce limpida che preannunciava l'alba.

Mi misi a quattro zampe per gattonare fuori dal mio giaciglio, e appoggiai il naso a una di queste fessure per guardare fuori.

C'erano campi verdissimi e sterminati fino a dove arrivava il mio sguardo, senza nemmeno un albero o una fattoria a interrompere l'immensità della pianura.

Quello spazio sconfinato era così diverso dalle piantagioni di casa, e impiegai un po' a capire perché mi metteva così a disagio: mancava l'acqua! Non c'era nessun canale o isoletta o lago, e neppure la presenza rassicurante del Mississippi che ci aveva accompagnato fino a quel momento.

Attorno a noi c'era solo erba, e questo significava che ero arrivato dove nessuno sciamano delle paludi era giunto prima.

Alex the Cat si alzò in piedi, cominciò a radunare le sue cose e richiuderle di nuovo nel fagotto con il bastone.

«Non è presto?» domandai. «Ancora non si vede la stazione...»

Alex sbuffò.

«Il treno ha già cominciato a rallentare, e non voglio che mi acciuffino. Perciò è meglio che mi preparo.»

«Acciuffino? Prepararti? Ma... per cosa?»

Alex sospirò: «Per saltare dal treno».

Il coraggio che avevo sentito di possedere fino a un attimo prima mi salutò e si allontanò a grandi passi. «Cioè?»

«Il treno si ferma durante il giorno, te l'ho detto.»

«E perciò noi dovremmo... saltare... giù?»

«Tu puoi fare quello che vuoi. Io, salto giù sicuro. Non appena il treno si ferma, arriva la squadra dei ferrovieri. Aprono le carrozze, cambiano la paglia agli animali e gli danno l'acqua. E se si accorgono di un clandestino, puoi immaginare che succede.»

«E... quindi?» domandai.

«E quindi quando il treno rallenta abbastanza tu salti giù. Poi trovi un posticino comodo dove passare il giorno, e quando il treno riparte ci salti sopra di nuovo, se ti va.»

Mi sedetti e respirai profondamente. L'idea di saltare da un treno in corsa mi terrorizzava... Ma la prospettiva di essere scoperto era ancora peggiore.

«Aspetta-aspetta!» esclamai. «Ma Te Trois e Julie non sanno che devono togliersi di mezzo prima dell'arrivo! Si faranno acchiappare di sicuro!»

Alex iniziò a prepararsi un'altra pipata, scrutando la prateria con aria assorta.

«Già» disse. «Andrà proprio così.»

Non sapevo che il vento potesse essere solido. E invece era lì, reale quanto il vagone a cui stavo aggrappato con la forza del terrore, il viso contratto in una smorfia e i capelli che mi sbatacchiavano contro le orecchie.

«Tu sei pazzo, ragazzino!» gridò Alex. «Non ce la farai mai!»

«Ma devo» protestai. «Devo avvertire i miei amici!»

Il viso barbuto di Alex the Cat spuntava dalla porta spalancata e il vento lo trasformava in un vortice di barba e capelli.

«Almeno fai attenzione!» gridò il vagabondo. «Tieni i piedi nella passatoia di ferro, allarga le braccia e aggrappati forte!»

I miei piedi erano già sulla passatoia, cioè una corta grondaia che seguiva tutto il contorno del vagone, così stretta che riuscivo ad appoggiare solo le punte. Iniziai a scivolare di lato, poco per volta, con le braccia larghissime e la faccia premuta contro la parete di legno del vagone.

Il vento mi spingeva e pensai che sarei caduto e rotolato per miglia nella pianura. Aggiunsi al mio elenco di Preoccupazioni, proprio in testa alla classifica, una nuova voce: "Preoccupazione di cadere giù da un treno in corsa e finire sui sassi e farmi molto, molto male".

Ma per quanto avessi paura, non mi restava altra scelta. Dovevo raggiungere gli altri.

Mi sforzai di non guardare giù, dove la pietra della massicciata correva velocissima a meno di un palmo dai miei piedi scalzi. Cominciai a muovermi un passo dopo l'altro, strisciando lungo la fiancata del carro merci.

Raggiungere la fine del vagone richiese un'eternità, mi riposai un attimo nello spazio vuoto tra una carrozza e l'altra, al riparo dal vento, quindi mi appiccicai al vagone successivo e ripresi l'avanzata.

Arrivato allo sportello, afferrai la maniglia e strillai: «Te Trois!».

Da dentro mi risposero solo muggiti.

Superai così quel vagone, poi un altro e un altro, finché i piedi mi si riempirono di formicolii e le mani iniziarono a sanguinare, e vidi Alex che continuava a osservarmi da una distanza che ormai mi appariva infinita, con quel suo sguardo da gatto così difficile da decifrare.

Ormai ero davvero senza forze e sapevo che entro pochi istanti le braccia avrebbero ceduto e mi sarei lasciato cadere all'indietro, a occhi chiusi, tra l'erba alta della prateria. In pace.

«No» ringhiai tra me. «Tu non sei più Eddie Porcellana, tu sei Eddie la Guida, Eddie Sciamano.»

E Eddie Sciamano poteva attraversare anche un treno per intero!

La testa di Te Trois spuntò all'improvviso dal vagone davanti a me, i suoi capelli come erba nel vento.

«Ed! Eddie, mio Dio, ma che ci fai qui?»

Io risposi con un sorriso che era più che altro un ghigno di dolore: «Fammi entrare» mormorai. «Vengo a salvarvi tutti.»

UN TRENO PER CHICAGO

Le ferrovie giocarono un ruolo importantissimo per collegare i diversi Stati americani, spesso separati da grandi distanze. Fu proprio il treno a permettere la conquista del West. La linea ferroviaria tra St. Louis e Chicago, che collegava la quarta e la terza più grande citta americana, venne completata nella seconda meta dell'Ottocento.

19

UN TRENO PER CHICAGO

Te Trois mi sferrò un pugno, ma non mi fece tanto male e poi si vedeva che era contento. Julie invece mi abbracciò stretto e sentii contro il petto i suoi seni duri come mele, e non mi era mai successo prima.

«Ehi ehi» protestai, «lasciatemi un attimo di respiro!»

«Eravamo convinti di averti perso...»

«Non sapevamo come fare...»

«Questa notte non riuscivo a dormire...»

Parlavano tutti insieme e non c'era modo di capirci qualcosa, in più facevano tanto rumore che i vitelli nel vagone iniziavano a svegliarsi e innervosirsi un po'.

«Buoni o spaventate le vacche, e se le spaventate quelle scalciano» mormorai, e mi venne da ridere ripensando alla frase di Alex the Cat.

Mi sporsi dalla porta ancora aperta del vagone, e aguzzai gli occhi nel vento: il vagabondo era ancora lì, con la testa fuori dallo sportello, e vedendomi alzò una mano. Io risposi al saluto prima di tornare dentro.

«Si può sapere che hai fatto?» domandò Julie.

«E come ti è saltato in mente di attraversare mezzo treno passando dal di fuori?» domandò Te Trois.

Gli occhi gli brillavano, sapevo che stava cercando una scusa per poter compiere quell'acrobazia anche lui. Quel matto era capace di trovarlo divertente.

Tit invece stava appallottolato in un angolo a guardare i grandi vitelli che affollavano il vagone. Erano bestie imponenti, muscolose, ma con gli occhi spenti del condannato.

Io aggiornai i ragazzi sulle ultime novità, e li avvertii che tra poco ci saremmo fermati e quindi dovevamo star pronti a saltare giù prima di arrivare in stazione.

«Grandioso!» esclamò Te Trois. «È ancora meglio che stare appesi fuori da un vagone. Yu huuuu!»

Julie lo fulminò con un'occhiataccia.

«Non vorrai davvero saltar giù da un treno in corsa?»

«Ma che ci vuole?» esclamò Te Trois. «Basta che rallentiamo un po', poi ci chiudiamo a palla come un opossum e rotoliamo sull'erba...»

«... E ci facciamo ammazzare» concluse Julie.

«Ragazzi, ragazzi, secondo me non è così che si salta da un treno» mi intromisi io.

«Ah, sì?» domandò Te Trois, che sembrava dispiaciuto di non poter tentare un ardito balzo giù dal vagone. «E secondo te come si fa?»

La verità è che non ne avevo idea.

Ora il treno andava vistosamente più piano. Eravamo in aperta campagna e attorno a noi c'erano solo prati e la striscia di pietra e acciaio delle rotaie, e nient'altro.

Già da un po' Te Trois si era messo a controllare la situazione, con la testa fuori dal vagone e i capelli scompigliati dal vento. A un tratto tornò dentro e mi chiamò con un gesto: «Ecco, il tuo amico si butta!».

Io e Julie ci precipitammo alla porta e l'aria ci schiaffeggiò le guance.

Te Trois aveva ragione: alcuni vagoni più indietro, dal fianco dello sportello era spuntata la barba ricciuta di Alex.

Il vagabondo si guardò intorno, quindi afferrò il suo bagaglio e lo lasciò cadere giù dal treno.

Fagotto e bastone precipitarono tra i sassi, e io pensai che avrei potuto fare la stessa fine e mi vennero i brividi.

Poi Alex si aggrappò con due mani alla maniglia, e il suo corpaccione si allungò fuori dal vagone, rimanendo sospeso nell'aria, a parte un'unica gamba ancora appoggiata al predellino. E a quel punto... Alex saltò. Tenendosi forte alla maniglia, si ritrovò con le gambe nell'aria e le sforbiciò nel vuoto con la grazia di una ballerina, e *hop!* mise un piede a terra, e *hop!* mise a terra l'altro, e *hop!* ancora l'altro piede, e dopo un po' eccolo che correva a tutta birra proprio accanto al vagone.

Solo allora lasciò andare la maniglia, e in quel momento perse l'equilibrio e rotolò lungo l'erba ai lati della massicciata.

«Oddio» disse Julie. «Sarà morto?»

«No no» disse Te Trois, «si rialza. Non si è fatto niente.»

Non sapevo se si fosse fatto qualcosa o meno, ma di sicuro era vivo, e lo vidi che si rimetteva in piedi e si fermava a riprendere fiato, piegato in due con le mani alle ginocchia, quindi guardava indietro alla ricerca del suo bagaglio perduto, che doveva trovarsi almeno mezzo miglio più in là.

«Dunque è così che si fa» mormorò Julie.

«Mi sa» rispose Te Trois. «Basta fare *hop hop*. Non sembra difficile. Facile come bere un bicchiere di whisky!»

Ma io avevo avuto una sola esperienza con il whisky, a New Orleans.

E non era finita affatto bene.

Era deciso che io sarei andato per primo, perché Te Trois aveva da portare Tit sulla schiena e Julie era una femmina, dopotutto.

D'un tratto mi ritrovai sudato fradicio e con le braccia che mi tremavano.

«Niente paura» mi rassicurò Julie. «Se ce l'ha fatta il tuo amico con la barba, puoi riuscirci anche tu.»

Mi tolse gli occhiali dalla punta del naso e li ripiegò con cura tra i vestiti nella valigia, in modo che non si rompessero.

Senza occhiali mi ritrovavo cieco come una talpa, ma in questo caso forse era meglio così. Iniziai a respirare profondamente, sentivo l'odore degli animali e il nervosismo dei miei amici, e Te Trois e Julie mi guidarono fino alla porta, da cui entrava un uragano di aria bollente.

Vedevo solo colori sfumati, il sole, la pietra, il verde dell'erba.

Mi appesi alla maniglia come se da quella dipendesse la mia vita intera (e in effetti era così) poi provai a fare come Alex.

Reggendomi solo con le braccia, agitai le gambe nell'aria come un ragno, quindi abbassai cautamente un piede fino a toccare il suolo.

La velocità per poco non mi strappò via la gamba, la rialzai subito gridando e scivolai per un buon tratto lungo la maniglia rischiando di sfracellarmi, non avevo calcolato che le mie braccia erano molto più corte di quelle di Alex e...

«Forza, Eddie, corri!» gridò Te Trois. «*Hop! Hop! Hop!*»

Misi giù un piede, di nuovo il terreno velocissimo me lo spinse indietro con un calcio, mi feci coraggio e appoggiai anche l'altro, persi l'equilibrio, le mani scivolarono sulla maniglia e caddi giù.

Prima ancora di capire cos'era successo stavo già franando via, mentre sassi aguzzi mi pungevano dappertutto. Sentii un dolore terribile alla spalla e gli occhi mi si riempirono di lacrime, mentre il treno mi passava accanto con un rombo.

Poi mi ritrovai fermo sotto al sole, coperto di polvere e graffi, ammaccato come non ero mai stato.

«Oooaaah» mugolai. Cercai di rialzarmi e mi accorsi che ero sporco di sangue.

Però a quanto pareva ero ancora intero, e diciamoci la verità, poteva andarmi anche molto peggio di così.

Cominciai a camminare alla cieca, seguendo la ferrovia, tenendo alla mia sinistra il verde dei prati e a destra il giallo intenso della massicciata. Dopo un po' incontrai Julie che si era buttata giù dal treno insieme alla valigia e che mi allungò subito gli occhiali. Non appena potei vedere di nuovo mi accorsi che si era tagliata un polpaccio e che era tutta sporca di polvere: sembrava appena uscita da una miniera.

Ancora più avanti vedemmo Te Trois e Tit che ci aspettavano seduti tra l'erba alta, e chiacchieravano come non fosse successo niente.

«Che roba! Non vedo l'ora di rifarlo, vero, Tit?»

Il ragazzino gli rivolse un ampio sorriso.

Io mi voltai indietro per controllare se, da qualche parte, c'era Alex in vista insieme al suo strano gattino con il viso macchiato di luna. Ma niente. Facile che si fosse fermato sotto un albero a schiacciare un pisolino.

Così ci rimettemmo in cammino seguendo le rotaie, io un po' dietro agli altri perché saltando (o per meglio dire cadendo) dal treno mi ero fatto male a un ginocchio.

Intanto tenevo d'occhio il cielo, dove uno stormo di piccioni migratori formava una nuvola compatta che disegnava ampi circoli sulla prateria.

Quando vidi che lo stormo compiva una brusca virata, allungai la mano ed esclamai: «Là più avanti dev'esserci la stazione dei treni».

Te Trois e Julie mi rivolsero quello sguardo stupito che significava: "Come fa Eddie a sapere queste cose?", e fui contento che le mie capacità di sciamano fossero utili di nuovo.

La stazione sorgeva in mezzo all'erba e sembrava che non ci fosse proprio nient'altro lì intorno, né un paese né una casa, niente. Solo un edificio col tetto a spioventi costruito a ridosso della ferrovia, e una lunga fila di capannoni che sembravano depositi o forse stalle per i vitelli.

Il nostro treno era stato deviato su un binario secondario, e da lontano potevamo vedere una squadra di uomini che apriva i vagoni e faceva scendere gli animali.

«Teniamoci alla larga» mormorò Te Trois.

Non c'era scelta: cosa avrebbero detto quegli operai, vedendo quattro ragazzini arrivare dal nulla? Era ovvio che doveva trattarsi di clandestini appena saltati giù dal treno, e i nostri vestiti e i graffi e le sbucciature lo confermavano.

Così facemmo un lungo giro attorno alla stazione, addentrandoci nell'erba alta e cercando di raggiungere un boschetto di aceri che interrompeva l'infinita monotonia del paesaggio.

Decidemmo di stabilire lì il nostro campo base in attesa del tramonto. Tirammo fuori dalla valigia la redingote di Jack, stendendola a terra come una coperta, e Te Trois si stiracchiò e disse: «Bene, io vado a pigliare qualche piccione di quelli che abbiamo visto prima, così il pranzo è assicurato».

«Ti ricordo che il tuo fucile è rimasto nel bayou... E la pistola di Jack è a Memphis» disse Julie.

Ma certo non bastava così poco a fermare uno come Te Trois. Si tolse la cintura dai pantaloni e la sagomò con il coltello per farne una fionda, quindi sparì fra gli alberi fischiettando con il piglio sicuro del cacciatore.

Io e Julie restammo soli, con Tit che giocava con l'orologio e intanto cantilenava a bassa voce, seguendo con il dito i numeri che comparivano sul quadrante.

«Sai che una volta mi ha parlato?» dissi a Julie. «Di notte, sulla nave. Mi ha recitato tutti i numeri dell'orologio.»

«Tit parla. Solo, non lo fa spesso. Anzi, sarebbe più giusto dire che non lo fa mai. Ma perché pensi che quell'affare lo diverta tanto?»

«Non ne ho idea» confessai. «Forse è perché le lancette fanno sempre lo stesso percorso, ripetono sempre le stesse ore. A Tit piacciono le cose che si ripetono.»

Lei annuì. Poi disse: «L'hai notato anche tu, che le lancette si muovono sempre nello stesso modo? Quella delle ore scatta due volte, poi quella dei minuti ne fa tre. Mi chiedo perché qualcuno si interessi tanto a un orologio rotto. E non parlo di Tit, ma di quelli della Walker&Dawn».

«Julie...»

«E mi chiedo se abbiamo fatto bene a venire fin qua, così lontano, ora ci troviamo nel mezzo di una prateria sconfinata e...»

«Julie...»

«... Magari abbiamo fatto tutto per niente, e se è così, cosa ci succederà una volta a Chicago? Abbiamo ancora i soldi che ci ha dato Berry, ma...»

Dovevo fermare quell'ondata di chiacchiere e non sapevo come fare, e ormai ero così imbarazzato che mi sembrava di andare a fuoco, e alla fine non trovai di meglio che metterle una mano sul braccio e stringere forte.

«Ahia! Ed, mi fai male!» gridò lei. «Che c'è?»

«Vedi, io...»

Mi sentivo la gola secca e non mi uscivano le parole dalla bocca.

«Vedi, ho paura che insomma... Insomma, stai perdendo sangue. Perdi... sangue.»

Julie si bloccò, guardò in basso.

La redingote su cui eravamo seduti era macchiata di scuro, ed era sporco anche il vestitino che le avevo comprato a New Orleans.

«Magari non è niente» provai a dire. «Forse non è che... insomma... Forse... Ti sei ferita... lì?»

Non so perché mi uscì quella frase, ma di sicuro non era la cosa giusta da dire.

Julie saltò in piedi, mi strappò la redingote da sotto il sedere e se la strinse addosso, e disse: «Edward Brown, sei un cretino».

Quindi corse via tra gli alberi.

Te Trois tornò dopo un paio d'ore e mi mostrò con orgoglio i piccioni che aveva ucciso con la sua fionda, quindi si mise a spennare gli uccelli e accese un piccolo fuoco per arrostirli.

Io volevo aiutarlo, ma la vista del sangue mi fece ripensare a quello che era successo con Julie, e mi si bloccò lo stomaco.

«E va bene!» esclamò Te Trois, un po' offeso. «Vuol dire che questa squisitezza la mangeremo solo io e Tit.»

Il primo piccione era già stato divorato quando Julie tornò al campo. Indossava la redingote di Jack, che le stava drappeggiata addosso come un vestito lungo, e notai che il cappotto era umido, appena lavato con acqua di ruscello.

In mano Julie stringeva il suo vestitino appallottolato come un giornale, e senza dire una parola lo gettò nel fuoco. «Ma che fai?» domandò Te Trois. «Che vi ha preso a tutti, oggi?»

«Il vestito era rovinato» esclamò Julie. «Poi avevo freddo, con il cappotto starò più comoda.»

Mentre lo diceva mi lanciò un'occhiata che significava: "Non dire una parola, Eddie Brown, e non parlare mai più di quello che è successo".

Io mi strinsi nelle spalle e feci un timido sì con la testa.

Nel pomeriggio grossi nuvoloni scuri si addensarono sopra il boschetto di aceri e cominciò a piovere. Cercammo di ripararci sotto le fronde ma ci ritrovammo comunque inzuppati fradici.

Verso il tramonto, sotto un vento freddo e una pioggia scrosciante, ci spostammo di nuovo in direzione delle rotaie. Restammo lì a tremare e aspettare il treno per almeno un paio d'ore, ma finalmente il merci fece capolino nella pianura e ci arrivò addosso acquistando pian piano velocità.

Io e gli altri ci aggrappammo a uno degli ultimi carri sul fondo ed entrammo nel vagone, che questa volta non era pieno di vitelli ma di balle di fieno e mangime.

Meglio, saremmo stati asciutti e al caldo.

Ci togliemmo i vestiti e ci infilammo nei covoni, e in un istante eravamo tutti addormentati.

E fu così, dormendo mentre fuori infuriava il temporale, che arrivammo alla fine del nostro viaggio.

La grande città. Chicago.

PARTE 3

LA CITTÀ

CHICAGO DAILY TRIBUNE

NO.130 CHICAGO, MONDAY, MAY 9, 1904 5 ¢

TENTATA RAPINA ALLA WALKER&DAWN!

CHICAGO - Nella notte tra sabato e domenica uno sconosciuto si è introdotto nei magazzini in Canal Street, vicino alla stazione ferroviaria. L'intervento provvidenziale di una guardia notturna ha impedito di portare a termine la rapina. Il ladro si è dato alla fuga e non è stato identificato...

20

TENTATA RAPINA ALLA WALKER&DAWN!

La mamma mi chiama "Quella", e di solito ci aggiunge dietro una parola a caso. "Quella stupida." "Quella scema." "Quella buona a nulla." Quando è di buon umore mi chiama semplicemente "Quella lì".

Eddie invece mi chiama "Julie", e lo dice sottovoce, come se fosse un nome prezioso che se usi troppo spesso si rompe. È anche per questo che mi piace Eddie.

Te Trois mi chiama "Joju", o "Jolie Julie".

Mio fratello non mi chiama mai, ma non serve visto che so sempre quando ha bisogno di me.

Infine io, io so di essere "la ragazza che non può piangere", perché non l'ho mai fatto in vita mia.

Anche se non piango, non vuol dire che sono felice. Anzi, direi che non mi sento felice quasi mai, tranne quando sono con Tit e con i miei amici, e allora mi sembra di ritrovarmi all'improvviso al sole, e mi vien voglia di chiudere gli occhi e sorridere e mettermi a ballare.

La verità è che non piango perché sono brava a chiudermi in me stessa, e allora divento calma e forte come una tartaruga di palude, con quel guscio durissimo che non si rompe nemmeno se ci spari col fucile. Il mio guscio non si vede, forse, ma io so che c'è. Mi protegge e non lascia che niente mi tocchi.

Se la mamma mi grida contro perché entro nella capanna e lei sta con qualcuno, io neanche me ne accorgo. Se penso a qualcosa che mi fa paura, la infilo in un posto nascosto nella mia testa, poi chiudo la porta a chiave e quella cosa non esce mai più.

È una tecnica che funziona quasi sempre, ma non la notte in cui arrivammo a Chicago. Perché eravamo stanchi e fradici, e io mi sentivo ridicola avvolta nella redingote di Jack e ancora non riuscivo a guardare Eddie negli occhi.

Mi ero vergognata così tanto, ed ero stata un'ora al ruscello per provare a pulire il vestito (era il vestito che mi aveva regalato lui, ed era la cosa più bella che avessi mai avuto). E mi era venuta voglia di scappare e non tornare mai più, e siccome le macchie di sangue non se ne andavano, alla fine non mi era rimasto che gettare tutto nel fuoco.

Mentre lo facevo Ed mi fissava e avevo fatto finta di niente. Facendo la dura come al solito, mi ero rifiutata di parlargli per tutto il pomeriggio. Non sapevo cosa dire. Ma lui di sicuro aveva pensato che ero disgustosa e sciocca.

Appena entrati nel vagone Te Trois, Ed e Tit si erano tolti tutti i vestiti, con la naturale noncuranza che hanno i maschi, e si erano infilati nel fieno asciutto tra risate e gridolini. Te Trois poi si era offerto di voltarsi dall'altra parte mentre mi spogliavo io, ma ovviamente non avevo nessuna intenzione di fare una cosa simile davanti a loro, e dissi che la redingote era già asciutta e stavo bene così, grazie.

In realtà non era vero: il cappotto di Jack era zuppo, freddo e mi irritava la pelle. Mi rannicchiai per scaldarmi un po' nel fieno, e per un po' immaginai che Eddie venisse fino a me e mi stringesse forte.

Mi piaceva, Eddie. A dire la verità mi piaceva anche Te

Trois, ma in modo diverso. Te Trois era più bello, forte e selvaggio come uno spirito del bosco. Ed invece sembrava che mi capisse, e questa è una cosa che non mi capitava spesso. Era come se avesse un potere strano in grado di attraversare il guscio e arrivare dentro di me, nel profondo, dove si trova un piccolo carboncino ardente e caldissimo che io cerco sempre di proteggere.

Dopo un po' che stavo rannicchiata a fantasticare mi addormentai, sballottolata dal rumore sordo del treno, e allora il Cauchemar venne a trovarmi.

Il Cauchemar è una specie di gnomo, però cattivo. È grasso e ha la faccia piena di rughe e le orecchie a punta, e un naso bitorzoluto come quello di una patata. Si avvicina alla gente che dorme, si siede sulla loro schiena o sulla pancia, e porta gli incubi. A me quella notte portò un ricordo. Un ricordo di fuoco.

Sognai che uomini a cavallo circondavano casa nostra, alla piantagione, e avevano volti coperti dai fazzoletti e torce. Uno di loro portava una croce disegnata sul petto e una bandiera con tre lettere scritte sopra. K-K-K.

All'epoca avevo imparato a leggere da poco, mi aveva insegnato Ed con l'aiuto di un vecchio libro, ma non avevo idea del perché il reverendo Thompson aveva una bandiera con tre K. La croce sì, quella potevo capirla, il reverendo è sempre un reverendo.

Il fuoco mi faceva paura, e sognai che la mamma usciva dalla capanna e chiamava quegli uomini per nome, perché li conosceva e a volte venivano a trovarla, di notte, per non farsi vedere da nessuno. E perché adesso erano lì a spaventare una povera vedova? Li chiamava per nome, mia madre: il signor Dubois e il signor Travert, il signor Fabron e il signor Flinch, il signor Mercier.

Il reverendo allora gridava che mia mamma doveva consegnargli Tit, perché era figlio del peccato. Mia mamma si rifiutava, e gli uomini minacciavano di bruciare la capanna e per far vedere che non scherzavano davano fuoco ai cespugli di rose, l'unica cosa bella di casa nostra.

Poi scappavano via ma io restavo lì a guardare le fiamme, e avevo tantissima paura, e quando mi svegliai ero coperta di sudore. Impiegai un bel po' per capire che ero di nuovo nel vagone ferroviario e andava tutto bene: era solo il Cauchemar che era venuto e aveva aperto una porta che invece doveva restare sigillata.

Sentii qualcuno che mi si avvicinava nel buio, e non mi servivano gli occhi per capire che era proprio Tit. Mio fratello mi si strinse contro ed era caldissimo e asciutto.

Gli stropicciai i capelli ricci che erano come lana di ferro e ripensai a quel negozio di Memphis dove si erano rifiutati di dargli un po' di limonata. Te Trois e Eddie avevano fatto una faccia. Loro non conoscevano i nostri ricordi di fuoco.

Tit si addormentò subito e il suo respiro calmo fece star meglio anche me, e pensai che dopotutto il Cauchemar se n'era andato, era stato solo un brutto sogno e il giorno dopo me ne sarei dimenticata di nuovo.

Oppure no.

«Occhio con lo scivolo, Ted, aggancialo bene!»

«Dove li porto?»

«Quei vitelli vanno al recinto 42.»

«Al 42 ci ho già portato quelli del secondo...»

«E allora hai sbagliato! Il secondo andava al 37 e al 41.»

«Sei sicuro?»

Aprii gli occhi ma nel vagone c'era ancora buio. E qualcosa che non andava.

«Va be', ho capito, ci penso io...»

«E io che faccio?»

«C'è il fieno da svuotare negli ultimi due vagoni.»

«Ma John!»

«Se non combinavi questo casino non ti toccava.»

Innanzitutto il rumore. Voci maschili che urlavano a

pieni polmoni, il muggito di centinaia di vitelli, il tambureggiare degli zoccoli.

«Non sei il mio capo, non puoi darmi ordini.»

«Hai ragione, allora lascerò che Burt scopra che i vitelli del secondo sono al posto di quelli del terzo, e allora...»

Poi c'era quello strano silenzio di fondo, come se il fruscio del vento e il sobbalzare delle ruote sui binari si fosse interrotto di colpo.

In un attimo fui in piedi, la redingote stretta addosso, i capelli aggrovigliati.

«Te Trois!» mormorai.

«Uh?»

Raggiunsi il punto da cui veniva il rumore e sferrai un pugno a casaccio. «Ahi!» era la voce di Eddie.

«Svegliatevi! C'è qualcosa che non va... Il treno si è fermato! E noi non siamo scesi in tempo!»

Nel buio quasi assoluto intravidi la faccia di Te Trois che spuntava dalla paglia. «Come hai detto?»

«Chicago» mormorai. «Ho paura che siamo arrivati... Gli operai stanno scaricando i vagoni.»

«Siamo arrivati?»

«Non capisci? Dovevamo saltare prima, ora ci scopriranno!»

Eddie e Te Trois scivolarono fuori dai mucchi di fieno, nudi e lisci come cuccioli di topo, e si affrettarono a ripescare i loro vestiti dal mucchio.

Io afferrai Tit con una mano e la valigia con l'altra, mi sentivo la pelle d'oca. Eravamo in trappola. Non potevamo scappare da nessuna parte.

Ci fu un fortissimo *CLANG*, quindi la porta del vagone scivolò di lato con un fracasso metallico. Mi ritrovai davanti un operaio. Aveva un berretto gualcito e un forcone.

«Ehi...» disse. «Ehi, voi! Non dovreste essere qui!»

Lo sapevo da me, ma mentre l'uomo finiva di parlare le mie gambe si erano già messe in moto.

Saltai fuori stringendo Tit così forte da rompergli le ossa. Iniziai a correre.

Il treno era fermo su un binario di servizio, circondato da grandi recinti per il bestiame. L'aria rimbombava di muggiti, si vedevano i caseggiati scuri dei mattatoi e ancora oltre i palazzi di Chicago, palazzi di pietra alti come torri.

Ricordai che sulle fiancate dei vagoni c'era scritto UNION STOCKYARD, cioè "Deposito bestiame della Union", e mi sa che ci eravamo proprio capitati in mezzo. Ma io non avevo mai visto un posto così enorme, più ancora della piantagione dei Mc Coy, e non sapevo dove andare. Scelsi una direzione a caso, sentii Te Trois e Eddie che superavano l'operaio col forcone e mi venivano dietro.

Te Trois mi raggiunse in un paio di falcate. Senza nemmeno rallentare, afferrò Tit e se lo rovesciò in groppa, lasciandosi cavalcare come un puledro.

«Da questa parte» gridai.

«Ci inseguono» gridò Ed.

Mi voltai: tre operai arrancavano alle nostre spalle, gli stivali scavavano impronte scure nella fanghiglia. Curvai bruscamente tra due recinti, lo spazio era così ristretto che i musi tristi dei vitelli mi sfioravano i capelli. Svoltai ancora a destra, poi sinistra, un capannone. Forse l'uscita era di lì.

Invece mi ritrovai in un vicolo cieco, prigioniera tra due magazzini e un cassonetto metallico che sbarrava la strada.

Te Trois era rosso in faccia per la corsa, Eddie sembrava disperato. Gli operai allargarono le braccia per impedirci di correre via. «State fermi» ordinò uno di loro.

«Non peggiorate la situazione» avvertì un altro.

«Non ci piacciono i clandestini» mise in chiaro un terzo. «Ma abbiamo chi si occupa di quelli come voi.»

Ci afferrarono stretti e ci guidarono dentro uno dei mattatoi. Era uno stanzone col soffitto basso, opprimente, l'aria irrespirabile per l'odore del sangue.

Il pavimento viscido inzuppò in un attimo le mie scarpine rosse e mi sentii male. Ovunque c'erano uomini robusti con lunghi baffi e grembiuli neri. Lavavano vasche di metallo, tagliavano pezzi di carne, appendevano quarti di bue a grossi ganci fissati al soffitto.

Non avevo mai visto niente del genere. Alla piantagione, quando si uccideva il maiale o un vitello, era festa grande: arrivavano i vicini da miglia di distanza, tutti aiutavano, la sera si festeggiava e si ballava attorno al fuoco. La mamma non veniva invitata quasi mai, ma di solito io riuscivo a scappare dalla capanna e andavo a nascondermi tra i cespugli, osservando tutto affascinata.

Non mi era mai dispiaciuto per il maiale ucciso. Era l'ordine della vita, giusto? Mi piaceva mangiare le bistecche, così come un alligatore era felice di mangiare me se solo mi avvicinavo troppo alla sua bocca dentuta. E la morte di un maiale permetteva a tanta gente di superare l'inverno.

Però lì, al mattatoio di Chicago, era tutto diverso. Sembrava di ritrovarsi nel mezzo di un massacro, tra demoni o soldati in guerra, e io guardavo gli occhi spenti delle bestie e non riuscivo a pensare a niente.

Ci fecero salire fino al piano di sopra e percorrere un lungo corridoio. Aprirono una porta e ci sbatterono dentro.

Era un ripostiglio pieno di scope, secchi e pezzi di sapone. Li osservai con invidia, perché mai come in quel momento avevo avuto voglia di fare un bagno, strofinarmi la pelle per ore.

«Che cosa succederà adesso?» domandò Ed.

Io sospirai: «Ci hanno preso la valigia. Siamo fritti».

«Perché? L'orologio ce l'ha Tit!» esclamò Te Trois con un sorrisetto.

«Già» risposi io. «Ma nella valigia abbiamo messo il portafogli di Jack. E ci sono ancora i documenti, e la lettera della Walker&Dawn.»

CHICAGO DAILY TRIBUNE

MONDAY, MAY 9, 1904

CATALOGO SOTTO ATTACCO!

(segue dalla prima pagina)

«Nel buio non sono riuscito a vederlo bene» ha dichiarato Mister Robinson, la guardia che ha messo in fuga il ladro. «Ma stava rovistando negli scatoloni della merce in spedizione. Ho sparato tre colpi di pistola in aria, come avvertimento, e il ladro si è messo a correre ed è sparito prima che potessi fermarlo...»

21

CATALOGO SOTTO ATTACCO!

Si aprì la porta e spuntò l'operaio che ci aveva inseguito col forcone, e con lui c'erano anche un poliziotto e un ometto ingobbito con una faccia di limone.

Era passata solo un'ora da quando ci avevano rinchiusi nel ripostiglio, e nel frattempo avevo convinto Tit a lasciarmi il suo adorato orologio e l'avevo nascosto sotto al cappotto. Era meglio non rivelare a nessuno che ce l'avevamo noi, almeno per il momento. Ci portarono in una stanzetta che puzzava di segatura bagnata, senza mobili a parte tre seggiole sbilenche. Pensai che le sedie fossero per gli adulti, invece faccia-dilimone ci ordinò di prendere posto (e io mi accomodai con Tit fra le braccia).

Ero nervosa. Gli adulti mi innervosivano sempre, e quelli poi erano adulti di città, avevano facce di cuoio come certi viaggiatori che si fermavano nella nostra capanna giù al bayou, e stavano sotto al portico a bere rum e mi guardavano e mi guardavano.

Decisi di stare attenta, di concentrarmi sul mio guscio invisibile. Quegli uomini avrebbero visto la Julie di Ferro, che non può essere spezzata da niente e nessuno.

Intanto Faccia-di-limone aveva afferrato un blocco di carta.

«Allora» cominciò. «Io sono il detective Byrne della polizia di Chicago. Voi invece siete nel più grosso guaio della vostra vita.»

Aveva una voce acuta, quasi da donna, e occhi che non si fermavano mai.

«Ora vi restano due possibilità. Potete dirmi la verità in fretta, oppure potete crearmi dei problemi. Commettendo uno sbaglio ancora peggiore di quello che vi ha portato fin qui. È chiaro?»

Non c'era bisogno di rispondere. Cercai di stare tranquilla, perché Tit poteva sentire la mia preoccupazione, e non volevo che si mettesse a piangere o qualcosa del genere.

«Per cominciare, ditemi come vi chiamate» esclamò il detective Byrne.

Eddie rispose per primo: «Io sono Edward Brown... Veniamo dalla Louisiana... e...».

Il detective lo gelò con un'occhiata. Poi fissò Te Trois.

«Peter Chevalier» dichiarò il mio amico, incespicando nelle parole come se non ricordasse bene il suo nome.

«Io sono Julie Dart» dissi. «E lui è mio fratello Francis.»

Ero contenta perché la mia voce era stata quella più tranquilla di tutti, e non mi accorsi subito che l'operaio era arrossito. Byrne invece si limitò a osservare: «Ma lui è nero».

Sostenni il suo sguardo con tutta la forza di cui ero capace: «Francis è nero perché anche *suo* padre lo era. Invece *nostra* madre è bianca».

Byrne si limitò a scarabocchiare qualcosa sul taccuino.

«Dunque» continuò poi. «Avete detto di venire dalla Louisiana. E siete arrivati a Chicago come clandestini viaggiando su un treno merci della Union Stockyard. Nel caso non lo sapeste, questo costituisce un reato.»

Nessuno di noi disse una parola.

«Inoltre siete stati trovati in possesso di una valigia di cuoio che conteneva gli effetti personali di un certo Mister Richard Norton Bolton, tra cui il portafogli. È tutto esatto?»

«Sì» rispose Ed.

Avevamo concordato che sarebbe stato lui a parlare. Te Trois di solito faceva un sacco di confusione, e io... be', io ero una femmina. Gli adulti tendevano a non prendermi mai sul serio, e questo certe volte mi faceva perdere la calma.

Byrne fissò Edward: «Ho già spedito un telegramma alla polizia di New Orleans, chiedendo se Mister Bolton ha denunciato il furto della sua valigia. Intanto vi offro l'occasione di dirmi tutto, prima che lo scopra comunque».

Eddie si grattò le ginocchia con le dita lunghe, come per farsi coraggio. Quindi spiegò che vivevamo a sud di New Orleans, e che eravamo amici, e che non avevamo mai conosciuto nessun Richard Norton Bolton. Il che tecnicamente non era una bugia, visto che si era presentato come Jack.

Eddie disse poi che avevamo trovato la valigia in mezzo alla palude, e che avevamo deciso di portarla a Chicago alla sede della Walker&Dawn nella speranza di restituirla al legittimo proprietario.

Non era la verità, ma un poco ci assomigliava.

«Uh uh» commentò il detective Byrne, scribacchiando qualcos'altro sul taccuino. «Dunque voi quattro, senza dire niente ai vostri genitori, avete preso armi e bagagli e avete attraversato gli Stati Uniti per restituire una valigia smarrita.»

«Sì...» esclamò Eddie con un sorriso.

«E non vi è proprio venuto in mente di avvertire un adulto, o magari la polizia di New Orleans o del paese da cui venite, e nemmeno di chiedere aiuto a qualcuno?»

«Ehm, no...» esclamò Eddie, sorridendo già meno di prima.

«Non avete pensato neanche di mandare un telegramma qui a Chicago, per chiedere alla Walker se in effetti la valigia apparteneva a un loro dipendente o se la rivolevano indietro. Insomma, senza farvi troppe domande, vi siete messi in viaggio.»

«Più o meno» confermò Eddie, e ora di sicuro non sorrideva più.

Byrne posò il taccuino. La sua faccia di limone aveva assunto una sfumatura giallognola che non mi piaceva per niente.

«Spero vi rendiate conto che è la storia più assurda che abbia mai sentito. Mi state facendo perdere tempo, e mentire a un poliziotto è un altro reato. Quindi ve lo chiedo una volta sola: perché siete venuti qui?»

Eddie mi rivolse un'occhiata disperata, e io non ne potevo più di quell'interrogatorio.

Così dissi: «Signor detective, quello che ha raccontato Ed è tutto vero, parola per parola. Non abbiamo altro da aggiungere».

Byrne non mi guardò nemmeno, come se non si fosse accorto che qualcuno aveva parlato. Invece continuò, sempre rivolto a Eddie: «Nella valigia c'era una lettera rivolta a Mister Bolton, che voi di sicuro avete letto. Si faceva menzione di un orologio che, a quanto pare, è molto prezioso. Immagino che voi non l'abbiate mai visto, e che quando avete *trovato* la valigia di Bolton, l'orologio non c'era».

«Nessun orologio» confermò Eddie.

«Allora non avrete alcun problema a farvi perquisire dall'agente Smithers.»

Smithers, cioè il poliziotto, ci fece alzare in piedi e cominciò a frugare Te Trois, poi Eddie e mio fratello.

Quando toccò a me, gli feci cenno di non provare nemmeno a sfiorarmi, e rivoltai le tasche del cappotto per fargli vedere che erano vuote.

«Non ho vestiti, sotto» esclamai con aria di sfida. «Devo spogliarmi davanti a tutti?»

L'agente Smithers tossicchiò, e anche i miei amici sembravano piuttosto imbarazzati. Byrne invece pareva qualcuno che ha appena dovuto mandar giù una cucchiaiata di sciroppo per la tosse.

«Credo che non ce ne sarà bisogno» disse. «Tanto nel giro di un paio di giorni mi scriveranno da New Orleans e saprò cos'è successo davvero. E nel caso dalla Louisiana non arrivino notizie, mi basterà denunciarvi per furto e viaggio clandestino. Mi sarò liberato di voi comunque.»

Il detective sorrise, come se quel pensiero lo rallegrasse.

«Agente Smithers, per favore, porti via i ragazzi.»

Il poliziotto afferrò Te Trois con una mano e Eddie con l'altra, facendoli schizzare in piedi.

«Venite con me.»

Poi ci pensò un istante e aggiunse: «Vieni anche tu».

Presi Tit in braccio e mi incamminai verso la porta, ma Smithers ringhiò: «Mettilo giù, ragazzina. Il nero viene con me. Tu no».

Me ne restai lì, in piedi, con Tit in braccio come un bambolotto. All'improvviso sentivo un gran freddo dentro.

Byrne ridacchiò con uno squittio di topo: «Finché non andiamo a fondo in questa storia, il dipartimento di polizia di Chicago vi affiderà a una struttura educativa che si occuperà di voi. Ovviamente, i tuoi amici finiranno in un istituto maschile. E tu, in uno femminile».

«Come?» domandai. «Ma noi… siamo sempre stati insieme…»

«Non questa volta.»

Con un gesto deciso il detective afferrò Tit per strapparmelo via.

Il mio guscio di cristallo andò in pezzi in una cascata di frammenti scintillanti. Gridai e mi divincolai, sferrai un calcio a Byrne ma quello schivò il colpo e mi schiaffeggiò con forza. La mia faccia prese fuoco, persi l'equilibrio e caddi a terra con Tit sopra di me.

Mio fratello cominciò a piangere, con gli ululati di quando era spaventato sul serio. Cercai di rialzarmi ma vidi le labbra tese sulla bocca di Byrne mentre diceva: «Non ci provare».

Gridai terrorizzata, e l'operaio afferrò Tit e se lo caricò in spalla come un sacco di farina, e Te Trois e Eddie sembravano paralizzati. Io anche, gridavo e gridavo e basta.

«È meglio andare» disse l'agente Smithers «prima che qui capiti un finimondo.»

Aprì la porta e sentii il muggito lontano dei vitelli, e Byrne mi afferrò i polsi con dita come manette.

«Ora ce ne andiamo anche noi.»

Mi trascinò fuori e mentre lo faceva, incorniciato nel riquadro luminoso della porta, vidi Tit che piangeva e mi si lacerò qualcosa dentro, qualcosa di buono e pulito che finora nessuno aveva mai osato toccare.

Urlavo ancora quando Byrne mi spinse al piano di sotto, nella grande sala del mattatoio, e poi fuori, per strada, tra i palazzi e le carrozze, la gente, le persone.

«Chiudi quella bocca o è peggio per te» ringhiò Byrne. Io sputai a terra e lui mi schiaffeggiò ancora, e questo in qualche modo mi calmò.

Gridare non serviva. Dovevo trovare il modo di reagire e combattere. Ma come? Non sapevo dov'erano finiti Tit e gli altri, e se provavo a scappare di sicuro mi riacciuffavano in un istante.

Il detective mi fece salire su un calessino nero e prese le redini. Io mi guardai intorno e guardai Chicago. Quanta fatica c'era voluta per arrivare fin qui. Te Trois aveva lasciato il bayou per la ricchezza, aveva sempre sognato di diventare una persona importante e mettere a frutto la sua incredibile energia. Eddie invece era partito per curiosità, per saziare quel suo sguardo incolmabile e la voglia di capire, scoprire cosa si nascondeva dietro l'ennesima curva della strada.

E io, io mi ero messa in viaggio per essere libera. E ora mi avevano portato via proprio la cosa più importante.

Poco male. Avrei combattuto per riprendermela.

THE ST. LOUIS
WORLD'S FAIR
CHICAGO DAILY TRIBUNE
4 ¢
CHICAGO, TUESDAY, JUNE 12, 1900
ERGASTOLO ALL'ASSASSINO DI MISS DAWN!
CHICAGO - Ieri alle 12 la Suprema Corte ha messo fine al processo Dawn sul terribile omicidio di capodanno. Dopo sei ore di camera di consiglio, la giuria ha condannato Mister Robert Francis Darsley alla prigione a vita. Una sentenza mite, visto che in molti auspicavano la sentenza capitale...
PINE STREET
ENCOUNTER
"THE GREATEST BL
EVER SUFFE

22

ERGASTOLO ALL'ASSASSINO DI MISS DAWN

L'istituto si trovava alla periferia di Chicago. Ci volle un bel po', per arrivarci: se St. Louis era una grande città, Chicago era semplicemente smisurata, un firmamento di case e palazzi e tram e strade sopraelevate.

Per tutto il viaggio io e il detective Byrne non dicemmo una parola, e io restai ad ascoltare i suoni della città, il ticchettio degli zoccoli del cavallo e lo sferragliare delle ruote.

Il calesse si fermò davanti a un alto cancello che sigillava un muro sormontato di spuntoni. Vicino al campanello c'era una targa che diceva: SCUOLA DI CORREZIONE ST. MARY.

«Tu mi nascondi qualcosa, ragazzina» sibilò Byrne. «Ma so io come ammorbidirti un po'.»

Gli risposi con un sorrisetto di sfida e pensai che gliel'avrei fatta pagare in qualche modo.

Tit non era mai stato lontano da me. Mai. Non un solo giorno da quando era nato.

Io ero una ragazzina e Byrne e la polizia erano troppo potenti per affrontarli. Ma non mi sarei arresa, e il bayou mi aveva insegnato che una semplice pioggia, una goccia dopo l'altra, può diventare abbastanza forte da distruggere gli argini del fiume.

Intanto due donne erano venute ad aprire il cancello: erano grosse come colline, con i capelli sporchi e una fitta peluria sul labbro superiore.

Byrne mi spinse contro di loro.

«Ho telefonato alla direttrice questa mattina» disse. «Sa già tutto.» Poi mi sorrise: «Vedrai, piccola, un paio di giorni qua dentro ti scioglieranno la lingua».

Oltre il muro c'era un giardino di alberi spelacchiati, alcuni spazi recintati che dovevano essere degli orti, e in fondo un palazzo di mattoni rossi. Era squadrato, lugubre, e le finestre avevano sbarre dappertutto. Fu allora che capii che la St. Mary non era una scuola. Era una prigione.

Alcune ragazze lavoravano nel parco, potavano le siepi e trasportavano carriole. Avevano occhi color polvere e vestiti dello stesso colore, e camminavano in modo strano. Impiegai qualche secondo a capire perché: ognuna di quelle ragazze portava una cavigliera di ferro a cui era fissata una pesante palla di ghisa, che bisognava tirarsi dietro a ogni passo.

«Daranno una divisa e quei... ceppi... anche a me?» domandai alle mie guardiane.

Non risposero, e questo significava di sì. Pensai al sacchetto con l'orologio che ancora ballonzolava dentro la manica del mio cappotto, con il laccio che mi passava sopra la spalla come una borsa da donna. Avevo scampato la perquisizione di Byrne, ma ora mi avrebbero fatto spogliare e non avrei avuto scampo.

Scattai. D'istinto. Senza riflettere. E mi misi a correre, mi precipitai verso un gruppo di pini con le scarpine rosse che affondavano nella fanghiglia.

Mentre correvo aprii il cappotto e me lo lasciai scivolare dalle spalle. La redingote cadde a terra e rimasi nuda, ma intanto ero riuscita a sfilare il sacchetto e lo tenevo stretto al seno. Raggiunsi gli alberi, quindi lasciai cadere il mio fagotto nel fango e lo feci affondare con la punta del piede.

Mi scostai, ansimando, e le guardie mi volarono addosso. Mi schiaffeggiarono con tutta la forza delle loro braccia da lottatrici, e al confronto i colpi del detective Byrne erano stati solo dei buffetti affettuosi. Sentii in bocca il gusto metallico del sangue e indietreggiai, strisciando nel fango. Non piansi. Io ero la ragazza che non può piangere.

Le due donne troneggiarono su di me e mi picchiarono ancora. Stavolta sputai un dente intero, ma non mi lasciai sfuggire neanche un mugolio, e loro mi sollevarono in aria come fossi una bambolina e mi caricarono in spalla.

Mi trasportarono alla scuola così, senza vestiti e senza dire una parola, mentre la redingote rimaneva a terra dietro di me come una pelle di serpente dopo la muta.

Anche se ero tutta dolorante, io sorrisi. Perché le due donne non avevano scoperto l'orologio.

Mi bastò un pomeriggio per capire come funzionava alla scuola di correzione. Era semplice. Era anche brutto.

Se seguivi le regole non avevi problemi. Se non le seguivi invece venivi punita. Il problema era che le regole erano troppe, e troppo assurde, dunque si veniva punite sempre e l'unica cosa da fare era tener duro, e cercare di non farsi scoprire la volta dopo.

Per venir fuori da quel posto avrei dovuto essere forte, ancora più del solito, o mi avrebbero sbranata viva. È così che funziona nella foresta.

Appena entrata alla scuola mi avevano dato la divisa, un sacco di tela senza forma stretto in vita da una corda. Insieme alla divisa mi avevano fissato alla gamba una cavigliera, così pesante e stretta che il sangue non circolava e mi faceva gonfiare il piede.

La cavigliera serviva per attaccarci la palla di ghisa quando dovevamo uscire all'aperto. Dentro la scuola invece ci veniva fatta passare una catena legata ai piedi delle altre ragazze, in modo da formare dei gruppetti da dieci. Ogni gruppetto lo chiamavano "classe", come le classi di una scuola, ma il tintinnio sordo della catena e le facce scure erano quelle di giovani prigioniere.

Siccome negli spazi comuni c'erano molte classi tutte insieme, il risultato è che si creava tutto un intrico di catene che correvano rasoterra, ed era facile inciamparci. E ovviamente chi inciampava veniva punita, perciò tutte quante avevano paura e guardavano bene dove mettevano i piedi.

Anche io avevo paura. Eddie e Te Trois di sicuro stavano cercando di prendersi cura di mio fratello, ma solo io conoscevo davvero Tit, e lui aveva bisogno di me. Dovevo sopravvivere alla St. Mary, e prima o poi sarei tornata da lui.

Insieme a me nella scuola c'erano circa trecento ragazze. Erano per lo più nere, ma c'erano anche tante italiane e irlandesi, quasi tutte in attesa del processo per qualche crimine, o di essere rilasciate, o di finire in un istituto di correzione più grande che stava dall'altra parte dello Stato.

La scuola di correzione era un posto di attese.

Avevo passato il pomeriggio in fila, aspettando che mi consegnassero la biancheria e che mi assegnassero un posto letto (che poi era una coperta stesa per terra in una delle camerate all'ultimo piano).

Infine mi incatenarono a un gruppo di altre ragazze e mi portarono in refettorio.

«Cosa si mangia?» domandai a quella davanti a me.

«Pane e zuppa» mi rispose. Poi, a bassa voce, aggiunse: «È l'unica cosa che ci danno per tutto il giorno, e non basta mai. Perciò attenta a non farti rubare il cibo».

Annuii piano, seguendo la fila verso le pentole. Io ero l'ultima alla catena, e dietro di me si sistemò un'altra classe guidata da una ragazza con il viso butterato.

«Da dove vieni?» mi domandò quella.
«Louisiana» risposi.
«E dove sarebbe?»
«A sud.»
Si mise a ridere: «Una campagnola del Sud!».

Eravamo arrivate davanti all'inserviente, e in mano avevamo la scodella con un pezzo di pane già infilato dentro. La ragazza alle mie spalle continuava a ridere e far finta di niente, poi allungò una mano e prese il mio pezzo di pane con movimenti indifferenti, sicura di potermi rubare il cibo e che io non avrei reagito.

Non mi conosceva.

Con la mano destra afferrai il *suo* pezzo di pane, quindi scalciai e la spinsi con forza. Lei annaspò, gridò e finì addosso al pentolone di zuppa, trascinandosi dietro le compagne e bagnandole tutte di una sbobba gialla dall'odore orribile. La sbobba non era proprio bollente, ma insomma era molto calda, e ci fu un bel tafferuglio e le altre classi si spostarono creando il vuoto attorno alle malcapitate, e intanto arrivarono due guardie e domandarono cosa fosse successo.

«Katy è inciampata!» esclamò una ragazza dai capelli scuri, guardandomi fisso negli occhi. «È inciampata da sola.»

Più tardi, mentre già eravamo in camerata e avevano spento le luci, me ne stavo a faccia in su a pensare a Tit e agli altri.

Vorrei dire che ero tranquilla e coraggiosa, ma non era vero. La camerata era un posto orribile, molte ragazze singhiozzavano nel buio con lamenti da spezzare il cuore, e io non riuscivo a togliermi dalla testa che ero prigioniera e non avrei mai più rivisto i miei amici.

Ero spaventata, infreddolita e sola, e in quella specie di nebbia che c'è prima del sonno le ombre della stanza si confondevano con altre ombre, quelle delle bottiglie nella credenza a casa, quelle degli occhi che mi spiavano di nascosto quando andavo in paese a fare la spesa.

Sapevo come mi chiamavano le donne del villaggio e quello che pensavano di me. Anche se fingevo di non darci importanza, loro mi facevano sentire tutta sbagliata, e avrei tanto voluto cambiare se solo avessi saputo come farlo.

Ora sarebbero state felici di sapermi rinchiusa lì, alla St. Mary. Avevo avuto quello che mi meritavo.

«Ehi tu» mi chiamò una voce.

Mi girai su un fianco e nel buio vidi una ragazza che strisciava verso il mio giaciglio, approfittando del fatto che ci avevano tolto le catene per la notte.

Quando fu abbastanza vicina riuscii a riconoscerla: era quella che in mensa aveva detto che Katy era inciampata da sola.

«Sei stata coraggiosa, sai?» sussurrò. «Volevo dirtelo, perché è la tua prima notte, e la prima notte di solito è difficile.»

«Per me no» dissi io. «È tutto a posto.»

Non era vero, ma non potevo fare a meno di rimettermi addosso la mia maschera da Julie di Ferro.

«Ti ho portato una cosa» disse allora l'altra ragazza, e mi allungò uno straccio umido e sporco che tastai a lungo senza riconoscere.

Poi capii: era il sacchetto con l'orologio!

«Le ragazze ti hanno vista mentre lo nascondevi tra gli alberi, e l'hanno preso per rivenderselo.»

«E tu vorresti restituirmelo?» domandai. «In cambio di cosa?»

Non avevo dubbi: in un posto così, c'era sempre un prezzo da pagare.

La ragazza sorrise.

«Le tue scarpe» disse. «Non ho mai visto delle scarpe rosse, sono così belle. E secondo me abbiamo più o meno la stessa misura.»

Mi indicò i suoi piedi, portava degli scarponi di cuoio sfondati che dovevano essere duri come il ferro.

«Va bene» accettai.

Quelle scarpe erano il regalo di Eddie, ed erano il mio tesoro, ma l'orologio era più importante. Lo era per Tit, e questo lo rendeva prezioso anche per me, al di là di tutto il resto.

Presi il sacchetto e me lo infilai al collo, sotto il vestito. Quindi tolsi le scarpe e mi provai quelle della ragazza, che erano troppo piccole e mi facevano male. Ma potevo resistere.

«Grazie» esclamò la ragazza, preparandosi a strisciare di nuovo al suo posto.

«Aspetta» la fermai io.

Era stata gentile a venire fin lì, nel buio. Voleva le scarpe, certo. Ma in qualche modo aveva cercato anche di consolarmi, e questo non mi capitava spesso. Anzi, non mi capitava mai.

«Come ti chiami?» sussurrai.

«Rebecca» rispose lei. «E tu?»

«Julie.»

«Piacere di conoscerti.» Quindi d'istinto mi prese una mano tra le sue. «Se ti va, possiamo essere amiche.»

Mi sorrise, poi si allontanò senza aggiungere una parola e senza darmi il tempo di rispondere.

Io rimasi ancora un po' sveglia, a guardare il soffitto.

Rebecca, pensai. Non avevo mai avuto un'amica.

The Davenport Standard

7 CHICAGO DAILY TRIBUNE FRIDAY, OCTOBER 13, 1899

OCCHI DOLCI AL TERRACE GARDEN

... Mercoledì sera la celebre donna d'affari Miss Dawn è stata vista al Terrace Garden in compagnia di un gentiluomo, tale Mister Darsley, di professione detective privato. I due hanno cenato a lume di candela. Chissà se Mister Walker, futuro promesso sposo nonché socio di Miss Dawn, era a conoscenza del romantico appuntamento...

23

OCCHI DOLCI AL TERRACE GARDEN

Non avrei mai pensato che un posto orribile come la St. Mary, con le sue catene e le sue punizioni insensate, potesse aiutarmi a scoprire il segreto dell'orologio e la lunga catena di eventi che mi aveva portato dal bayou a Chicago. Ma a volte succedono le cose più sorprendenti.

E a volte le coincidenze capitano davvero, anche se è difficile da credere.

Il giorno successivo mi svegliai percorsa dai brividi e con la sensazione di avere la febbre. Durante la notte la cavigliera mi aveva fatto gonfiare la gamba e il piede era coperto di sangue e pulsava come un secondo cuore.

Mi sentivo lontana e sola, ma dovetti mettermi in fila con le altre, contro il muro, mentre i guardiani ci dividevano in classi.

«Sai leggere?» mi domandò uno di loro. Era un uomo con favoriti grigi e la fronte rugosa come carta sgualcita.

«Sì» risposi.

«Allora da questa parte.»

Mi spinse dal lato opposto della camerata, in mezzo

a un gruppo di ragazze più grandi. Tra loro c'era Rebecca, che mi strizzò l'occhio, e questo mi fece sentire un po' meglio.

Una volta incatenate, il guardiano ci fece scendere fino al seminterrato. Altre ragazze erano già arrivate e si erano schierate attorno a grandi tavoli di legno grezzo. Ai loro piedi c'era una quantità di pacchi avvolti strettamente con lo spago.

«Ci rivediamo al tramonto» bofonchiò il guardiano, lasciandoci lì e chiudendosi alle spalle la pesante porta di ferro.

Le mie compagne mi trascinarono fino al primo tavolo libero, poi iniziarono a raccogliere i pacchi e aprirli con cura. Sbirciai cosa c'era dentro: giornali. Accuratamente impilati gli uni sugli altri.

«Vecchi giornali?» domandai. «E cosa dovremmo farci?»

«Cucirli» mi spiegò Rebecca, come se fosse la cosa più naturale del mondo.

Mentre parlava, afferrò un plico di quotidiani ingialliti e se lo sistemò davanti. Prese un ago molto lungo e sottile, ci fece passare un filo bianco, e cominciò il lavoro.

Bisognava aprire il giornale a metà ed eseguire una cucitura lungo tutta la piegatura centrale, in modo da fissare insieme i fogli.

Quando due quotidiani erano preparati a quel modo, dovevano poi essere cuciti fra loro creando grossi volumi compatti.

«Poi i giornali vanno in un altro posto dove ci attaccano delle copertine di cuoio o qualcosa del genere» spiegò Rebecca. «E da lì finiscono nelle biblioteche di tutta l'America. Ma l'importante è che la St. Mary guadagna dei soldi per ogni pacco: ecco perché lo facciamo.»

«E questo succede tutti i giorni?» domandai.

Rebecca annuì. «Sì, e bisogna sbrigarsi, perché ogni carico deve essere finito prima del tramonto.»

«Appunto!» ci interruppe una nera magrissima. «Smettete di chiacchierare e dateci dentro, o ci puniranno tutte!»

«Sto solo spiegandole come funziona» si giustificò Rebecca. «Se no magari fa uno sbaglio o strappa qualche pagina.»

Strappare una pagina era l'errore più grave, perché poi il giornale andava buttato via. Ma bisognava fare attenzione anche a un mucchio di altre cose: ad esempio controllare la sequenza in cui venivano cuciti più giornali, o l'ordine delle pagine.

Era per questo che volevano ragazze in grado di leggere.

«Tu com'è che hai imparato?» domandai a Rebecca.

«Mi ha insegnato mio marito» rispose in un sussurro.

Rebecca aveva tre anni più di me. Era una bella ragazza, non fosse stato per il naso da pugile, e i capelli neri e ricci erano il suo orgoglio.

Mi raccontò di essere italiana, e ciò significava che parlava in modo buffo e che i suoi genitori venivano da un posto lontano al di là dell'oceano.

Lei invece era nata a Chicago, e quando aveva compiuto quattordici anni si era sposata con un altro ragazzo italiano. Giulio.

«Era un brav'uomo» mi spiegò. «Serio, lavoratore, e sapeva leggere.»

«Perché dici *era*?»

«Perché è morto. Me l'hanno ucciso. Io non sapevo più come dar da mangiare al bambino, così ho rubato in un negozio. E sono finita qui.»

Rebecca aveva un marito e anche un figlio. Per la prima volta nella mia vita mi sentii una ragazzina viziata.

«Come si chiama? Tuo figlio, intendo.»

«Simone. Ha un anno e mezzo.»

Esitò, io volevo chiederle dove si trovava adesso il bambino, ma capii che era meglio lasciar stare.

Becca domandò: «Tu hai figli?».

«No, ma ho un fratello, Petit. Significa "piccolo", in francese. In Louisiana parliamo tutti francese.»

«Buffo» disse Rebecca. «La Francia è in Europa, come l'Italia. Sono vicine.»

Questo non lo sapevo, ma continuai: «Tit me l'hanno portato via e io devo trovare il modo di tornare da lui.»

«Oh» disse Rebecca, «anche io vorrei tornare da Simone, ma puoi scordartelo. Da qui non si esce.»

Allora pensai al detective Byrne, e per la prima volta sperai che tornasse presto a prendermi.

Invece Byrne non tornò.

Aveva detto che un paio di giorni mi avrebbero sciolto la lingua, così il secondo giorno alla scuola mi misi ad aspettarlo, impaziente, come un cagnolino che si sistema davanti alla porta in attesa del ritorno del padrone. A sera, quando capii che non sarebbe venuto, ero così abbattuta che non mi riuscì di mangiare.

Byrne non arrivò neanche il terzo giorno, né il quarto, e io pensai che forse era successo qualcosa.

Non credevo che giù a New Orleans avessero denunciato la scomparsa di Jack: erano passati troppo pochi giorni perché qualcuno si preoccupasse davvero per la sua assenza, e nel bayou le tracce (e i cadaveri) spariscono in fretta. Di sicuro il corpo non era stato ritrovato.

Allora cos'era accaduto? Forse a Byrne non interessava Jack e invece voleva l'orologio, anche lui, e aspettava che confessassi. O forse si era solo dimenticato: in fondo eravamo dei semplici clandestini, chissà quanti ce n'erano come noi a Chicago.

Non potevo far niente per scoprire la verità e neanche per rivedere Tit, non potevo ribellarmi. L'unica cosa a quel punto era tener duro, abbassare la testa e lasciar passare il tempo, proprio come Becca e tutte le altre.

Intanto scoprii che adoravo i giornali. Non ero mai stata brava a leggere, anche perché non avevo mai potuto fare molta pratica. Ma ora mentre cucivo mi sforzavo di concentrarmi sulle pagine che avevo sotto gli occhi, e anche se parlavano di roba vecchia di anni erano sempre un modo per volar via da quel seminterrato e dimenticare la caviglia ferita e le mani segnate dall'ago.

Mi appassionai specialmente alla cronaca di Chicago, perché in sostanza si componeva di due tipi di articoli: quelli sui crimini avventurosi, come gli omicidi e le rapine; e quelli sulle più sontuose feste della città, i balli dati dal sindaco, i pettegolezzi della "buona società" che io non avevo mai visto nemmeno da lontano.

Quasi tutti gli articoli di cronaca mondana erano firmati da un certo E. Cochrane, che in breve diventò il mio giornalista preferito. Descriveva i vestiti delle dame in un modo così perfetto che mi pareva di averceli addosso, e leggendo potevo entrare in un mondo luccicante di profumi, calici di champagne, collane e ventagli, gentiluomini in abito scuro.

Era un mondo così lontano che mi faceva pensare alle favole. Io non ero mai stata a una festa, a parte l'anno prima quando si era sposata Anne della piantagione, ma le parole di Cochrane e le fotografie mi riempivano gli occhi. I miei sogni erano popolati di balli e ristoranti, e al mattino non vedevo l'ora di mettermi a ricamare per leggere ancora.

Poi, un giorno, mi diedero da rilegare i quotidiani del 1899.

Mi capitò sotto gli occhi un articolo del primo novembre. Parlava di una straordinaria festa di Halloween, e per un po' l'articolo si dilungava a descrivere i travestimenti delle signore: una dama veneziana e una strega con un ardito *décolleté* (ormai avevo imparato che Cochrane, quando voleva dimostrare di essere davvero raffinato, infilava nei suoi pezzi qualche parola in francese).

Poi una frase catturò la mia attenzione. Diceva: "L'invitato più affascinante era senz'altro un elegantissimo vampiro in frac. Dietro la maschera da signore delle tenebre si nascondeva Mister Walker, il celebre industriale, che ha passato la serata in compagnia di due donne molto attraenti. Forse un modo di consolarsi per l'assenza di Miss Dawn? Sembra infatti che la sua socia in affari (e forse futura moglie) abbia dato *forfait* proprio all'ultimo istante. Tra i grandi assenti della festa c'era anche Mister Darsley, l'investigatore privato: una silenziosa conferma del tenero sentimento che si dice stia nascendo tra Darsley e la Dawn".

Non sapevo cosa significava *forfait*, ma non era importante. Mister Walker, Miss Dawn, Mister Darsley: era per causa loro che mi ritrovavo alla St. Mary, e realizzai che forse il mio lavoro di cucitrice dei giornali poteva diventare qualcosa di più. Un compito in grado di salvarmi.

Finii di ricamare il quotidiano e passai al successivo, lo sfogliai in fretta ma niente. Cercai di accelerare il lavoro il più possibile, finché in un quotidiano di metà novembre trovai un nuovo articolo di Cochrane. Mister Walker aveva ufficialmente chiesto la mano di Miss Dawn regalandole un favoloso anello di brillanti.

L'articolo diceva che il loro sarebbe stato il matrimonio più importante dell'anno, perché Miss Dawn era proprietaria di metà delle azioni del Rinomato Catalogo.

In pratica, quando avevano fondato la società, Mister Walker e Miss Dawn l'avevano divisa in diverse quote chiamate "azioni", e se le erano spartite a metà. Ma sposandosi, Miss Dawn avrebbe portato in dote le sue azioni al futuro marito. E quindi con il matrimonio Walker sarebbe diventato il padrone assoluto della società, e uno degli uomini più ricchi d'America.

Nei giornali di dicembre trovai un trafiletto in cui Mister Walker annunciava che il suo fidanzamento era confermato e la data del matrimonio con Miss Dawn sarebbe stata fissata a breve. A quanto pareva, Mister Darsley aveva smesso di farsi vedere in giro e si era rintanato chissà dove, distrutto dal dolore.

Poi, il 30 dicembre, un articolo parlava della grande festa di capodanno organizzata da Mister Walker in un albergo del centro. Io sapevo che a quella festa Miss Dawn non sarebbe mai andata. Mister Darsley, nel corso della notte, l'avrebbe uccisa.

«Becca, stai rilegando tu l'annata 1900?»

«Non ci ho fatto caso ma sì, è proprio questa.»

«Faresti a cambio con me?»

Era una richiesta un po' strana, ma quell'annata era rovinata e cucirne le pagine era difficile, perciò Rebecca accettò la mia proposta.

Sfogliai i quotidiani già cuciti dalla mia amica, e il 2 gennaio in prima pagina trovai la notizia che cercavo: Miss Dawn era stata trovata morta nella sua casa; Mister Darsley era sospettato dell'omicidio ed era stato arrestato.

In un articolo del 20 febbraio c'era una lunga intervista a Darsley, che dichiarava: "Amavo profondamente Miss Dawn e non le avrei mai fatto del male".

Subito dopo però l'articolo continuava: "Mister Darsley ha occhi iniettati di sangue e lo sguardo sfuggente del colpevole. Durante l'intervista ha preso più volte a pugni il tavolo, dimostrandosi ancora una volta un uomo che non sa controllare i propri istinti".

Presi mentalmente nota di quel dettaglio e proseguii a leggere, sempre più veloce.

Quotidiano del 3 marzo, il giorno in cui era iniziato il processo. Gli avvocati di Darsley avevano presentato la loro linea di difesa: la pistola usata per l'omicidio apparteneva al detective, ma gli era stata rubata alcuni mesi prima. Secondo la polizia era un trucco per depistare le indagini, si diceva che Darsley fosse in contatto con la malavita di Chicago e si fosse fatto aiutare da loro.

Il 10 marzo, al processo, Darsley dichiarava il suo alibi: la notte di capodanno era stato visto dall'altra parte della città insieme ad alcuni amici, la cui testimonianza veniva però giudicata poco attendibile.

4 aprile. Mister Walker rivelava che poco prima di morire Miss Dawn aveva convertito tutte le sue azioni in titoli al portatore. Significava che la quota di Miss Dawn non apparteneva più a lei, ma a chiunque possedesse i certificati su cui erano registrate le azioni. Metà della Walker&Dawn era diventata un tesoro sotto forma di fogli di carta. Era chiaro che si trattava di una manovra per permettere a qualcun altro di diventare proprietario (o meglio, mezzo proprietario) del Catalogo. Ma chi aveva spinto Miss Dawn a quel gesto sconsiderato?

Avrei tanto voluto avere Eddie e Te Trois vicino a me, parlarne con loro, prendere appunti. Ma ero sola, ero incatenata, potevo contare solo su di me.

Continuai a leggere più in fretta che potevo.

21 aprile, un'altra intervista a Mister Walker. Dichiarava che i titoli al portatore di Miss Dawn erano stati rubati. Nessuno li aveva più visti dalla notte dell'omicidio. Forse dunque si era trattato di un furto? Darsley aveva cercato di rubare le azioni e, una volta scoperto, aveva ucciso la Dawn? Un'altra domanda senza risposta.

Nei quotidiani dell'estate, finalmente, il processo arrivava alla conclusione. Mister Darsley era stato riconosciuto persona coinvolta nell'omicidio, ma non si era riusciti a stabilire se lui fosse l'assassino o solo un complice. Nel dubbio la giuria aveva deciso di risparmiargli la pena capitale, e il verdetto era stato: ergastolo. Carcere a vita da scontarsi a Bridewell, la prigione di Chicago.

La stessa da cui il detective sarebbe evaso alcuni anni dopo, per poi finire ammazzato anche lui.

L'ultimo articolo che lessi era datato 16 giugno. Riportava le dichiarazioni furiose di Mister Walker, in cui l'uomo d'affari diceva di essere deluso dalla giustizia americana e si augurava che Darsley in prigione patisse le pene dell'inferno.

"È preoccupato per la scomparsa dei titoli al portatore?" chiedeva il giornalista. Mister Walker rispondeva: "Per niente, Miss Dawn era una donna eccezionale, sono sicuro che ha nascosto i documenti con molta cura. E nessun criminale li troverà mai".

L'articolo terminava con un'ultima frase di Mister Walker: "Ora a me rimane solo il dolore. E questo orologio".

Un orologio da ferroviere, appartenuto al padre di Miss Dawn e che la donna aveva sempre tenuto con sé. Un orologio di marca American Company, costruito nel 1881.

MAY 9, 1904
Rapids in Barrel
ublishing Field
5 CHICAGO DAILY TRIBUNE
MONDAY, MAY 9, 19
UN MOSTRO IN GABBI
Ma che persona era Mister Darsle
l'uomo che è evaso di prigione p
trovare la morte solo poche ore dop
L'abbiamo chiesto a Mister Corcks
il direttore del Bridewell. «Dars
era un mostro, gli altri prigion
avevano paura di lui. Era un viol
to. Durante gli anni che ha pass
nel nostro istituto, ha ferito due gu
die e provato a fuggire non meno
quindici volte.»
Vol. I.
A ROLL

24

UN MOSTRO IN GABBIA

Scappa, scappa, scappa. Mi svegliavo con questa parola nelle orecchie, la sentivo mentre controllavo la ferita alla caviglia, mi risuonava dentro ogni volta che scendevo nel seminterrato. A volte era un urlo fragoroso, a volte un mormorio sommesso di risacca, o un tremolio nelle mani. A volte era silenzio, e mi spaventava di più. Perché cominciavo ad abituarmi alla St. Mary. Dopo sei giorni lì dentro stavo imparando a far la fila in mensa, a regolare il mio passo con quello delle compagne per non ingarbugliare la catena. Imparavo ad arrendermi. E non doveva succedere.

«Scappare?» mi sussurrò Becca. «Tu sei pazza. Tutte le ragazze qui dentro sognano di andarsene. Piacerebbe anche a me, che ti credi. Ma non è possibile.»

«E perché?»

Becca sospirò. Eravamo al lavoro, e lei si guardò intorno per controllare che nessuno ci stesse ascoltando.

«Ti sei mai chiesta perché ci tengono incatenate? Ho scoperto che non è così neanche nelle prigioni vere, quelle per gli uomini adulti. Sai perché loro no, e noi invece sì?»

Non lo sapevo.

«Perché se siamo incatenate il lavoro dei guardiani è più semplice, e fuori di qui a nessuno interessa di noi. Siamo donne, giovani, delinquenti. Possiamo morire e non lo saprà mai nessuno. Quindi le guardie possono farci tutto quello che gli pare. Tutto. Hai capito?»

Feci segno di sì. Per me era sempre stato così, anche quando stavo alla piantagione o a casa. Pensai che forse alla St. Mary mi trovavo nel posto giusto, tra persone uguali a me, ed ero stata una scema a credere di poter cambiare.

Ma c'era Tit. E Tit mi costringeva a combattere. Mi impediva di lasciar perdere.

Così cominciai a guardarmi intorno. L'unico momento in cui non avevo la catena al piede era di notte, ma la porta della camerata era chiusa a chiave e le finestre avevano sbarre solide. Tutto il resto del giorno ero sempre prigioniera della catena. Era quello il problema più grosso.

Rubai una forchetta e provai a scassinare il lucchetto della cavigliera. Niente. Capii che l'unica possibilità era rubare le chiavi a una guardia, ma serviva l'occasione giusta.

Allora ideai un piano. Dopo cena, le guardie sceglievano una classe che doveva rigovernare la cucina. La sera del mio sesto giorno alla St. Mary, al momento di alzarmi da tavola finsi di inciampare e spinsi Rebecca e le altre per terra, ingarbugliando le catene.

Mormorai le mie scuse e feci un sacco di confusione, e le guardie si infuriarono con me e mi picchiarono. Quasi non ci feci caso. L'importante era che la mia classe venisse spedita in cucina.

Ignorai lo sguardo di rimprovero di Rebecca e le minacce delle compagne. Una di loro promise che mi avrebbe accoltellato nel sonno, ma non mi importava. Se tutto andava bene, quella notte non avrei dormito alla scuola.

Le guardie ci fecero raschiare le pentole, pulire i fornelli e lavare i pavimenti finché non furono tirati a specchio. Io ci misi più di tutte a finire e continuai a combinare disastri e rallentare il lavoro della squadra.

«Ora bisogna rassettare la stanza dei custodi» esclamò il guardiano. «Ci sono volontarie?»

«Lei» dissero tutte, indicandomi.

Anche Rebecca sembrava arrabbiata, ma finsi di non accorgermene, era quello che avevo sperato.

Il guardiano mi staccò dalla catena comune e agganciò la mia cavigliera a una palla di ferro, quindi mi ordinò di seguirlo fino al piano superiore.

Mi trascinai per le scale a fatica, la palla sollevata sotto il braccio sinistro, il secchio pieno di acqua e sapone agganciato al destro.

La stanza dei custodi era un salone ampio illuminato da lampadine elettriche. Il pavimento era a scacchi bianchi e neri e c'erano un divano mezzo sfondato e alcune seggiole. A una rastrelliera erano appesi i mazzi di chiavi, a decine.

Il mio obiettivo.

Mi misi a pulire fingendo di essere ancora più lenta e impacciata di prima, e intanto pensavo a come avvicinarmi alla rastrelliera. Il guardiano fumava una sigaretta e non staccava gli occhi dal mio sedere. Avevo bisogno di un diversivo o di un colpo di fortuna.

Chiusi gli occhi e mi misi a pregare Dio, o il destino, o qualche spirito della palude in cui credeva il mio amico Eddie. «Per favore» mormorai, «dammi una possibilità».

Dio, o il destino, o uno spirito della palude, mi ascoltò. Da qualche parte un campanello iniziò a suonare con un trillo assordante.

La guardia bofonchiò: «E ti pareva. Ma a quest'ora io di sicuro non vado a controllare chi è».

Il campanello suonò ancora, e dopo un po' l'uomo si arrese. Attraversò il salone lasciando impronte di fango sul pavimento appena pulito, quindi aprì un mobiletto e notai che all'interno c'erano numerosi campanelli, ognuno con una diversa etichetta: CUCINA, MAGAZZINO, CAMERATE. Quello che stava suonando era l'INGRESSO.

«Questi aggeggi moderni» brontolò la guardia. «È la terza volta questo mese che i campanelli si attivano da soli...»

Mi guardò, soppesandomi per un istante, quindi disse: «Torno subito».

Io ero così agitata che mi dimenticai di rispondere. Aspettai che la porta del salone si richiudesse, quindi scattai verso la rastrelliera delle chiavi.

Erano tantissime, tutte di ottone e tutte diverse, grandi e piccole, lisce e dentellate. Qual era quella giusta per aprire la cavigliera? Non ne avevo idea.

Forse potevo scegliere un mazzo a caso, nasconderlo nella tunica, e provare poi con calma quando fossi tornata in camerata.

Ma era troppo rischioso. E se avessi scelto il mazzo sbagliato?

Mi dissi che dovevo almeno fare un tentativo. Allungai una mano, e in quel momento udii una voce dietro di me: «Tu sei Julie Dart?».

Restai impietrita sul posto, con la mano protesa, come se un mocassino d'acqua fosse spuntato dal nulla per morsicarmi un polpaccio.

«Dico a te. Ti chiami Julie Dart?»

Mi voltai. Era un'altra guardia, una donna. Sembrava che il mocassino d'acqua avesse morso anche lei, perché era livida come se le avessero spalmato della cera sulle guance. Di certo mi aveva visto avvicinarmi alle chiavi. Ero spacciata.

«Sì» mormorai con voce strozzata. «Julie... sono io.»

«Seguimi.»

Mi precipitai a prendere il secchio e la spugna che erano rimasti a terra, ma la guardia mi bloccò: «Quelli restano dove sono».

Le andai dietro, portando in grembo la palla di ferro

che mi sembrava pesante più che mai. Ci avevo provato, e avevo perso. Non sarei fuggita dalla St. Mary.

La guardia mi fece salire fino al secondo piano e mi ordinò di entrare in una stanza buia. Azionò una leva, si udì un ronzio e una fila di piccoli soli si accese sul soffitto.

La stanza era ricoperta di piastrelle grigie. Per terra c'erano fori simili a dei tombini mentre in alto, lungo il muro, erano appesi strani bracci di ferro ricurvi. Ganci, pensai. Ma a cosa servivano?

«Non hai mai visto una doccia?» mi chiese la donna.

La sua voce era più fredda che mai. Io scossi la testa, spaventata.

«Serve per lavarsi» spiegò bruscamente. «Quei pomelli là in basso sono rubinetti. Li giri, esce l'acqua, ti lavi.»

Indicò uno scaffale di metallo appoggiato contro la parete opposta.

«Lì trovi il sapone e gli asciugamani. Spicciati.»

Era come se stesse parlando in una lingua che non avevo mai sentito. Non riuscivo a muovermi. La donna allora si chinò, tolse un mazzo di chiavi dalla cintura e aprì la serratura della cavigliera.

Cadde a terra con un tintinnio sordo.

«Che aspetti? Non ho tutta la sera da perdere.»

Voleva che mi spogliassi davanti a lei. Esitai, ormai mi sentivo in preda al panico, un animaletto in una trappola da bracconiere. Cercai di respirare a fondo, mi ripetei di essere forte. In fondo, dovevo solo lavarmi.

Con passi malfermi andai a prendere un asciugamano dalla rastrelliera e un pezzo di sapone. Mi sfilai il vestito dando le spalle alla donna, in modo da nascondere il sacchetto con l'orologio che portavo al collo, e con un gesto furtivo tolsi anche quello e lo infilai tra le pieghe dell'asciugamano pulito.

Girai il rubinetto di una doccia e l'acqua mi piovve addosso come un temporale. Era gelida, gocce pesanti che mi inzupparono i capelli, e per un attimo dimenticai tutto e gustai il rombo di quella pioggia artificiale che mi ruscellava sui seni e la schiena, giù giù fino ai piedi.

Sentii la guardia tossicchiare e mi affrettai a strofinarmi con il sapone, quindi mi sciacquai e mi avvolsi nel telo da bagno.

«Ora, i vestiti» disse la guardia.

Mi indicò degli abiti piegati sulla mensola accanto agli asciugamani. C'erano una camicetta color panna e una gonna nera, calze, e scarpe di cuoio quasi nuove.

Mi andava tutto un po' grande ma era sempre meglio della divisa da prigioniera.

«Vieni» intimò la guardia.

E in quel momento capii. Byrne era tornato a prendermi! Doveva essere per forza così!

Uscii dal bagno quasi saltellando per la felicità di non avere più la catena addosso.

Seguii la guardia al pianterreno e fino a una porta di legno con la targhetta: DIREZIONE.

«Julie è qui» disse la custode, infilando la testa nell'ufficio.

«Falla entrare» risposero dall'interno.

Ad aspettarmi c'erano due persone. La prima doveva essere la direttrice della scuola, stava seduta dietro una scrivania e aveva la faccia aguzza di un corvo. Davanti a lei, in piedi, c'era un signore anziano con un abito elegante, che teneva con entrambe le mani un cappello a bombetta.

«Cara Julie» disse la donna. «Scusa se ti ho mandato a chiamare a quest'ora. Eri in biblioteca a studiare?»

«Veramente stavo finendo di lavorare...»

«... a maglia?» mi interruppe la donna. «Certo, certo.»

Rivolse all'uomo un sorriso fasullo: «Alla St. Mary cerchiamo di incentivare il corretto utilizzo del tempo libero e promuoviamo l'uncinetto e il ricamo. Vero, cara Julie?»

Non sapevo cosa rispondere. Le parole di quella donna non avevano nessun senso.

«Ricamo» commentò allora il signore col cappello. «Immagino sia per questo che la ragazza ha le mani coperte di tagli.»

«Be', può capitare di pungersi con l'ago» si giustificò la direttrice.

«E quello strano anello rosso intorno alla caviglia destra? Sembrerebbe quasi il segno di una catena.»

«Catena? Oh, no, cosa va a pensare! In questa scuola non usiamo niente del genere, la ragazza sarà caduta saltando alla corda. Dico bene, Julie?» Mi rivolse uno sguardo di fuoco e io capii che la direttrice stava cercando di giustificarsi davanti all'uomo con il cappello.

Digrignai i denti.

«Sì» mormorai. «Mi sono fatta male con una... corda. Si era... legata alla gamba. E ho sanguinato un po'.»

La direttrice si fece paonazza, ma l'uomo non disse niente e invece si rimise il cappello e brandì un bastone da passeggio.

«La ragazza viene con me» comunicò alla direttrice. «Quanto a lei, ci rivedremo presto. Ho l'impressione che questa scuola abbia bisogno di un'ispezione approfondita, e mi premurerò che avvenga al più presto.»

«Un'ispezione? Ma...»

«E quando succederà, mi auguro proprio che le fanciulle siano impegnate in attività indicate per la loro età. Se fosse altrimenti, sarebbe molto grave.»

Si voltò di scatto. Poi per la prima volta il suo sguardo si posò su di me e sorrise.

«Miss Julie» disse. «Venga con me, prego.»

Io annuii. Mai nessuno, in vita mia, mi aveva chiamato "Miss Julie".

SUNDAY, JANUARY 12, 1902
8 CHICAGO DAILY TRIBUNE
UN'AZIENDA A METÀ
A due anni dalla scomparsa di Miss Dawn, e del suo pacchetto di azioni al portatore, Mister Walker agisce a tutti gli effetti come unico proprietario del Rinomato Catalogo Convenienza. «Gestir gli affari è un peso, m il ricordo di Miss Daw mi aiuta a continuare og giorno...»
Walker & Dawn

25

UN'AZIENDA A METÀ

Non sapevo chi fosse l'uomo col cappello. Provai a chiederglielo, mentre lo seguivo quasi di corsa attraverso il parco della St. Mary, ma lui mi fissò e si rifiutò di rispondere.

Camminava con passi rigidi e tutti uguali, come una marionetta caricata a molla.

Subito fuori dai cancelli della scuola ci aspettava un'automobile, uno di quei trabiccoli moderni che tanto facevano emozionare Eddie e Te Trois. Era bianca, senza tettuccio, con le ruote e i sedili di pelle rossa e i fanali cromati. Al posto di guida era seduto un autista con relativo berretto a visiera e occhialoni.

Vedendoci arrivare, l'autista scese e aprì lo sportello del passeggero, poi mi porse la mano per aiutarmi a salire.

Il motore si accese con uno strepito infernale e l'automobile partì come una freccia. Il fruscio dell'aria cancellò ogni rumore, ma il cappello del signore col cappello gli stava sulla testa come incollato.

Io osservavo quel viso severo senza capire. Non si trattava di un poliziotto, di questo ero sicura. Sembrava un uomo importante.

L'automobile si fermò davanti a un palazzo enorme, con la facciata che risplendeva di finestre. Era così lussuoso che sembrava uscito da uno degli articoli di cronaca mondana di Cochrane, e sopra l'ingresso monumentale campeggiava una gigantesca iscrizione che diceva: TREMONT HOUSE, la casa di Tremont.

«Oh» mormorai, rivolta al signore col cappello. «Lei è il signor Tremont, allora?»

L'autista scoppiò a ridere, e io mi vergognai perché di sicuro avevo detto qualche sciocchezza. Ma l'altro mi guardò molto seriamente e disse: «No, signorina Julie, Tremont House è il nome dell'albergo. Lei questa notte alloggerà qui».

Di sicuro mi stava prendendo in giro. Io, dormire in quell'albergo che doveva essere il più favoloso del mondo? Era uno scherzo per forza.

Eppure il signore col cappello mi accompagnò all'interno dell'hotel, in un atrio tutto tappeti e passamani in ottone, dove il pavimento era così lucido da sembrare di ghiaccio.

Si accostò al bancone e si fece consegnare una chiave, mi guidò al piano di sopra e per un attimo ebbi paura, perché in fondo mi trovavo in un posto sconosciuto con uno sconosciuto. Ma poi pensai che quell'albergo era senz'altro meglio della scuola di correzione.

La stanza si trovava in fondo a un lunghissimo corridoio ricoperto di moquette, ed era così bella che non ci potevo credere. Era abbastanza grande per venti persone, con le pareti piene di quadri. Al centro, un letto tanto largo che per attraversarlo da un lato all'altro c'era bisogno di mettersi a correre, con lunghe lenzuola candide. Poi c'erano uno scrittoio, una sedia e una cabina armadio, una porta-finestra che dava su un ampio terrazzo.

«Da questa parte invece c'è la *tualètt*» mi spiegò il signore col cappello, e io intravidi pareti di marmo scuro e specchi, e una vasca che sembrava una piscina, e asciugamani morbidissimi.

«Magari gradisce fare un bagno.»

«Forse più tardi» esclamai, pensando che in realtà morivo dalla voglia di tuffarmi in quella vasca da sogno.

«Come desidera» disse il signore col cappello. «Sono spiacente per quello che è accaduto alla St. Mary. Il mio padrone non ne era a conoscenza, altrimenti sarebbe intervenuto molto prima.»

«Il suo padrone?»

Non riuscivo a credere che un signore tanto rispettabile potesse avere un padrone. «Posso chiederle...?»

«Domani!» esclamò. «Domani ci sarà tempo per tutto, ora è meglio che riposi. Se desidera, nell'armadio troverà dei vestiti nuovi. Nello scrittoio ho fatto lasciare alcuni libri, se vuole leggere. La colazione verrà servita in camera alle otto in punto e io verrò a prenderla verso le nove e mezzo.»

«Scusi, scusi» lo interruppi. «Voglio dire, non ci capisco niente... Ma come dice lei, domani ci sarà tempo... però... ecco, non vorrei sembrarle un'ingrata, ma io ho degli amici che forse sono nei guai. Ci sono mio fratello Tit, che non vedo da molti giorni, e poi Te Trois e Eddie, e...»

«Oh sì» esclamò il signore col cappello. «Quasi dimenticavo. Se desidera rivedere i suoi amici, può trovarli alla stanza numero 123.»

Avevo le vertigini, come quando mi arrampicavo su un albero e poi di colpo guardavo giù, e la terra sembrava lontanissima e pareva avvicinarsi e poi fuggire come un'onda.

Schizzai in corridoio, scorrendo i numeri appesi sopra le porte. 118, 119, 121... Quando raggiunsi la stanza 123 mi precipitai all'interno.

E mi fermai.

La camera era ancora più grande della mia, senza terrazzo ma con un divano e due lettoni matrimoniali. Eddie era sdraiato su quello più vicino, ben pettinato e vestito come un piccolo gentiluomo.

Tit e Te Trois invece stavano per terra e giocavano con alcuni soldatini di stagno, e anche loro erano vestiti da signori, Tit indossava una camicia e il gilet e rideva beato mentre Te Trois gli faceva tutti i suoni della guerra con la bocca, *PUM-PUM* e *BANG* e ALLA CARICA!

Sembravano così felici, e per un attimo ebbi paura che si fossero scordati di me. Invece Eddie lasciò cadere il libro e gridò: «Julie!».

E in un lampo mi furono addosso tutti e tre. Tit affondò la faccia nella mia gonna e sentii che singhiozzava, Te Trois e Eddie mi stritolarono in un abbraccio di ferro, e io chiusi gli occhi, e sentii delle labbra che si appoggiavano contro le mie. Un bacio. Qualcuno mi stava baciando.

Aprii gli occhi ma era già tutto finito e Eddie e Te Trois si guardavano imbarazzati, ed erano entrambi rossi come braci accese.

«Ah-ehm» esclamai, ed era una cosa stupida ma non sapevo cos'altro dire.

Poi Tit mi strinse più forte e mi scoccò un bacio anche lui e questo sembrò rompere l'incantesimo. Te Trois e Eddie mi abbracciarono di nuovo, e ci lanciammo in una specie di girotondo saltellante ridendo come pazzi, e quando diventammo troppo veloci finimmo per terra e continuammo a ridere ancora.

Te Trois e Eddie iniziarono a bombardarmi di domande, come se non fosse successo niente, né quel bacio, né la scuola di correzione e gli incubi che avevo vissuto nell'ultima settimana.

«Come stai?»

«Che ti è successo?»

«Dov'eri finita?»

Non ci capivo niente, riuscivo a pensare solo a quel bacio rubato e mi sentivo bruciare come una candela.

«Calma, calma» cercai di dire con la voce un po' strozzata. «Ora sono qui, sono tornata.»

I discorsi ripresero ad accavallarsi nella fretta di raccontarmi quello che era successo, ma alla fine come sempre fu Te Trois a prendere la parola.

Mi disse che dopo essere stati trascinati fuori dallo Union Stockyard, i ragazzi erano stati caricati su una carrozza della polizia e trasportati in orfanotrofio.

«... un posto terribile Julie, non potevamo fare niente tutto il giorno, e c'era sempre qualcuno che ci teneva d'occhio e il cibo era la cosa più disgustosa che avevo mai mangiato...»

Il detective Byrne era andato a trovarli quello stesso pomeriggio, poi era tornato anche il giorno dopo e quello dopo ancora, e li aveva interrogati.

«... una volta mi ha dato anche uno schiaffo» precisò Eddie.

Byrne voleva scoprire cosa sapevano del signor Bolton e della sua strana lettera. Alla fine il detective aveva minacciato di dividerli, di lasciare Tit in orfanotrofio e di spedire Eddie e Te Trois in una vera prigione.

«... e allora, capisci, Julie, abbiamo dovuto dirgli la verità.»

Così gli avevano raccontato di aver trovato un oggetto prezioso che ora volevano restituire a quelli del Rinomato Catalogo. E a quel punto Byrne era diventato tutto diverso, emozionato, e aveva chiesto di vedere l'oggetto.

«... ma noi non ce l'avevamo» sghignazzò Te Trois. «E gli abbiamo detto che per prima cosa doveva farci incontrare te.»

La confessione al detective era avvenuta solo quella mattina, e il pomeriggio il signore col cappello era venuto da loro. Aveva detto di chiamarsi Mister Raphael, si era scusato per il comportamento di Byrne e li aveva accompagnati all'hotel.

«E ora sei qui anche tu!» commentò Te Trois, tutto soddisfatto.

Io mi sentivo confusa e stordita da quelle rivelazioni improvvise.

«Dunque, avete spifferato tutto?» domandai.

Eddie arrossì: «Be', non proprio tutto. Abbiamo solo detto che avevamo trovato un oggetto importante, e che volevamo restituirlo, ma non abbiamo parlato dell'orologio...».

«Che però era nominato nella lettera» feci notare io.

«Be', sì, ma noi a Byrne non l'abbiamo detto. E Mister Raphael è stato contento di sapere che avevamo l'orologio e che l'avevamo custodito tutto questo tempo...»

Io non riuscivo a crederci: «Così avete raccontato la nostra storia anche a Mister Raphael?».

Te Trois abbassò la testa: «Hai visto come è gentile, no? È stata una buona idea dirgli tutto, secondo me. Poi rischiavano di separarci, capisci? E l'orfanotrofio era davvero come una prigione! E hai visto che fortuna, Mister Raphael è venuto subito a prenderci e ci ha tirato fuori».

«A te com'è andata, che cosa ti è successo?» domandò Ed.

«Scommetto che ti hanno messo in una scuola per signorine, a rilassarti e dire le preghiere tutto il giorno» sogghignò Te Trois.

Io lo guardai. Era il solito Te Trois sempre contento e pieno di energia, e stavano tutti bene, nessuno di loro era stato maltrattato e alle caviglie non si vedevano i segni di catene o roba del genere.

Ora eravamo insieme, e non capivo perché avrei dovuto dirgli quanto invece era stata dura per me. A cosa sarebbe servito? Era meglio tornare a essere Julie la Dura.

E dimenticare la St. Mary, e godermi invece il calore della loro amicizia.

Così mentii: «È più o meno come dici tu, Te Trois. Mi hanno fatto cucire e dire le preghiere».

«Lo sapevo! A voi femmine va sempre tutto bene.»

Io sorrisi.

Sì, in fondo aveva ragione, mi era andata bene. Anche perché sapevo essere molto più forte di un maschio, e i miei ricordi di vetro li avrei tenuti nascosti là in fondo, dove nessuno poteva guardare.

Quella sera non andai a dormire, o meglio, restai con i ragazzi e parlammo per ore, finché non mi addormentai su uno dei lettoni che era così morbido che pareva una nuvola. E al risveglio era già mattina.

Il sole entrava dalle tende lasciate aperte e Tit dormiva aggrappato al mio braccio come una scimmia alla liana, profumava di sapone, e io per un attimo pensai di stare sognando. Era un sogno, per forza, non potevo trovarmi davvero in un posto da principesse come quello. Non potevo essere così felice.

In quell'istante mi ricordai di Rebecca: ero sparita dalla scuola senza nemmeno salutarla o dirle dove andavo, e a essere sincera dalla sera prima non avevo più pensato a lei nemmeno per un istante. Mi ero dimostrata proprio una bell'amica, eppure...

Che altro potevo fare? No, non era vero, qualcosa avrei potuto fare. Ad esempio parlare di lei con il signore col cappello, cioè Mister Raphael. Ma magari ero ancora in tempo.

«Buongiorno, Julie» mi salutò Eddie dal bagno. «Dormito bene?»

Sorrideva e aveva i capelli umidi che stava passando col pettine, e mi domandai se fosse stato lui a baciarmi, la sera prima.

L'orologio a pendolo segnava le sette e mezzo, quasi ora di colazione.

Me ne tornai in camera per fare un bel bagno, versai nell'acqua certi cristalli colorati che sembravano polvere di sogni e restai a mollo fingendo di essere una ninfea.

Dopo essermi asciugata decisi che non avrei indossato ancora i vestiti della scuola di correzione, non volevo avere più niente a che fare con quel posto, così mi infilai nella cabina armadio.

Là dentro c'era un paradiso di abiti, incantevoli e tutti della mia taglia!

Ripensai agli articoli di E. Cochrane che avevo letto in prigione, a come descriveva i vestiti più alla moda, e decisi di prendere ispirazione da lì. Mi guardai intorno, annusai il profumo di pulito, toccai le stoffe preziose.

In fondo alla cabina armadio c'era un altissimo specchio e cominciai a provare gli abiti più belli. Alla fine ne scelsi uno color pesca che mi arrivava appena sotto il ginocchio e lasciava le spalle scoperte. Lo chiusi in vita con una splendida cintura di raso nero e ai piedi misi delle scarpine rosse con il tacco, perché mi ricordavano quelle che mi aveva regalato Eddie. Infine scelsi una borsetta di cuoio dove infilai l'orologio rotto, e in testa indossai un cappellino elegante con la veletta.

Bussarono alla porta ed entrò il cameriere. Mi rivolse una certa occhiata, l'occhiata di un giovanotto che vede una bella ragazza e per un momento pensa di attaccar conversazione. Quindi mi sorrise e disse: «Buongiorno, Miss, dove posso appoggiare la colazione?».

Indicai lo scrittoio, lo ringraziai e gli sorrisi anche io. Mi aveva chiamato "Miss" come Mister Raphael, e per una volta mi sembrava giusto.

Mangiai da sola, con calma, e quando tornai dai miei amici, Te Trois mi venne ad aprire e per poco non mi inciampò addosso.

«Joju!» disse. «Ma... che hai fatto?»

«Credo che si sia semplicemente preparata come conviene a una damigella» rispose Mister Raphael, che stava seduto tutto impettito su una seggiola.

Si alzò in piedi e si sistemò sulla testa il suo solito cappello: «Ora che ci siamo tutti, direi che possiamo andare. Il mio padrone vi sta aspettando».

REPUBLIC.
—CLOSES DEC. 1.
AY 9, 1904.
E DARSLEY!
ROBERT FRANCIS
MONDAY, MAY 9, 1904
CHICAGO DAILY TRIBUNE
L'ASSASSINO ASSASSINATO!
L'intera polizia di Chicago era sulle
sue tracce da ore, ma non si aspetta-
va di ritrovare Mister Darsley cos
in fretta. Il celebre detective assas-
sino infatti è stato scoperto sen
za vita in un vicolo, nelle vicinan
dell'abitazione della sua famosa v
tima, la povera Miss Dawn, fon
trice del Rinomato Catalogo C
venienza. Gli investigatori ha
scoperto che qualcuno aveva
rato a Darsley colpendolo tr

26

L'ASSASSINO ASSASSINATO!

Fuori dal Tremont House c'era ad aspettarci la stessa auto bianca che mi aveva portato lì la sera prima, e l'autista mi guardò e si toccò il cappello, poi riconobbe che ero io e tossicchiò imbarazzato. Ripensai a quando si era messo a ridere perché avevo creduto che Mister Raphael fosse il signor Tremont, e iniziai a parlare come una vera signorina perbene.

«Mister Raphael!» esclamai, prendendo posto sul sedile posteriore. «Non ci ha ancora detto chi è lei o dove stiamo andando. Le siamo tutti molto grati per averci fatto uscire di prigione… cioè, dalla scuola di correzione… Ma non crede che sia il momento di spiegarci cosa sta succedendo?»

Mister Raphael sembrò riflettere un istante, poi disse: «Ancora un po' di pazienza, non sarebbe elegante parlarne in mezzo alla strada. Non crede, Miss Julie?».

L'auto partì a tutta velocità, mentre Eddie e Te Trois si sporgevano dagli sportelli e si indicavano a gran voce i tram elettrici, le carrozze e tutte le meraviglie della città. Io invece me ne restai ferma e composta, cercando di riflettere bene. Mister Raphael mi guardava come se mi stesse studiando e non avevo idea del perché.

Iniziammo a costeggiare un fiume, e passammo davanti a una costruzione bassa e lunga, con il tetto ricurvo. Era il Chicago Union Depot, la stazione ferroviaria. Poco più avanti iniziava un'alta muraglia dall'aria severa. A metà il muro si interrompeva in un'arcata con le colonne. Sembrava l'ingresso di un tempio.

Lo stemma stava appeso proprio sopra l'entrata, gigantesco, raffigurava il mappamondo attraversato dalle rotaie del treno. Poco oltre c'era un'insegna di legno che diceva: IL RINOMATO CATALOGO CONVENIENZA DI MISTER WALKER & MISS DAWN.

E ancora oltre, in un cartellone appeso al muro, il solito slogan: I PREZZI PIÙ BASSI! SPENDI BENE I TUOI SOLDI! RIMBORSO GARANTITO!

L'automobile si fermò proprio davanti alla sbarra d'ingresso, e Eddie e Te Trois esplosero in un coro di: «Ooooh!».

«Woah!»

«Non è possibile!»

Io invece pensai che ero proprio stupida, perché in realtà era ovvio che Mister Raphael fosse un uomo del Catalogo. Altrimenti perché tanto interesse per noi? E perché avrebbe dovuto ospitarci in un hotel così lussuoso, e darci quei bei vestiti e tutto il resto?

L'autista fece cenno al guardiano di alzare la sbarra, quando una voce stridula lo fermò: «Mister Raphael, Mister Raphael, un momento!».

Era una donna grassottella, con le guance cascanti come quelle di un segugio.

Indossava un vestito nero tutto pieghe e sbuffi, e in testa aveva un cappellino che rischiò di scivolarle dalla testa mentre ci correva incontro.

«Mister Raphael! Solo una domanda!»

«Spiacente, Miss» disse l'altro, «le ho già spiegato che non posso rispondere ad alcunché.»

«Ma è importante!» esclamò la donna. «Ci vorrà solo un istante, dopotutto.»

Si fermò vicino all'auto, appoggiando una mano allo sportello per riprendere fiato, e tolse dalla scollatura un piccolo taccuino e un lapis.

Era così rossa in viso, così affannata, che mi fece sorridere.

Solo in quel momento lei sembrò notare che sull'auto, oltre a Mister Raphael, c'eravamo anche noi.

«E chi sarebbero questi? Voglio dire, posso chiederle perché li sta portando nei magazzini? Organizza una visita guidata? Forse potrei partecipare anch'io?»

«Mi dispiace, Miss, ma i *giornalisti* non sono invitati.»

«Eppure...»

Mister Raphael fece un gesto con la mano per dire all'autista di procedere.

«Prenda almeno il mio biglietto da visita!» esclamò la donna, estraendo un cartoncino color panna. «Può scrivermi in redazione, o telefonarmi, o anche... mandarmi... un telegramma!»

L'automobile partì di scatto, facendola quasi cadere a terra, e il biglietto da visita volò nell'aria come una libellula.

«Non sapevo che ci fossero giornalisti donne» mormorò Eddie, lanciandomi un'occhiata di sbieco.

«A Chicago sì» rispose Mister Raphael. «E purtroppo sono anche particolarmente impiccione. Scusate per l'inconveniente.»

L'auto varcò il cancello. Eddie, Te Trois e Tit si guardarono intorno meravigliati.

Io invece mi voltai per fissare la giornalista che litigava con la guardia all'ingresso, nel disperato tentativo di entrare insieme a noi.

Fu allora che capii che ce l'avevamo fatta. Eravamo dentro. Nei magazzini della Walker&Dawn. Quello era il luogo che finora avevamo visto solo nei nostri sogni.

L'automobile percorse a passo d'uomo una strada di mattoni fiancheggiata da due file di magazzini con il soffitto a botte. In fondo si intravedevano un recinto di legno e le acque grigie del fiume. Ovunque c'erano uomini in tuta da lavoro che trainavano carriole e carretti pieni di scatole.

Una rotaia ferroviaria zigzagava tra i capannoni disegnando morbide spire di serpente, e piccole locomotive rosse e blu ci trottavano sopra lanciando fischi allegri nell'aria. Trainavano vagoncini ricolmi di pacchetti.

«Se ero ricco» mormorò Te Trois «io vivevo proprio in un posto come questo...»

Mister Raphael sogghignò: «È il sogno di molti, Mister Peter. I magazzini Walker&Dawn occupano un'area di quasi trenta acri, e ricevono o inviano migliaia di pacchi tutti i giorni, anche a Natale».

«E quelle locomotive colorate cosa sono?» domandò Eddie.

«Immagino sappiate che Mister Walker iniziò la sua carriera come postino, e per lavoro era sempre in viaggio. Nessuno meglio di lui comprende la necessità di trasporti efficienti e rapidi. Per questo ha deciso di costruire i magazzini della società proprio vicino alla stazione e ai binari tradizionali: rendeva più facile caricare la merce sui treni, capite? Ma le locomotive in miniatura e i binari interni furono progettati da Miss Dawn. Fu lei a disegnare il modello, e a fare il giro inaugurale dentro e fuori dai capannoni, ancora dieci anni or sono.»

Mentre parlava, Mister Raphael teneva lo sguardo dritto accanto a sé, come se non riuscisse a guardare quei piccoli treni buffi. Fece un breve sospiro, poi si allungò verso l'autista e disse: «Può fermarsi qui, grazie. Credo che proseguiremo a piedi».

Scendemmo dall'auto.

Tit mi prese per mano, mi affondò le unghie nel palmo e capii quanto fosse emozionato. Io pure lo ero, anche se come al solito cercavo di non farlo vedere. Mi sforzai di sorridere e gli strizzai brevemente la mano in risposta, per ricordargli che sarebbe andato tutto bene. Almeno lo speravo.

«Da questa parte!» esclamò Mister Raphael.

Ci guidò in uno dei capannoni più grandi, così vasto che le rotaie del trenino entravano fino all'interno.

«Woah!» gridò Eddie.

«Pazzesco!» gli fece eco Te Trois.

E pazzesco lo era sul serio. Il capannone era più grande di una cattedrale, col soffitto di ferro e vetro che lasciava entrare la luce grigia del giorno.

Tutto lo spazio era occupato da scaffali che arrivavano fino al cielo, divisi in strette corsie che lasciavano a malapena spazio per i binari.

Nel grande spiazzo all'entrata c'erano uomini in tuta blu che si arrampicavano su altissime scale, e altri che trasportavano pacchi. Un uomo in giacca e cravatta stava seduto davanti a un enorme mobile di legno simile a uno scrittoio per giganti e tutto ricoperto di quadranti e lancette. Ogni tanto afferrava una specie di imbuto e ci gridava dentro istruzioni che poi rimbombavano sotto l'alta volta.

Mister Raphael si piazzò davanti a noi e iniziò a recitare con tono stentoreo: «Il Rinomato Catalogo Convenienza offre una selezione di più di settantacinquemila articoli di ogni tipo, dai vestiti ai mezzi di trasporto agli strumenti agricoli. Per ospitare tutta questa scelta, compriamo le merci migliori da più di novemila produttori in tutti gli Stati Uniti e li raduniamo in uno dei nostri depositi. Come questo».

Allungò una mano per indicare i grandi spazi del capannone e ci guardò con soddisfazione, come se tutto quello fosse suo.

«E come fate a trovare quello che vi serve in un posto così grande?» chiese Eddie.

«Eccellente domanda, Mister Edward.»

Mister Raphael si avvicinò all'uomo seduto davanti allo strano scrittoio con le lancette: «Mister Reginald, può aiutarmi a mostrare il sistema ai nostri ospiti?».

«Certo, signore» rispose Mister Reginald.

Raphael allora si voltò verso Te Trois.

«Che cosa vorresti? Esprimi un desiderio, un oggetto, quello che vuoi.»

Te Trois chiuse gli occhi e strinse la bocca con l'aria di chi pregusta un miracolo.

Poi esclamò: «Vorrei... una bicicletta! Magari tutta nera, con la canna e le ruote bianche».

«Subito» disse Mister Reginald.

L'uomo afferrò una copia del Rinomato Catalogo Convenienza, senza copertina e con le pagine tutte sgualcite. Aprì il libro quasi a colpo sicuro e disse: «Ecco qua, bicicletta modello Sultano a tre marce con cromature in nickel. Prezzo 16 dollari. Che ne dici ragazzo, ti piace?».

«Altroché» rispose Te Trois, emozionato.

Reginald annuì. Poi si sedette davanti allo scrittoio e mise le mani su uno strano apparecchio che sembrava un telegrafo. Iniziò a picchiettare una leva, e la leva scolpiva dei piccoli fori in una striscia di carta.

«Ecco fatto» disse Reginald. «Ho appena scritto su questo foglio il codice dell'articolo.»

Strappò la striscia forata, la infilò in un cassetto, schiacciò un pulsante e girò una manovella.

Il mobile cigolò e ticchettò come un gigantesco orologio, poi i quadranti si mossero tutti. Infine da una fessura spuntò fuori un altro foglio traforato.

Reginald lo prese tra le dita con aria assorta. Quindi afferrò l'imbuto di latta che avevo già visto e ci gridò dentro: «Mister Buck!».

Un uomo in tuta si precipitò verso di noi e Reginald gli consegnò la scheda.

«Oggetto da recapitare: corsia 21, scaffale 18, settore 3, piano 4, posto 16.»

«Sissignore!» esclamò Mister Buck, ripartendo di corsa verso i corridoi del capannone.

Noi tutti eravamo rimasti a osservare meravigliati, e Raphael ci spiegò con un sorriso: «La straordinaria macchina che avete appena visto in funzione è un tabulatore elettrico. È stato inventato alcuni anni fa da un geniale scienziato chiamato Hollerith, e Miss Dawn l'ha riadattato e riprogettato per i nostri scopi».

«Un tabulatore?» domandò Eddie. «Ma... come funziona...?»

«È elettrico, naturalmente!» esclamò Mister Reginald con un certo orgoglio. «La macchina legge le schede perforate che io preparo con il punzonatore, poi le confronta con un archivio interno, infine mi risponde stampando un'altra scheda perforata che indica dove sono conservati gli oggetti. È molto pratico, perché la posizione della merce cambia in continuazione, e la macchina si aggiorna da sola e mi dà sempre le informazioni giuste... Ed ecco qui, nel giro di un istante, proprio quello che avete chiesto.»

Mister Buck era già di ritorno in sella alla bici più bella che avessi mai visto. La consegnò a Te Trois, e lui con la sua solita faccia tosta ci saltò sopra e iniziò a sfrecciare per il magazzino.

«Da non crederci» fischiò piano Eddie.

«Puoi dirlo, ragazzo» rispose Mister Reginald. «Un vero

prodigio della tecnologia, che permette a un solo uomo di fare il lavoro di cento archivisti!»

Eddie stava guardando quel vecchio mobile tarlato come se volesse capirne il funzionamento con un'occhiata, e continuava a fare strani rumori con il naso, come degli schiocchi, segno che stava pensando intensamente.

Io invece, più che alla parte tecnica, ero interessata alle persone.

«Ha detto che è stata Miss Dawn a inventare questo sistema?» domandai a Mister Raphael. «Doveva essere una donna davvero eccezionale.»

«A dir poco» ammise lui. «Credo di non aver mai conosciuto una persona così intelligente. Grazie a lei, la nostra fu la prima fabbrica di Chicago a usare la corrente elettrica non solo per illuminare gli ambienti, ma anche per alimentare le macchine. Miss Dawn progettò le locomotive di trasporto, e le gru per caricare i vagoni merci, e aveva così tanti piani per il futuro...».

Si fermò, come se avesse detto troppo, quindi scosse la testa.

«Venite» disse. «È tempo di continuare il giro.»

Non ci fu verso di convincere Te Trois ad abbandonare la sua bicicletta, ma almeno accettò di scendere di sella e accompagnarci a piedi.

Tornammo all'aperto e iniziammo a passeggiare tra due file di depositi.

«Avete detto che in quel magazzino conservate la merce» osservò Eddie, che continuava a rimuginare su chissà che. «Le spedizioni avvengono da un altro deposito?»

«Sì» rispose Mister Raphael. «Succede proprio in quei capannoni là, vicino alle rotaie dei normali treni merci. Gli oggetti vengono prelevati dalle rimesse e trasportati alla sezione degli Invii dove vengono catalogati, impacchettati e caricati sui vagoni per la spedizione. Gli Stati Uniti sono divisi in sei zone e c'è un centro di spedizione per ogni zona. Ogni giorno da qui partono interi vagoni pieni di pacchetti, diretti a ogni angolo del Paese.»

«E, scusi, non è che potremmo vedere... il capannone da cui vengono spediti gli oggetti per la Louisiana?»

Adesso capivo la curiosità di Eddie. Voleva sapere com'era fatto il posto da cui qualcuno, per sbaglio, ci aveva spedito il famoso orologio rotto.

«Temo che non sia possibile» esclamò Raphael. «Al momento quel capannone è stato chiuso per... ehm... lavori di restauro, diciamo. Intanto ecco qua. Siamo arrivati.»

Alzai la testa. Tra i magazzini spuntava, come un fiore nell'erba, una casetta di legno verniciato, costruita sulla riva del fiume. Era alta tre piani ma stretta e sottile, con le finestre abbellite da tendine a fiori, e pensai che mi sarebbe piaciuto vivere in un posto simile. Solo non capivo perché qualcuno avesse deciso di costruirla proprio lì, all'interno di una fabbrica.

«Questa era la casa di Miss Dawn» spiegò Raphael. «E ora è la residenza di Mister Walker. Venite, ci sta aspettando.»

TUESDAY, JANUARY 16, 1902 — CHICAGO DAILY TRIBUNE 5

MISS DAWN CHICAGO STATION

A due anni dalla scomparsa della povera Miss Dawn, Mister Walker non può dimenticare la donna che amava. <<Adorava Chicago, che aveva contribuito a rendere più efficiente con le sue invenzioni. Ora vorrei dare alla stazione ferroviaria il suo nome, trasformando il Chicago Union Depot nella Miss Dawn Chicago Station.>> Purtroppo la dirigenza Union non sembra disponibile ad accogliere la proposta...

27

MISS DAWN
CHICAGO STATION

Proprio così. Io e i miei amici stavamo per incontrare Mister Walker, l'uomo che insieme a Miss Dawn aveva inventato il Rinomato Catalogo Convenienza.

Era dunque lui che ci aveva salvati dalla scuola di correzione e ci aveva condotti lì, fino a casa sua, per farsi restituire ciò che gli apparteneva. L'orologio che io ancora custodivo nella borsetta.

Sentii un brivido, come quando in autunno mi tuffavo nel lago e l'acqua era così fredda che mi impediva di respirare.

Cosa stava per succederci? Non ne avevo idea. Non avevo mai viaggiato prima d'ora, quindi non sapevo cosa accade al termine di un viaggio. Forse niente. Forse ci si riposa e basta. O forse si prende la rincorsa per cominciare un altro viaggio.

Te Trois mi si avvicinò e mi prese la mano. Non l'aveva mai fatto. Osservai la curva perfetta della sua mascella, gli occhi decisi, la linea delicata delle labbra. Era stato lui a baciarmi la sera prima. Ora lo sapevo con certezza. Mentre mi stringeva la mano sentivo lo stesso brivido nascosto.

«Julie» mi sussurrò, «ce l'abbiamo fatta. Siamo ricchi.»

«Sei sicuro?» domandai io, mentre in realtà continuavo a pensare a quel bacio.

«Lo sono» rispose lui. «Il nostro orologio è davvero di valore inestimabile, è così prezioso che Walker ci riceverà di persona. Nella lettera c'era scritto che saremmo stati pagati quattromila dollari, ma io credo...» Abbassò la voce. «... credo che possiamo ricavarci ancora di più.»

Il suo viso splendeva di possibilità. «Ci pensi? Con tutti quei soldi faremo quello che vogliamo. Potremo fare il giro del mondo, comprarci una casa qui a Chicago, tornare nel bayou e vivere da signori!»

«Non voglio tornare» decisi. «Tutto, ma non tornerò.»

«Non importa, allora faremo qualcos'altro. Ma sarà grandioso, te lo dico io!»

Capii che avevo sbagliato a giudicarlo. Pensavo che Te Trois ci avesse fatto imbarcare in quella folle impresa per il denaro, ma la realtà era diversa: lui era un cercatore d'avventure. Era come un pirata che stringe tra le mani lo scrigno del tesoro. E adesso stava raccontando i suoi sogni a me, me sola.

«Che ne pensi?» domandò, e c'erano tante cose che facevano capolino dietro quella semplice domanda, e io sorrisi e cercai la risposta giusta tra le tante che mi si agitavano dentro. Non l'avevo ancora trovata quando Eddie ci interruppe: «Allora, volete sbrigarvi? Non possiamo far aspettare Mister Walker!».

Mister Raphael tolse dal panciotto una piccola chiave che girò tre volte nella porta di casa. La serratura gracchiò come il meccanismo di un orologio a molla. Poi la porta si aprì da sola, lentamente, mentre in sottofondo si sentiva la musica leggera di un carillon.

«Da questa parte» disse Mister Raphael.

Ci ritrovammo in un piccolo ingresso squadrato, dominato da una scala che si arrampicava al piano di sopra. Contro una parete c'era una grossa pendola e lungo il muro una fila di orologi a cucù. Sobbalzai vedendo un manichino di metallo alto almeno quanto Mister Raphael, con un cappello a cilindro su cui era incastonato un altro orologio.

Mister Raphael si tolse la giacca e la consegnò nelle mani del pupazzo, che scattò e si piegò in avanti con un piccolo inchino prima di tornare nella sua posizione originale.

«Woah!» esclamò Eddie.

«Immagino che anche questo appartenesse a Miss Dawn» sogghignai.

«Proprio così» rispose Mister Raphael. «Il padre della signorina era un orologiaio e lei aveva ereditato la stessa passione. In questa casa è custodita la sua collezione, che conta più di cinquemila orologi provenienti da tutto il mondo. La signorina li caricava e li riparava personalmente.»

Mister Raphael ci fece accomodare in un salottino con le pareti color tuorlo d'uovo. Vi erano accumulate decine se non centinaia di orologi: c'erano grosse pendole e cronometri così piccoli che si trovavano sotto una lente di ingrandimento, c'erano clessidre e meridiane dall'aria antica, orologi da taschino e sveglie.

Ammirai giocattoli a molla che in realtà erano orologi, proprio come l'appendiabiti dell'ingresso, e orologi che in realtà erano planetari e riproducevano tutte le stelle del cielo. Vidi un orologio ovale, con lancette a molla che si allungavano e ritraevano per non andare a sbattere contro i bordi del quadrante. E antichi orologi a candela, che misuravano il tempo a seconda di quanto si consumava il mozzicone.

Ovunque c'era qualcosa di strano, incredibile e meraviglioso. Ma allo stesso tempo mi sembrava tutto un po' triste: quei meccanismi continuavano a muoversi con incredibile precisione e scandivano il passare del tempo, in memoria di una donna che era stata uccisa e per cui il tempo, ormai, non aveva più senso.

Mi accomodai su un divanetto con la borsa in grembo, per riposare un istante mentre gli altri passavano gridando da un orologio all'altro. Il più felice di tutti sembrava Tit. Mio fratello si guardava intorno con occhi più grandi della faccia, e la bocca mimava parole silenziose di puro stupore.

Indicava col dito questo o quello, poi ogni tanto si voltava verso di me e sorrideva. In realtà voleva essere sicuro di non star sognando, che quegli oggetti incredibili esistevano davvero. In fondo lui e Miss Dawn avevano molto in comune: vivevano in un mondo a parte, una dimensione che gli altri faticavano a capire.

Mi rialzai dal divano e mi stiracchiai come un gatto.

«Sentite» dissi, «ma che stiamo aspettando? Dov'è finito Mister Raphael? E...»

«Buongiorno» disse allora una voce profonda come la risacca di marea.

Mi voltai, e mi trovai faccia a faccia con Mister Walker.

Era proprio come nelle foto che avevo visto sui giornali: un gentiluomo dalla faccia affilata, con le sopracciglia appena accennate e i baffi a manubrio. Vestiva con un completo blu che lo faceva sembrare ancora più alto e secco, come una barra d'acciaio rivestita di seta.

«Io sono Andrew Walker, benvenuti nella mia casa.»

Allungò una mano, che era pallida e con dita lunghissime da musicista, e subito Te Trois scattò avanti e gliela strinse con un enorme sorriso.

«Salve, Mister Walker, è un vero piacere conoscerla, io sono Te Trois, cioè Peter, Peter Chevalier, e lui è il mio amico Eddie Grillo, e lei è Joju, cioè, e lui invece è Petit che anche se non sembra magari è il fratello di Joju, e...»

Era così agitato che aveva iniziato a parlare in francese, come quando stavamo in Louisiana. Ma il signor Walker non si scompose e rispose nella stessa lingua: «So come vi chiamate, e vi ringrazio di aver fatto un viaggio così lungo solo per venire a trovarmi».

«È stato un piacere» disse Te Trois. «Un'avventura fantastica, se posso dire, a parte il detective Byrne che voleva mandarci in prigione e per poco non ci riusciva...»

Il viso pallido di Walker si contrasse in una smorfia.

«Mi spiace molto. Non appena ho saputo, ho mandato il mio Raphael a prendervi. Spero che il comportamento del detective non vi abbia causato troppo disagio.»

Parlava in brevi esplosioni di parole, secche e scandite come uno che legge da un libro.

«Se volete seguirmi, credo che Raphael stia finendo di preparare la tavola. È quasi ora di pranzo.»

Tornammo nell'ingresso e seguimmo Mister Walker su per le scale e fino a un soggiorno dove troneggiava un grande tavolo apparecchiato. La tovaglia candida, così lunga che arrivava al pavimento, era infestata di piatti e posate: c'erano tre bicchieri per ogni posto, e una lunghissima sfilza di forchette e coltelli.

A centro tavola spiccava un grosso uovo d'oro su un elegante portauovo, sempre d'oro. Nella parte superiore la scultura si apriva come un coperchio, rivelando all'interno un grazioso orologio con le lancette tempestate di diamanti.

Mister Walker prese posto e ci fece cenno di sederci, ma eravamo tutti un po' imbarazzati. A parte Te Trois ovviamente: allungò subito la mano verso il cesto dei panini e ne tirò fuori una pagnottella scura e profumata. Eddie gli ordinò di starsene buono ma Te Trois gli tirò un calcio sotto la tavola, e Eddie per poco non si mise a piangere e cercò di strappargli il pane di nuovo. Quei due non riuscivano a stare buoni neanche in un momento simile.

«Prendete pure quello che volete» esclamò Mister Walker, offrendo i panini a tutti. «Immagino che abbiate fame.»

«Avete una casa davvero meravigliosa, signore» mormorai io, che continuavo a essere un pochino in soggezione. Ci tenevo a fare bella figura e volevo essere all'altezza di quel signore così raffinato, come nell'alta società di cui avevo letto negli articoli di Cochrane. Ma in quel momento mi sentivo più che mai una ragazza del bayou, con i capelli come liane e i piedi induriti dai sassi.

«Grazie» rispose Mister Walker, che sembrava troppo pensieroso per far davvero caso a me. «Come forse vi avrà spiegato il buon Raphael, mi sono trasferito qui solo da qualche anno. Questa era la casa della mia amica Miss Dawn.»

«Sì, signore» dissi io. «Lo sappiamo. E ehm... volevamo dirle che ci dispiace per... la sua perdita.»

«Sono passati quattro anni dalla sua scomparsa, ma per me è come se fosse ieri. Anche per questo vi ringrazio di essere venuti fin qui, per restituirmi un oggetto a cui tengo in modo molto particolare.»

«L'orologio, giusto?» esclamò Eddie, e io di riflesso strinsi la borsetta. Mister Walker mi guardò attentamente.

«Proprio così!» esclamò. «Come potete vedere, in questa casa gli orologi non mancano, e ve ne sono di molto preziosi. L'uovo di Fabergé al centro della tavola, per esempio, un tempo era un regalo per un'imperatrice. Ma a Miss Dawn il denaro non interessava, e quel vecchio cronografo da ferroviere era un caro ricordo. Quando morì, la ritrovarono con l'orologio fra le mani.»

«Intende dire quando fu uccisa... da Mister Darsley?» domandai.

Ormai conoscevo già la storia, e molto bene. Tutti i quotidiani che avevo letto alla St. Mary mi avevano insegnato ogni dettaglio di quella vicenda. «Lui voleva impadronirsi dell'eredità di Miss Dawn, cioè delle azioni al portatore... E allora la uccise, ma poi finì in galera, quindi evase di prigione e morì anche lui solo poche ore più tardi.»

«È così!» esclamò Mister Walker.

Era diventato molto pallido, e per un attimo pensai che forse avevo sbagliato a nominare Mister Darsley. Forse la gente perbene non parla di omicidi a tavola.

Mi ripromisi di tener la bocca chiusa, ma in quel momento attaccò Eddie.

«C'è una cosa che non capisco» disse. «Se questo orologio è così importante, come ha fatto a finire in Louisiana? Perché vede, Mister Walker, noi abbiamo letto una lettera in cui si dice di riportare qui l'orologio a ogni costo, e...»

«Anche questa è stata colpa di Mister Darsley» lo interruppe Mister Walker. «La sera in cui quel pazzo evase di prigione, osò venire proprio qui, in questa casa. Sfondò una finestra al pianoterra ed entrò. Io ero fuori Chicago per lavoro, e forse fu solo questo a salvarmi la vita: credo che Darsley volesse prima di tutto uccidermi. Raggiunse la mia stanza da letto, che era stata un tempo la stanza di Miss Dawn, e trovò l'orologio sul comodino. Senza pensarci due volte decise di rubarlo. Sapeva che quell'oggetto per me era più prezioso della vita stessa, e che avrei fatto qualsiasi cosa pur di riaverlo.»

I suoi occhi luccicarono per un istante, e io mi resi conto che quell'uomo in apparenza così innocuo doveva essere un temibile avversario, e di certo era meglio non mettersi sulla sua strada.

«Così Darsley prese l'orologio» continuò Mister Walker. «Ma non sapeva che la fabbrica è sorvegliata giorno e notte da guardiani, che lanciarono l'allarme. Ci fu un inseguimento e Darsley si rifugiò in uno dei capannoni di spedizione. I guardiani lo circondarono, ma Darsley aveva con sé una pistola e iniziò a sparare. Ai miei uomini non restò che rispondere al fuoco. E Darsley rimase ucciso.»

Io ripensai ai giornali della St. Mary. Avevo letto da qualche parte di un furto alla Walker&Dawn, e ricordavo che Darsley era stato trovato morto "nelle vicinanze" della casa di Miss Dawn. Non due notizie, ma una sola. E in entrambi i casi, il protagonista era Mister Darsley.

Intanto Walker continuò il suo racconto: «Come vi ho detto, quella notte mi trovavo fuori città. Non appena tornai a casa mi avvertirono dell'accaduto e scoprii che l'orologio era sparito. Allora pregai la polizia e i giornali di mantenere la massima discrezione sulla vicenda, e ordinai a tutti i miei dipendenti di mettersi alla ricerca dell'orologio. Siccome non lo trovammo da nessuna parte, e Darsley non l'aveva addosso, capimmo che probabilmente era stato nascosto in un pacchetto in spedizione... Purtroppo nel frattempo tutti i pacchi in lavorazione quella notte erano già stati caricati sul treno».

«Ma certo!» esclamò Ed. «Noi avevamo ordinato una pistola dal Catalogo. Darsley deve aver preso il pacco destinato a noi: dentro c'era la pistola, così la usò per sparare, e intanto nascose nel pacco l'orologio, che poi arrivò fino a noi!»

«Anch'io credo che sia andata in questo modo» esclamò Mister Walker. «Purtroppo, per me era impossibile sapere a chi fosse stato inviato l'orologio. Così scrissi una lettera a tutti i miei agenti in giro per gli Stati Uniti, e allertai la polizia di Chicago per sapere se qualcuno fosse venuto in città con l'intento di parlarmi.»

«Avete proprio dei begli agenti!» saltò fuori allora Te Trois. «Il vostro Jack ci ha minacciati per riprendersi l'orologio. E Byrne ci ha trattati da ladri e ci ha rinchiusi in un orfanotrofio!»

Mister Walker era così pallido che la sua pelle sembrava trasparente. «Mi scuso se qualcuno dei miei uomini non si è comportato da gentiluomo... Questo però non fa che aumentare la stima che ho di voi. E ora smettiamola con questi discorsi cupi, credo che il pranzo sia pronto.»

Mister Raphael infatti si era già affacciato nella stanza. Si era cambiato d'abito e ora indossava una divisa da maggiordomo e reggeva un vassoio d'argento con un coperchio luccicante.

Ci servì delle ostriche su un letto di ghiaccio, con piccole fette di limone tagliate a forma di fiore, poi una zuppa di pesce e della carne buonissima con strane verdure che non avevo mai visto, e tutto aveva un gusto nuovo, delicato, armonioso come la musica di un'orchestra.

Te Trois, Eddie e Tit si lanciarono sui piatti come orsi affamati, io invece non sapevo da dove cominciare con tutte quelle forchette. Ma Mister Walker era così gentile che presto mi passò ogni vergogna: mi versò un vino color dell'oro pieno di bollicine, e in un attimo sentii la testa che diventava leggera leggera.

Alla fine del pranzo arrivò il carrello dei dolci, e un altro vino più forte e molto zuccherino. Mister Walker si accese un sigaro e ne offrì uno anche a Eddie e Te Trois (a me no, forse perché sono una femmina, ma non mi importava).

Vidi i miei amici che fumavano e avevano le guance rossissime, sembravano un po' brilli, e ricordai che anche Jack alla palude ci aveva offerto un sigaro, il che avrebbe dovuto mettermi in allarme, ma ero troppo alticcia per farci caso.

Mister Walker ci fece accomodare in un altro salottino, ci versò un ultimo sorso di vino e propose un brindisi a cui partecipammo tutti volentieri. Infine si chinò verso di me e disse: «Miss Julie, se non sbaglio sei tu ad avere il mio orologio. Potrei vederlo? È passato così tanto tempo».

Guardai Te Trois e Eddie che mi sembravano felici come mai. Persino Tit non pareva preoccupato di dire addio per sempre al suo caro orologio. Così aprii la borsetta e tirai fuori la cipolla rotta di Miss Dawn.

Mister Walker la prese tra le mani, la rimirò alla luce della finestra, e la sua bocca si aprì in un largo sorriso. «Finalmente è di nuovo mio!» esclamò. «La ricerca continua!»

CHAPTER XXVII.

DISEASES OF THE SKIN.

THE SCAB — ERYSIPELATOUS SCAB — WILD FIRE AND IGNIS SACER — OTHER CUTANEOUS ERUPTIONS — SMALL POX, OR VARIOLA OVINA.

THE SCAB.— The scab is a cutaneous disease, analogous to the mange in horses and the itch in men. It is caused and propagated by a minute insect, the *acarus*. M. Walz, a German veterinarian, who has thrown great light on the habits of these parasites, says:

THE ACARUS

CHICAGO DAILY TRIBUNE

NO.167 CHICAGO, SATURDAY, JUNE 16, 1900

UN ASSASSINO ALLA SBARRA

«Quell'uomo (Mister Darsley, *N.d.R*) mi ha rovinato. Ha spazzato via ciò che di più caro avevo al mondo, e ha convinto la donna che amavo a rinunciare a tutti i suoi averi e nasconderli chissà dove, mossa dalla paura e dal terrore. Ora la giustizia dei tribunali ha risparmiato Mister Darsley salvandolo dalla forca, ma sono sicuro che da un'altra parte esiste una giustizia divina, e sarà ben più spietata.»

COUNT VON ZEPPELIN.

28

UN ASSASSINO ALLA SBARRA

Più o meno allora mi resi conto che qualcosa non andava. Mi sentivo poco bene, il vino mi aveva dato alla testa e il salotto mi girava intorno in una danza sbilenca. Eddie e Te Trois apparivano lontani come pesci gatto che si agitavano sul fondo di un lago, e Tit si guardava la punta di un dito come se dietro ci fosse nascosta la luna.

Avevo la sensazione di aver dimenticato una cosa importante.

«L'orologio» biascicò Te Trois. «La ricompensa...»

«Giusto, Mister Walker» dissi io, ricordando all'improvviso. «La ricompensa...»

La lingua mi si appiccicò al palato come carta moschicida ed era una sensazione così buffa che mi misi a ridere. Ormai ero completamente ubriaca. «I nostri... i soldi...»

Il padrone del Rinomato Catalogo Convenienza si alzò in piedi con un movimento rigido. «Certo!» esclamò. «Mister Walker non dimentica. Ma forse prima è meglio che torniate in albergo a riposare un po'.»

La voce di Mister Raphael: «Signore, i ragazzini...».

«Non deve preoccuparsi di niente, Raphael. Ho già dato le istruzioni più opportune.»

Mi accorsi che qualcuno mi afferrava delicatamente sotto le ascelle, mettendomi in piedi. Era l'autista che ci aveva accompagnato fin lì.

Eddie protestava o comunque diceva qualcosa, ma io non mi reggevo in piedi e non mi importava di nulla. Avevo solo un terribile dubbio: l'hotel era loooooontanissimo. Per arrivarci bisognava fare taaaaaanta strada. E io ero così stanca che non sarei mai riuscita a camminare da sola.

Vidi Eddie che cercava di parlare con Mister Walker, ma quello gli voltava le spalle, che cosa strana, poi Te Trois prendeva per mano Tit e inciampavano tutti e due cadendo per terra. L'autista mi prese in braccio e mi portò giù per le scale, davanti agli occhi passarono immagini sconnesse come fotografie sfocate. Mi ritrovai sul sedile dell'automobile, schiacciata tra Eddie e Te Trois, con Tit accovacciato sul pavimento come una scimmia.

«Anche voi non vi sentite tanto bene?» domandai.

«Già già» disse Te Trois. «Gira tutto.»

Tit piagnucolò.

«Mi dispiace, Tit» mormorai. «Magari Mister Walker ti lascerà prendere in mano l'orologio, un'altra volta...»

L'auto uscì dai cancelli e il vento forte mi svegliò un po'. Avevo la nausea, ma il mondo sembrava un po' più stabile. Avevo moltissimo sonno. In compenso cominciavo a rendermi conto di aver combinato un guaio. Per un istante avevo messo la testa fuori dal mio guscio di tartaruga e ora ci trovavamo senza orologio e senza ricompensa. Certo, Mister Walker aveva detto che non si sarebbe dimenticato, però...

«C'è qualcosa che non va» mormorò Eddie. «Questa non è la strada che porta all'albergo.»

«Tu come lo sai?»

Gli occhi di Ed erano due punte di spillo dietro gli occhiali.

«Io sono lo sciamano e la guida» mi rispose, anche se

non avevo idea di cosa volesse dire. «L'hotel si trova a nord della stazione ferroviaria e noi invece stiamo andando verso sud-ovest.»

L'auto correva lungo un viale che mi pareva di avere già visto. Il vino mi impediva di pensare.

«Tu stai bene, Eddie?» bofonchiai.

«Parla piano» sussurrò. Teneva la bocca quasi appoggiata contro il mio orecchio. «Julie, io non ho bevuto niente. Ero stato troppo male a New Orleans, ricordi?»

Che bravo, Eddie, e io invece mi ero ubriacata come una stupida. Mi venne da piangere, l'alcol mi stava rendendo ridicola. «Scusa» piagnucolai, «io non capisco... ho dato via l'orologio...»

«Sì, ho provato a fermarti ma non ci sono riuscito. Anche Te Trois è ubriaco, e sta messo peggio di te.»

Infatti era accasciato sul pavimento dell'auto e aveva un colorito giallastro che non mi piaceva per niente. Davanti a noi, sul sedile anteriore, l'autista guidava a tutta velocità e suonava il clacson all'impazzata.

«C'è qualcosa che non va, Julie. Non stiamo andando verso l'albergo e a pranzo Walker continuava a versarci da bere, come se volesse farci ubriacare apposta.»

«Cosa?» dissi io. Avevo tanto, tanto sonno.

«Ho bisogno del tuo aiuto, Julie. Devi stare pronta.»

«A fare che?»

Eddie mi guardò sconsolato. «Non lo so.»

Mi alzai, aggrappandomi allo schienale. Ogni movimento era difficilissimo, ma riuscii a tirarmi su e il vento forte mi schiaffeggiò la faccia svegliandomi ancora un po'. Ricominciai a mettere a fuoco gli oggetti.

Conoscevo la strada in cui ci trovavamo. E conoscevo quel palazzo rosso là in fondo, circondato da un alto muro corazzato di spuntoni.

Era la scuola di correzione. L'autista mi stava riportando alla St. Mary.

Ero stata davvero stupida, per un attimo avevo dimenticato chi ero. Non Julie la dama dell'alta società, e nemmeno Julie che usa tante forchette e indossa un vestito color pesca. Ma Julie delle paludi e delle zanzare, del fiume, delle capanne piene di ricordi da cancellare.

Però se avevo sbagliato una volta non l'avrei fatto di nuovo. E sapevo una cosa: non sarei tornata alla St. Mary. Mai più.

Così passai all'azione. Mi slanciai con le mani protese e afferrai l'autista alla gola, da dietro, piantandogli le unghie nella pelle.

Gridai e sentii l'uomo rispondere con un mugolio soffocato. L'automobile frenò e piroettò in uno stridio di gomme, sbandò oltre il marciapiede, andò a schiantarsi contro un palo del telegrafo. Il contraccolpo mi spinse in avanti, io e l'autista volammo lungo il cofano dell'auto e rotolammo per terra sui mattoni che lastricavano la strada.

Qualcosa mi colpì a una spalla, la testa ricominciò a girare, però questa volta non era per il vino. Annaspai e cercai di rimettermi in piedi, vidi l'autista che perdeva sangue dalla fronte ma sembrava ancora vivo, le sue mani raschiavano il terreno.

E l'automobile, quella splendida automobile costosa, aveva il muso ridotto a un cartoccio.

«Eddie» mormorai. «Eddieeeee...»

Lo vidi che scavalcava lo sportello ancora chiuso e si lasciava cadere fuori, poi si girava per afferrare Tit.

«Julie, che hai fatto?»

«Dobbiamo scappare.»

«Piccola sgualdrina!» ringhiò l'autista, mettendosi in ginocchio. Il sangue gli disegnava sulla faccia un'orribile pittura di guerra indiana.

Anche Te Trois sanguinava, aveva un taglio profondo che gli partiva dalla fronte e gli attraversava la guancia.

Si reggeva la spalla destra con l'altra mano. Ma sembrava in grado di camminare.

«Scappiamo» gridai.

Presi Tit per mano e cominciai a correre, Eddie e Te Trois mi caracollarono dietro. L'autista gridava cose molto poco adatte a un gentiluomo.

«Che è successo?» domandò Te Trois.

La botta gli aveva fatto passare la sbornia.

«È successo che Julie è impazzita» rispose Ed.

Io li ignorai e mi tuffai in un vicolo, girai un angolo e poi un altro, non c'era traccia dell'autista ma sapevo che poteva arrivare da un momento all'altro e non c'era un attimo da perdere.

«Lì» disse Te Trois. La sua faccia coperta di sangue faceva spavento. «La porta... della cantina.»

Indicò la botola sul fianco di un palazzo. Io e Ed sollevammo lo sportello, rivelando una scaletta traballante che scendeva tra ombre di scaffali vuoti e ragnatele.

Spinsi Tit giù per le scale, poi Te Trois e Eddie. Mi richiusi lo sportello sopra la testa e rimasi immobile. In attesa.

Ero spaventata come un coniglio in trappola. Alle mie spalle Ed si stava prendendo cura di Te Trois, aveva trovato una bottiglia di liquore e cercava di disinfettargli le ferite.

«Puzzo di alcol» borbottò Te Trois. «Che schifo, non voglio bere mai più.»

Pensai che Eddie l'aveva capito molto prima di noi, e solo questo mi aveva salvato dalla St. Mary.

«Grazie» mormorai. «Avevi ragione, non stavamo tornando in albergo. Quella era la scuola di correzione dove mi avevano rinchiuso. Mi stavano riportando lì.»

Te Trois scosse la testa. «Ma perché? È stato proprio Mister Walker a farci uscire dall'orfanotrofio...»

«Avete detto che Byrne è venuto a trovarvi molte volte, e quando ha saputo dell'orologio è diventato diverso.

Come emozionato. Scommetto che ha parlato con Mister Walker, e lui ha deciso di prenderci con le buone... In fondo Byrne ci aveva perquisito senza trovare niente, Mister Walker avrà pensato che bastavano due vestiti nuovi per farci abbassare la guardia e spifferare dove si trovava l'oggetto. Ma io ho fatto di peggio: gli ho messo l'orologio proprio fra le mani. E a questo punto Mister Walker doveva solo far sparire le tracce. E spedirci in un posto da cui non saremmo usciti più.»

«Ma perché? Perché "far sparire le tracce"?» domandò Ed.

Questa volta fu Te Trois a rispondere.

«Perché l'orologio è prezioso. Molto prezioso. Miss Dawn è morta con quello tra le mani, e Mister Darsley è fuggito di prigione apposta per rubarlo. Darsley voleva l'orologio, ne sono sicuro. E Walker l'ha ucciso per questo.»

Eddie sbuffò: «Ma da quello che ci ha detto Walker, Darsley ha sparato per primo...»

«E tu gli credi?» dissi io. «Te Trois ha ragione, è stato Mister Walker a far uccidere Darsley, io non ho nessun dubbio.»

«Voi siete pazzi. Non si uccide qualcuno per un orologio rotto...»

Mi fermai, rendendomi conto che Ed aveva appena detto una cosa importante.

«Aspettate» dissi, «quell'orologio... è rotto. E sappiamo che invece Miss Dawn riparava orologi. Non vi pare... strano?»

Quella donna straordinaria sapeva costruire locomotive e macchine elettriche a schede perforate, e aveva la casa piena di orologi.

Perché non aveva aggiustato una semplice cipolla da ferroviere?

«Forse Miss Dawn l'ha tenuto rotto per ricordo» disse

Ed. «Suo padre era un orologiaio, magari era tipo l'ultima cosa che le ha lasciato prima di morire.»

Sbuffai. «Sciocchezze. Se è come dici, perché anche Mister Darsley voleva quella vecchia cipolla? E perché la voleva Mister Walker? Quell'uomo ha il cuore duro come un coccio di vetro.»

Ci doveva essere un'altra ragione, un motivo che rendeva tanto speciale un semplice orologio da taschino. Ma cos'era? E soprattutto, che ci importava di saperlo visto che ormai l'avevamo perduto per sempre?

Ne discutemmo ancora un po', finché le chiacchiere scoppiettarono e si spensero come il motore di un'automobile. Mio fratello Tit dormiva per terra, nella penombra della cantina i suoi capelli ricci si erano trasformati in una matassa di polvere. Lasciammo passare le ore. Fino a sera.

Non pensavo che Mister Walker avrebbe mandato qualcuno a cercarci: dopotutto eravamo solo dei ragazzini di campagna con una storia a cui nessuno avrebbe mai creduto. Ma la verità è che non avevamo nessun posto dove andare, e la cantina per il momento sembrava un rifugio sicuro.

Per la prima volta dall'inizio del viaggio ci sentivamo davvero sperduti.

«Dove sono i soldi di Berry! Ne avevamo ancora un bel po'!»

«Quelli ce li hanno tolti appena entrati in orfanotrofio» mormorò Te Trois. «E quando sono venuti a prenderci eravamo così contenti che ci siamo dimenticati di richiederli indietro.»

«Ma deve esserci rimasta almeno una moneta!»

Aprii la borsetta e versai per terra tutto il suo contenuto, ma c'erano solo un fazzoletto e il sacchetto sporco in cui avevo nascosto l'orologio per tanto tempo.

Te Trois aveva una biglia colorata, mio fratello Tit una scatola di fiammiferi con il marchio del Tremont House.

«Anch'io non ho niente di utile» disse Eddie, rovesciandosi le tasche dei calzoni.

Un talloncino di carta scivolò per terra.

Lo afferrai e lo studiai alla luce fioca che proveniva dalla porta della cantina. Era il biglietto da visita della giornalista che ci aveva interrotti quando stavamo per entrare nei magazzini.

Il biglietto da visita diceva solo ELLIE CLEMENS, GIORNALISTA, "CHICAGO DAILY TRIBUNE". E poi nient'altro, come se non ci fosse bisogno di specificare l'indirizzo del quotidiano.

«È perché lo conoscono tutti!» esclamò Eddie. «Il "Chicago Tribune" sta nel Tribune Building, tra la Madison e Dearborn.»

«Eeeeh?» disse Te Trois. «E tu come fai a sapere queste cose, Eddie Ed?»

Lui sorrise, di nuovo con quella sua aria misteriosa da "sono un mago e voi non potete scoprire i miei segreti". Poi confessò: «È vicino al nostro albergo. Cioè, a quello che era il nostro albergo. Ed è un palazzo imponente, quindi mi aveva colpito e ho chiesto al portiere cosa fosse».

«Perfetto» dissi io. «Allora è fatta.»

Perché la nostra storia era l'unica cosa che ci restava, la nostra ultima possibilità. Forse c'era qualcuno disposto ad ascoltarla e a credere che nelle paludi di New Orleans un dipendente del Rinomato Catalogo Convenienza aveva minacciato di ucciderci, e che anche il milionario proprietario del Catalogo aveva fatto uccidere qualcuno, cioè un detective appena evaso di prigione.

Non era granché come speranza, ma era comunque un punto di partenza. E a volte un punto di partenza è tutto quello che serve.

Saltò fuori che per arrivare al Tribune Building bisognava percorrere più di sette miglia, ma riuscimmo a infilarci in un tram senza pagare il biglietto, confondendoci nella calca, e anche se sbagliammo strada un po' di volte alla fine giungemmo a destinazione.

Era tardi, le nove passate, e noi non avevamo mangiato niente.

Il Tribune Building era un edificio imponente come aveva detto Ed, squadrato e solido come una roccia. Tutte le finestre brillavano di luce elettrica come le scintille di un falò.

«Almeno c'è ancora qualcuno» commentò Eddie. «Avevo paura che fosse già tutto chiuso...»

«I giornali non dormono mai» sentenziai.

«E tu che ne sai?»

«Ne so parecchio.»

La porta principale del Tribune Building era chiusa, ma ci mettemmo a bussare e dopo un po' venne ad aprirci un giovanotto.

«Che volete? Sparite. Questo non è posto da mocciosi.»

Gli mostrai il biglietto da visita: «Siamo venuti per parlare con Ellie Clemens, la giornalista. Siamo suoi *informatori*. Ed è molto importante».

«Uhm, non so se è qui, a quest'ora...»

«Allora dicci dove possiamo trovarla. Non possiamo aspettare fino a domani, è un vero *scoop*!»

Avevo imparato la parola solo da poco, leggendo i quotidiani alla St. Mary, ma nella testa del giovanotto fece l'effetto di un campanello. Biascicò di aspettare un poco, quindi sparì lasciandoci in mezzo alla strada.

Nemmeno cinque minuti più tardi la porta si aprì di nuovo e comparvero il naso aquilino e le mascelle cascanti di Ellie. Indossava ancora il vestito nero di quella mattina, ma era molto più scompigliata.

Ci guardò e ci riconobbe all'istante.

«Voi» disse.

COUNTY MAP OF THE STATE OF ILLINOIS
PLAN OF CHICAGO
CHICAGO DAILY TRIBUNE 7
TUESDAY, FEBRUARY 13, 1900
CACCIA AL TESORO A CHICAGO
La posizione di Mister Walker è difficile. Se qualcuno dovesse ritrovare le azioni al portatore lasciate da Miss Dawn, diventerebbe a tutti gli effetti comproprietario del Rinomato Catalogo. In città si è scatenata una caccia al tesoro per recuperare il pacchetto azionario perduto e siamo pronti a scommetter
che tra i "cacciatori" si trova in pr
ma linea proprio lo stesso Walke

29

CACCIA AL TESORO A CHICAGO

Non sapevo cosa aspettarmi dalla redazione di un giornale, perché non ne avevo mai vista una e a dire il vero non l'avevo nemmeno immaginata. Però da qualche parte avevo in testa l'idea di una scuola, con un direttore dietro la cattedra e tanti giornalisti seduti ai banchi come scolari, a scrivere e correggere.

Invece no. Il posto dove mi trovavo adesso assomigliava di più a un grande mercato. Tra i corridoi si aggiravano uomini in maniche di camicia che gridavano come forsennati, altri picchiavano sui tasti di strane scatole di ferro (macchine per scrivere, le chiamò Eddie) e altri ancora prendevano appunti, oppure si accalcavano attorno a una postazione del telegrafo.

Certi signori parlavano dentro scatolette di legno appese alla parete. A giudicare dai silenzi e dalle facce concentrate, sembrava che le scatolette rispondessero in qualche modo.

«Scusate il fracasso» disse Ellie. «Stiamo per chiudere l'edizione di domani.»

«Cioè?» domandò Te Trois.

«Ogni mattina all'alba il giornale è in vendita in tutte le strade della città. Perché questo avvenga, gli stampatori devono lavorare durante la notte. E noi giornalisti abbiamo tempo fino all'una per scrivere gli articoli, dunque questo è il momento più frenetico della giornata.» La donna ci rivolse un sorriso divertito: «Ma io per oggi ho già finito, e voi avete l'aria di avere qualcosa di importante da dirmi».

«Molto importante» confermai.

Ellie ci fece entrare in un ufficetto senza finestre.

«Non c'è molto spazio» commentò con aria contrariata, spostando una pila di scartoffie alta così dall'unica seggiola disponibile.

Rifletté un istante davanti alla scrivania ingombra di documenti, poi appoggiò le carte sopra la macchina da scrivere, in bilico sui tasti.

Alle pareti dell'ufficio erano appesi numerosi articoli incorniciati.

Mi avvicinai per leggere meglio e con un tuffo al cuore mi accorsi che erano tutti del mio giornalista preferito, E. Cochrane. Alcuni li avevo anche letti, come il famoso articolo sul vampiro in frac.

«Ragazzi» dissi, «non ci avevo pensato, ma qui al "Tribune" lavora anche un giornalista famoso, si chiama...»

E mi fermai.

E. Cochrane.

E.C.

Come Ellie Clemens.

«Sei tu, vero?» dissi, con la voce che mi tremava un poco. «Cochrane. In prigione ho letto tutti i tuoi... i suoi... articoli, cioè, tutti no, ma...»

«In prigione? Non vedo l'ora di conoscere la vostra storia.»

Ellie si sedette sulla scrivania. Le carte che ci aveva

appena appoggiato sopra finirono per terra, ma lei non ci fece caso.

«Comunque sì, Cochrane sono io.»

«E perché...»

«Be', diciamo che a Chicago le giornaliste donna sono ammesse... ma è difficile che abbiano grande successo. Quindi il mio caporedattore ha pensato di inventare uno pseudonimo, ovvero un nome finto. E così è nato Cochrane.»

Non riuscivo a credere di trovarmi davanti alla persona che aveva scritto tutti gli articoli meravigliosi che mi avevano aiutato a resistere durante i giorni grigi alla St. Mary.

E allo stesso tempo mi resi conto che eravamo proprio nel posto giusto: stavamo per raccontare la nostra storia alla giornalista che aveva seguito fin dall'inizio le vicende di Mister Walker, Mister Darsley e Miss Dawn.

«È incredibile che proprio tu... Ma devi aiutarci, perché Mister Walker ha cercato di farci rinchiudere, di nuovo, e ha anche ucciso qualcuno, e a quanto pare è pieno di persone che muoiono, dappertutto, e l'orologio...»

Ellie tossicchiò e tirò fuori un blocchetto degli appunti. «Calma, calma» sussurrò. «Quale orologio? Se posso permettermi, avete l'aria di aver passato una lunga serie di brutte avventure. Che ne dite di parlarmene cominciando dall'inizio?»

Io feci per lanciarmi nella spiegazione, ma Te Trois mi sorrise: «Senza offesa, Joju, ma forse è meglio se comincio io».

Iniziò a raccontarle tutto con ordine, cominciando dal pomeriggio in cui eravamo andati a pescare e avevamo trovato tre dollari nascosti in una lattina sul fondo del bayou. Parlò dell'orologio e dell'arrivo di Jack, dell'inseguimento nella palude e dell'alligatore che lo aveva ucciso, e della nostra decisione di partire.

Quando si fermò per riprendere fiato fu Eddie a raccontare la seconda parte delle nostre avventure, con il viaggio fino a Chicago e tutto il resto.

A me toccò così l'ultimo pezzo: la storia della prigione, gli articoli di giornale e la nostra visita ai magazzini del Catalogo, per finire con la mia stupida idea di consegnare l'orologio direttamente nelle mani di Mister Walker.

«Caspita!» esclamò Ellie quando ebbi terminato.

E rimase lì, assorta, mordicchiandosi le unghie come una bambina.

«Cosa?» domandò subito Te Trois. «"Caspita" cosa?»

«Quando vi ho visto stamattina, davanti ai magazzini, sono rimasta sorpresa: è molto raro che Mister Walker ammetta qualcuno oltre le sacre mura del Rinomato Catalogo. Ma non pensavo che voi...»

«Che voi...?» la incalzò Ed.

«Che foste diventati i protagonisti di uno dei più grandi misteri degli ultimi anni: l'omicidio Dawn.»

Fece una pausa, riflettendo su chissà che. Sospirò.

«Qualche anno fa, il triangolo amoroso tra Walker, Darsley e la Dawn fu il trampolino di lancio della mia carriera. In città non si parlava d'altro, e per forza, c'erano in ballo un uomo molto ricco che amava la bella vita, un detective spregiudicato e una donna geniale, che in pratica aveva messo in piedi un'azienda da sola e ne deteneva una quota alla pari...»

«Il cinquanta per cento delle azioni» dissi io.

Te Trois e Eddie mi guardarono stupiti, Ellie invece si limitò a sorridere.

«Esatto. La gente di solito crede che il Catalogo sia stato fondato da Mister Walker, ma in realtà il merito è stato tutto di Miss Dawn. Fu lei ad avere l'idea, convinse Walker ad aprire l'azienda e inventò i macchinari che oggi la fanno funzionare. Io seguii la storia da vicino e i miei articoli cominciarono ad avere un certo seguito. Poi arrivò il capodanno del 1900 e Miss Dawn fu uccisa...»

«Da Mister Darsley» completò Te Trois.

Ellie scosse la testa.

«Io non credo che sia andata così. Mister Darsley amava Miss Dawn, quei due sembravano proprio fatti l'uno per l'altra. Invece Mister Walker ama solo i suoi soldi... Come ormai avete già capito anche voi. Non sono mai riuscita a dimostrarlo, ma credo che sia stato Mister Walker a far uccidere Miss Dawn e a far poi ricadere la colpa sul detective. Tra l'altro, questo combacia perfettamente con quello che mi avete raccontato, e cioè che Walker avrebbe ucciso anche Darsley.»

«Ma com'è possibile?» sbottai. «Come può aver assassinato Miss Dawn, e Darsley, e averla fatta franca?»

«Suvvia, siete ragazzi intelligenti. Quando Miss Dawn è morta, chi poteva sospettare di un industriale rispettato, che tra l'altro aveva appena chiesto in moglie la sua vittima? Invece Darsley aveva la fama del poco di buono, e grazie al suo lavoro di detective aveva conosciuto diverse persone non esattamente oneste.»

«Come il criminale Emerald Jim.»

«Proprio così. Mister Walker cercò di sposare Miss Dawn per impadronirsi della sua quota azionaria e diventare l'unico proprietario del Catalogo, ma lei rifiutò sempre. Sapete che Miss Dawn non confermò mai in pubblico le voci del suo fidanzamento con Walker? Lui a un certo punto deve aver deciso di sbarazzarsi della socia. Solo che Miss Dawn corse ai ripari.»

Ellie notò gli sguardi perplessi dei miei amici e si affrettò a spiegare: «Pochi giorni prima di morire, Miss Dawn convertì il suo pacchetto societario in un mucchio di azioni al portatore. È un po' complicato spiegarvi come funziona, ma per fare un esempio... Immaginiamo di voler comprare una casa: a un certo punto il vecchio proprietario firmerà un contratto in cui dichiara che "la casa ora appartiene a Ellie". Con le aziende questo contratto si chiama azione nominativa. Ma al posto del nome, sul contratto può essere scritta anche una cosa diversa, per esempio: "La casa appartiene a chi possiede questo foglio". Significa che se decido di regalare il foglio a voi, allora vi regalo anche la casa. E se voi mi restituite il foglio, la casa torna mia. Questa si chiama un'azione al portatore.»

Eddie e Te Trois annuirono. Io mi sentivo orgogliosa perché, più o meno, avevo già afferrato il meccanismo leggendone proprio sugli articoli di Ellie.

La giornalista continuò: «Sono convinta che Miss Dawn convertì le sue azioni per sfuggire a Walker. Infatti, dopo la sua morte, Walker avrebbe potuto avviare una serie di procedure legali un po' complicate e nel giro di poco tempo, in quanto futuro marito, sarebbe diventato l'unico proprietario dell'azienda. Invece così si è ritrovato fregato, e scommetto che da allora Walker si sveglia ogni notte col terrore che qualcuno si presenti, gli mostri il pacchetto di azioni, e pretenda di ricevere la metà del Catalogo».

«Woah!» commentò Eddie. «E nessuno ha mai più trovato queste... azioni?»

Ellie scosse la testa. «Subito dopo la morte di Miss Dawn, per un periodo a Chicago si scatenò una vera e propria caccia al tesoro, ma dopo un anno o due la gente rinunciò. Tutti tranne Mister Walker. Io però credo che Miss Dawn abbia trovato un nascondiglio davvero sicuro... anche se non ho idea di quale sia. L'unico che conosceva la verità era Mister Darsley, forse. Ma ora è morto anche lui.»

L'orologio.

Mi chiedevo come avevo fatto a non capirlo prima, quando era tutto così semplice.

L'orologio era la chiave per ritrovare le azioni di Miss Dawn. Per questo Mister Walker si era dato tanto da fare per riaverlo, e quando io, come una sciocca, gliel'avevo consegnato, lui aveva esclamato: «La ricerca continua!». Per questo Mister Darsley era evaso di prigione e si era subito introdotto nella casa di Miss Dawn.

Ma se l'orologio era la mappa che conduceva al tesoro, perché Walker non si era ancora impadronito delle azioni?

Be', in fondo io e i miei amici l'avevamo avuto tra le mani per un sacco di tempo e non ci eravamo accorti di niente.

Forse la mappa era segreta, e anche Walker non aveva mai fatto troppo caso a quel vecchio arnese rotto... fino a quando Darsley non aveva attirato l'attenzione sull'oggetto cercando di rubarlo.

Se le cose stavano così significava che ormai avevamo poco tempo. Il tesoro di Miss Dawn poteva essere in pericolo, e Walker rischiava di metterci sopra le mani da un momento all'altro.

Balzai in piedi.

«Dobbiamo andare. Le azioni, Darsley, Walker... È tutto collegato. E noi dobbiamo riprenderci l'orologio.»

Cercai di far alzare Eddie strattonandolo per una manica, agitatissima. Volevo un'automobile per precipitarmi a casa di Walker a tutta velocità, entrare, mettermi a cercare l'orologio e... E cosa, finire uccisa com'era accaduto a Mister Darsley?

«Julie» disse Eddie, «perché non ci spieghi che cosa ti è venuto in mente? Così forse capiremo anche noi.»

«Sono convinta che l'orologio possa rivelarci dove si trova il tesoro» dissi. «All'inizio non ci ho fatto caso... Mi sembrava tutto normale: Walker innamorato di Miss Dawn che va a vivere nella casetta di lei. E quando l'orologio da ferroviere sparisce, fa di tutto per riprendersi un caro ricordo. Solo che non era vero niente! Walker *odiava* Miss Dawn, infatti l'ha uccisa lui! Allora perché vive in quella casa così strana?»

«Perché ha sempre sperato di ritrovare le azioni!» gridò Ed saltando in piedi.

«E perché ha fatto tanto per impadronirsi dell'orologio?»

«Perché è ovvio che l'indizio che cerca si trova lì!» concluse Te Trois. «Brava, Joju, hai capito tutto!»

«Già!» fece eco Eddie.

«Già!» esclamò Ellie, alzandosi dalla sedia e posando quaderno e lapis. «Ma c'è un problema da risolvere.»

«Quale?» chiesi io.

Ellie era molto seria.

«Il problema, ragazzi miei, è che l'orologio non lo avete più.»

«Ma possiamo riprendercelo!»

Ellie scosse la testa: «Introducendovi in casa di Mister Walker? A parte che sarebbe troppo pericoloso, è anche un reato. Finireste dritti in un riformatorio di Stato, e credetemi, la scuola di correzione non è il peggio che esista da queste parti».

«Allora possiamo denunciare Walker alla polizia!»

«Accusandolo di cosa? Di avervi rubato un orologio che un tempo apparteneva a Miss Dawn, e che voi dite di aver trovato in un pacco postale? Andiamo. Per denunciare qualcuno, specie qualcuno importante come Mister Walker, servono prove. E voi non ne avete.»

Mi accovacciai sul pavimento riflettendo. Ellie aveva ragione, lo sapevo, ma la verità è che non potevo arrendermi.

Che alternativa mi restava?

Te Trois e Eddie potevano sempre tornare indietro, a casa. Accettare una punizione leggendaria e con calma riprendere le loro solite vite.

Ma per me e Tit era diverso: noi non avevamo una via d'uscita.

Non c'era una casa dove tornare.

Quel viaggio a Chicago era l'unica possibilità che ci restava.

«Un momento» disse allora Te Trois. «Se non possiamo

recuperare l'orologio, e nemmeno denunciare Mister Walker, ci rimane ancora una cosa che invece possiamo fare.»

«E quale?» domandò Ed.

Te Trois sorrise.

«Scoprire noi dove si trova il tesoro.»

TODAY FAIR
Tomorrow Fair and Cooler; Moderate South to Southwest Winds.
VOLUME LXXIX, NO. 25,698.
The Boston Journal
1500
THURSDAY, AUGUST 11, 1898
6 CHICAGO DAILY TRIBUNE
MISS DAWN
SIGNORA DI CHICAGO
CHICAGO - Ormai la chiamano la signora di Chicago. Oltre a essere la comproprietaria di un'azienda di successo, Miss Dawn dedica buona parte del suo tempo ad attività filantropiche: dal nuovo Children's Memorial Hospital alla ristrutturazion della stazione ferroviaria. La Lad del Rinomato Catalogo sta lascian do un'impronta immortale in tut la città, e nei nostri cuori...
Who Met Their
Gen. Slocum,
Fire When Loaded
er Island and Other Points Around Hell Gate — Fire Caused by the Overturning of Pot of Grease in the Galley.
The big excursion steamboat Gen. Slocum burned and sank to-day off North Brother Island with 1,600 excursionists; 500 of them children from St. Mark's German Lutheran Church, in East Sixth Street, aboard. The loss of life is estimated to be 1,000.
The following is the latest estimate made by Detective Sergeant Kinsler and Police Inspector

30

MISS DAWN SIGNORA DI CHICAGO

Non sarebbe stato facile. Se il tesoro di Miss Dawn esisteva davvero (e anche di questo non potevamo essere così sicuri) allora per trovarlo dovevamo riuscire dove già avevano fallito tutti: sia i cacciatori di tesori professionisti, sia Mister Walker con i suoi soldi. Come potevamo farcela noi, dei ragazzini venuti da lontano?

Però in fondo eravamo arrivati fin là. Dovevamo almeno provarci.

«Non so» disse Ellie. «Da quel che mi avete raccontato, siete scappati di casa senza avvisare nessuno, e i vostri genitori saranno terrorizzati. Qui al "Chicago Daily Tribune" abbiamo il telefono, potrei chiamare qualcuno a New Orleans e avvisare che siete ancora vivi, e...»

«Per favore, no!» la pregai. «Avvertirebbero la polizia, finiremmo nei guai, e non avremmo più nessuna possibilità di metterci a caccia del tesoro.»

«Ma farlo è un mio dovere, e tecnicamente, se non avviso le autorità, potrebbero accusarmi addirittura di rapimento...»

«Un giorno» la implorai. «Lasciaci un solo giorno di tempo. Se non troviamo niente, allora facciamo come dici tu.»

Era un buon accordo, e per suggellarlo Te Trois si alzò in piedi e stese in avanti il pugno chiuso, proprio come aveva fatto prima di partire dal bayou. E io ci misi sopra la mano aperta, e Tit, e Eddie, e questa volta lo fece anche Ellie.

«D'accordo» disse. «Ventiquattr'ore per trovare il tesoro. Ci sto. E in cambio, se ci riuscite, mi lascerete l'esclusiva sulla vostra storia.»

Non sapevo cos'era un'esclusiva, e nemmeno mi interessava. Riuscivo a pensare solo a una cosa: da dove cominciare. Meglio fare un giro in città? Cercare di parlare con Mister Raphael, che se non ricordavo male aveva cercato di difenderci prima che l'autista ci portasse via in macchina? Oppure...

«I quotidiani» mormorai. «Finora ogni indizio utile ci è venuto da lì. Per caso qui al "Tribune" avete un archivio dei giornali vecchi?»

Ellie sorrise. Uscimmo dall'ufficio. Gli orologi appesi da tutte le parti indicavano che era quasi mezzanotte, eppure nella redazione c'era ancora più confusione di prima.

Presi Tit per mano e insieme a Ellie scendemmo nei sotterranei del palazzo, in un enorme seminterrato dominato dagli archivi. Era come i magazzini Walker, ma più in piccolo e con molta più carta dentro.

Sugli scaffali erano impilati enormi volumi di pelle scura, con dentro i quotidiani divisi per annata.

«E tu facevi questo?» mi domandò Te Trois con una punta di ammirazione nella voce. «Creavi questi enormi libri fatti di giornali?»

«Già» risposi io scrollando le spalle. «Ma ti giuro che non era molto divertente.»

Gli mostrai le dita ancora piene di punture d'ago, e il mio amico mi prese le mani e le osservò con attenzione.

Per un attimo pensai che le avrebbe baciate.

Per un attimo pensai che *mi sarebbe piaciuto.*

«Allora» esclamò Ed, impaziente «da dove cominciamo?»

«Miss Dawn comprò il terreno dove sorgono i magazzini nel 1887» esclamò Ellie. «Dunque quello che cerchiamo deve trovarsi tra le annate del 1887 e del 1900, quando è stata uccisa...»

Era un mucchio di tempo.

Ci mettemmo subito al lavoro, e iniziammo a sfogliare una pagina dopo l'altra, sperando che il nome di Miss Dawn comparisse da qualche parte.

Ogni volta che uno di noi trovava qualcosa, lanciava un richiamo e tutti accorrevano a guardare.

«Miss Dawn era una donna molto attiva» commentò Ellie. «Dopo la sua morte, Walker cercò di acquistare diversi edifici a cui lei era legata per varie ragioni. Ad esempio il Children's Memorial Hospital, oppure un negozio di fiori dove Miss Dawn si riforniva regolarmente...»

«Tutti posti che possiamo escludere dalla lista» decretò Eddie.

«Sicuro» disse Te Trois. «Se il tesoro era nascosto lì, poco ma sicuro che Walker se n'era già impadronito.»

«La verità è che è impossibile capirci qualcosa» mormorai. «Una donna con i mezzi e l'intelligenza di Miss Dawn potrebbe aver nascosto il tesoro davvero ovunque: in un buco nei magazzini Walker, in un appartamento di periferia, in un ufficio, nell'acquedotto... Non lo troveremo mai!»

Te Trois mi sorrise: «Non possiamo arrenderci, d'accordo? Se il tesoro è a Chicago, noi lo scoveremo. Dobbiamo solo continuare a provare».

E io continuai, anche quando a Eddie gli occhiali scivolarono dalla punta del naso e si addormentò a faccia in giù su un faldone. Anche quando Te Trois, l'irresistibile Te Trois, cominciò a disegnare esche e canne da pesca sul suo taccuino perché non ce la faceva più.

Ma ero io quella che aveva tutto da perdere, ed ero io

che dovevo darmi da fare. Strinsi i denti e andai avanti, ricostruendo pian piano la biografia di Miss Dawn, i dettagli della sua vita.

Studiai la storia del padre orologiaio che fin da piccola le aveva insegnato i segreti della meccanica di precisione (nota: in un orologio, ogni funzione diversa dall'indicare l'ora si chiama "complicazione". L'orologio più "complicato" del mondo era un Leroy 01, aveva ben ventiquattro funzioni e Miss Dawn ne aveva comprato un prototipo proprio l'anno prima di morire).

Scoprii che Miss Dawn era stata una grande appassionata di treni, e per questo aveva voluto inserire delle rotaie nel logo del suo Catalogo (nota: per questo, alla sua morte, la Union le aveva dedicato un nuovo modello di locomotiva).

Scoprii anche che odiava il pesce, adorava le fragole, e che vestiva solo con abiti viola. E scoprii che tutte quelle informazioni potevano essere indispensabili oppure sciocchezze.

«Julie» mi chiamò Ellie.

«Cosa?» borbottai, senza nemmeno alzare la testa dai miei appunti.

«È tardissimo. O meglio è prestissimo, è quasi mattina. I tuoi amici si sono addormentati da un pezzo e tu sembri sul punto di svenire. Dobbiamo andare. Hai bisogno di riposare un po'.»

Io non avevo un posto dove andare.

«Vi ospiterò a casa mia, potrete dormire qualche ora. Poi penseremo al da farsi.»

Sapevo in realtà cosa mi stava proponendo Ellie: di lasciar perdere, magari chiamare i genitori di Eddie con quel misterioso "telefono" e far finire così la nostra avventura.

No e no. Avevo sempre pensato a me stessa come Julie di Ferro perché la mia corazza impediva al mondo di farmi male. Ma ora potevo usarla per oppormi. Per lottare.

Eppure ero davvero sfinita, e senza neanche accorgermene lasciai che Ellie prendesse Tit in braccio, e Ed e Te

Trois si alzarono sbadigliando dalle loro sedie, e insieme ci dirigemmo all'aperto.

Verso casa e, lo pensai allora, verso la sconfitta.

Uscimmo dal Tribune Building e il cielo era di quell'azzurro scurissimo che annuncia il prossimo sole.

«Rondini viola!» esclamò Eddie, indicandomi uno stormo che volava a bassa quota. «Non pensavo che ce ne fossero, così a nord.»

Ellie sembrava stravolta dalla stanchezza, e io più di lei. Sentivo di essere a un passo dalla verità, eppure non riuscivo ad afferrare che cosa mi mancava, qual era il segreto.

Miss Dawn aveva nascosto il tesoro e aveva lasciato un orologio rotto per indicare la via. Cos'avrei fatto io al suo posto? Dove avrei nascosto le azioni? Forse nel negozio di un orologiaio. Ma no, che assurdità. Eppure...

Ellie ci fece salire su un tram e pagò il biglietto per tutti. Ci accalcammo tra i pendolari che andavano al lavoro, una folla di giacche blu e berretti gualciti sopra facce assonnate.

Il tram si mise in moto con un brontolio, Eddie mi appoggiò la testa sulla spalla e quando mi voltai per guardarlo mi accorsi che si era addormentato. Intanto fuori dai finestrini scorreva Chicago, con il suo fiume e le sue carrozze, gli omnibus e le automobili.

Poi con un sobbalzo mi accorsi che stavamo passando davanti ai magazzini Walker, ed ecco il tetto di casa Dawn che sporgeva oltre il muro di cinta, e il palazzo della stazione ferroviaria.

Mi tornò in mente un frammento di giornale che avevo letto solo un'ora prima: Miss Dawn aveva contribuito a far restaurare la stazione, e dopo la sua morte Mister Walker aveva cercato di comprare l'edificio, ma la Union si era rifiutata di vendergliela. "La ferrovia appartiene alla città" era stata la risposta, una frase che Miss Dawn di sicuro avrebbe apprezzato. Lei adorava i treni...

«Ferma!» gridai.

«Cosa?» domandò Ellie, mentre tutti i passeggeri si giravano a guardarmi.

«Fermate il tram, dobbiamo scendere. Ho trovato, sono sicura! Permesso! Permesso!»

Cominciai a spingere fino ad arrivare alla porta, che era aperta, e mi resi conto che il tram andava così piano che la gente ci si arrampicava su e giù senza aspettare la fermata.

Così senza pensarci due volte balzai a terra in una versione un po' goffa della tecnica *hop-hop* di Alex the Cat, e feci segno a Eddie, Te Trois e Tit di sbrigarsi.

Anche Ellie scese dal tram ansimando.

«Si può sapere che ti prende? Cos'hai trovato?»

«Il tesoro» sussurrai. «So dove si trova. In stazione.»

«Il Chicago Union Depot?»

«Miss Dawn ci aveva lavorato... E amava i treni. Inoltre la ferrovia è vicina ai suoi magazzini, così poteva tener sempre d'occhio il malloppo. Sono sicura! È qui!»

Tit mi prese per mano, stringendomela forte, e Te Trois e Eddie mi sorrisero.

«Andiamo a dare un'occhiata.»

Attraversammo di corsa il marciapiede, con Ellie che ci seguiva sbuffando come una teiera, e ci fiondammo dentro.

Lo Union Depot era una stazione grande, anche se meno di quella di St. Louis, e a quell'ora del mattino era affollatissimo.

Ci guardammo intorno incerti sul da farsi: il tesoro era lì, me lo sentivo, ma dove? Sotto la pensilina di un binario, negli uffici dei controllori, o magari in un complicato congegno nascosto nel tabellone degli orari?

E in quel momento Edward si fermò, e puntò un dito. «Ehi, gente, ma quello non vi ricorda qualcosa?»

In alto, sopra una porta ad arco, stava appeso un grande cartello: ARMADIETTI A COMBINAZIONE! LASCIA QUI I TUOI BAGAGLI! SOLO 1 DOLLARO! PAGAMENTO ANTICIPATO!

Accanto alla scritta c'era il disegno di un orologio a cipolla, ed era quel disegno ad aver attirato l'attenzione di Edward.

Tit mugolò e io lo presi in braccio.

«Già» mormorai, emozionata. «Assomiglia proprio all'orologio di Miss Dawn...»

«Aspettate un attimo» disse Ellie, che finalmente era riuscita a raggiungerci. «Ora che ci penso...»

«Cosa?» domandò Te Trois.

«È stata Miss Dawn a ideare quegli armadietti a combinazione. La Union le aveva chiesto qualche idea per migliorare i servizi della stazione, e lei inventò il deposito bagagli automatico. Sono delle piccole casseforti a disposizione dei viaggiatori, che così possono lasciare la valigia in tutta tranquillità mentre fanno un giro in città...»

Guardai Eddie e Te Trois, e nei nostri occhi passò qualcosa. Una scintilla.

Misi giù Tit, e insieme scattammo verso l'arcata di pietra.

Al di là si apriva un grande salone senza finestre, illuminato da lampadine elettriche. Tutto lo spazio era occupato da file e file di grandi mobili di legno scuro, con scalette semoventi per raggiungere gli scomparti più in alto.

«Caspita» disse Ed. «Sembra proprio uno dei capannoni della Walker&Dawn...»

«Già» commentai io. «Le coincidenze cominciano a essere troppe.»

Sentii una mano che si posava sulla mia spalla, era un uomo in divisa da ferroviere e con l'aria arcigna.

«Che ci fate voi qui? Volete lasciare qualcosa in deposito? Pagamento anticipato.»

«Oh no» dissi io. «Non siamo venuti per lasciare, ma per ritirare.»

Mentre lo dicevo, mi resi conto che era vero. C'era qualcosa che ci aspettava proprio in questa sala.

«I ragazzi hanno ragione» tagliò corto Ellie, raggiungendoci. «Ci lasci soli, per favore.»

Il ferroviere sbuffò e si allontanò, e Ellie ci fissò con le mani puntate contro i fianchi: «Allora, pensate che il posto sia questo?».

Annuii convinta. «L'orologio disegnato sul cartello è uguale al nostro. Ed era sotto gli occhi di tutti, così visibile che nessuno ci ha mai fatto caso. In più questa stanza è stata progettata da Miss Dawn. Non può essere una coincidenza.»

«Ma se il tesoro si trova in uno di questi armadietti, come troviamo quello giusto?» domandò Te Trois. «Sono centinaia... Non possiamo certo scassinarli tutti.»

Non avevo una risposta. Mi sentivo ansiosa come un segugio che ha trovato la pista nella palude e ha paura che la sua preda gli sfugga proprio all'ultimo momento.

Tit mi guardò: «Le sette e le nove».

«Ehi» disse Te Trois. «Ma Tit parla!»

«Le sette e le nove. E un quarto e quarantaquattro e ventisette.»

«Tit, che stai dicendo?»

«Le sette e le nove, e un quarto e quarantaquattro e ventisette!»

Eddie spiccò un balzo e gli occhiali caddero per terra.

«Ma certo!» esclamò. «Le sette e le nove!»

Io cominciavo a spazientirmi.

«La volete smettere di dare i numeri?»

«Appunto» ringhiò Te Trois, sferrando un pugno proprio sulla spalla di Eddie. «Te ne arriva subito un altro se non ti decidi a spiegare.»

Eddie si chinò, raccolse gli occhiali. Tremava e balbettava: «Una sera, quando eravamo sul battello, mi sono messo a osservare Tit che giocava con l'orologio... Era rotto, vi ricordate? Ma non era rotto e basta: ogni volta che si girava la rotellina, indicava sempre la stessa sequenza di numeri».

«Cioè?» chiese Te Trois.

«La lancetta delle ore si spostava dalle sette alle nove. Mentre quella dei minuti indicava...»

«Un quarto, quarantaquattro, ventisette.»

La rivelazione mi colpì come un fulmine. Non potevo crederci.

La soluzione era così semplice, ed era rimasta nascosta per così tanto tempo.

«Ecco perché Miss Dawn non aveva mai riparato quella vecchia cipolla!» dissi. «In realtà *doveva* rimanere rotta. Era rotta perché solo così l'orologio poteva indicare...»

«La combinazione dell'armadietto!» strillò Ellie.

Ma Eddie, Te Trois e Tit non la ascoltarono. Loro erano già corsi via.

Ogni fila di armadietti era indicata da un numero. Li superammo di corsa e ci fermammo davanti alla corsia sette.

«È qui?» domandò Ed.

«Certo che è qui» gridò Te Trois. «E l'armadietto è il numero nove.»

Mi misi a guardare le targhette su ogni sportello. Lo scomparto nove era nella fila più in alto, quasi a contatto col soffitto. Te Trois e Ed corsero a prendere una scala e la sistemarono al posto giusto, io intanto osservavo il meccanismo di apertura degli sportelli.

La serratura a combinazione era formata da un pomello di ferro nero su cui erano incise delle tacche e dei piccoli numeri.

Provai a toccare il pomello di uno degli sportelli più bassi, e scoprii che girava ticchettando piano.

Ellie mi sorrise: «Bisogna ruotare la manopola fino a comporre la combinazione giusta».

«Ma non può essere» protestai io. «Vedi? I numeri arrivano solo fino al 9. I numeri che diceva Tit invece sono a due cifre.»

Eddie prese Ellie per un braccio: «Scusa, hai ancora il taccuino?».

«Certo, sono una giornalista» rispose lei.

«E tu, Tit, sai ripetermi i numeri dell'orologio?»

Mio fratello sorrise con aria di importanza.

«Le sette e le nove» disse. «E un quarto e quarantaquattro e ventisette.»

Eddie scarabocchiò sul foglio, poi lo mostrò a tutti. C'era scritto: 154427.

«Ecco» disse. «Vedete? Sei numeri? La combinazione.»

Non aveva ancora finito di parlare che Te Trois si era già arrampicato su per la scala.

«La volete smettere di parlare?» esclamò. «Lasciatemi provare...»

«Aspetta, Te Trois» dissi io. «È giusto che lo facciamo insieme, tutti insieme.»

«È comunque insieme» rispose. «E poi quassù non ci stiamo. Forza, dettate la combinazione!»

«Uno» scandì Eddie. «Cinque. Quattro, quattro...»

Io, Ed, Ellie e Tit stavamo ai piedi della scala, a testa in su, mentre Te Trois arrampicato là in alto faceva scattare il pomello.

«... sette!» concluse Ed. «Era l'ultimo numero. Apri!»

Te Trois provò a spingere lo sportello.

«Non si muove» commentò deluso. «Ragazzi, non funziona!»

«La maniglia» gridai io. «Gira la maniglia, Te Trois!»

Lui si voltò verso di me e mi fece uno di quei suoi sorrisi smaglianti, caldo come un falò d'estate. Poi allungò la mano e si sentì un *CLAC*.

«Allora?» gridammo noi da sotto. «C'è qualcosa dentro? Che c'è? Che c'è Te Trois? Vuoi dirci...?»

«C'è...»

Te Trois si voltò di nuovo in basso, ed era tutto rosso, e pensai che stesse per cadere giù dalla scala.

«C'è che siamo diventati ricchi.»

Infilò le braccia nello sportello, e quando rispuntò stringeva un pacco di scartoffie alto così.

Uno dei fogli gli scivolò da sotto le dita e volò giù, verso di noi, fluttuando piano sul pavimento.

Sul foglio c'era disegnato il simbolo della Walker&Dawn, cioè il mappamondo con le rotaie. E c'era il solito slogan. E sotto, poche semplici parole:

RINOMATO CATALOGO CONVENIENZA
DI MISTER WALKER & MISS DAWN.
TITOLO AL PORTATORE.
VALIDO PER 1 AZIONE.

«Sono tutti così» mormorò Te Trois. «Sono centinaia.»

«È... è tutto vero?» domandai.

Ellie mi abbracciò.

«Direi di sì, ragazzi. Siete i nuovi comproprietari del Rinomato Catalogo Convenienza.»

Io, Edward e Tit ci guardammo, poi Te Trois saltò in mezzo a noi e si lanciò in un ballo sfrenato, e noi gli andammo dietro, gridando come selvaggi fino a restare senza fiato.

Eravamo i signori del mondo. Barbari e guerrieri, pirati che hanno trovato lo scrigno del tesoro. Eravamo quelli che ce l'hanno fatta.

E sanno che d'ora in poi tutto cambierà per sempre.

CHICAGO DAILY TRIBUNE

NO.159 CHICAGO, TUESDAY, JUNE 7, 1904 5¢

QUATTRO RAGAZZI DIVENTANO MILIONARI!

CHICAGO - Straordinario ritrovamento alla stazione Union Depot di Chicago. Quattro ragazzi, aprendo uno degli armadietti a combinazione, hanno scoperto un bottino in azioni al portatore valido per il 50% del Rinomato Catalogo Convenienza. Il tesoro scomparso di Miss Dawn è stato finalmente ritrovato. «Non è stato un colpo di fortuna» ci ha raccontato Peter Chevalier, unc dei quattro giovani milionari. «Abbiamo un: lunga storia da raccontare.» Storia che, se-condo chi vi scrive, non mancherà di crear un certo scalpore, anche perché getta un luce inquietante su alcune importanti per sonalità di Chicago. Mister Walker non h ancora commentato la notizia...

31

QUATTRO RAGAZZI DIVENTANO MILIONARI!

Eravamo partiti in quattro.

Te Trois il coraggioso, che voleva dominare la vita.

Eddie lo sciamano, che voleva scoprirne i segreti.

Tit che era piccolo, ma grande quando c'era bisogno.

E Julie l'invulnerabile, che voleva essere felice.

Io ero la ragazza che non può piangere. Invece quella sera, rannicchiata in un divano sfondato a casa di Ellie, mi allungai nel buio e toccai la mano di mio fratello. Mi avvicinai e gli diedi un bacio, e gli occhi mi si riempirono di lacrime, ma questa volta non feci niente per fermarle e le lasciai correre via.

Erano lacrime calde come la palude, grandi come il cuore del grande fiume. Quel fiume che, ora lo sapevo, sarebbe sempre rimasto dentro di me.

PARTE 4

LA GRANDE CASA

E. COCHRANE

IL RINOMATO CATALOGO WALKER & DAWN

ROMANZO

Edward J.

Prima edizione maggio 1906
Ultima ristampa dicembre 1969

32

IL RINOMATO CATALOGO WALKER&DAWN

Sono uscito di casa e c'era la neve. La neve e un vento freddo che tagliava la faccia. Così sono tornato dentro. Ho preso il bastone, il cappello e la sciarpa. Poi sono uscito di nuovo.

Avevo già sceso i due gradini d'ingresso quando Miss Dumpler mi ha chiamato.

«Signore» ha gridato. «Sta dimenticando il cappotto!»

Mi sono guardato. Indossavo solo il maglione, e si stava già imbiancando.

Miss Dumpler mi è corsa incontro con il cappotto. Ansimava, e io non ho capito subito se era per via del freddo o di qualcos'altro. Poi l'ho vista che mi sorrideva mentre mi metteva il cappotto sulle spalle, e questo significa che era preoccupata.

Miss Dumpler è una brava signora e mi vuole bene. Credo. E si prende cura di me, anche se lei è bianca e io sono nero. D'altronde dicono che i tempi sono cambiati, ora il colore della pelle non è più un problema.

Non so se i tempi sono cambiati, ma di certo sono cambiato io. Per esempio, una volta andavo sempre scalzo, con solo una maglietta addosso, e non avevo mai freddo. Ora ho sempre freddo anche quando è estate.

Un'altra cosa che ho notato è che mi muovo più piano. Sono lento come una di quelle grosse tartarughe che mia sorella catturava per poi farci la zuppa. Anzi ancora più lento, perché le tartarughe del bayou erano veloci come serpenti quando si trattava di dare un morso a un piede.

Comunque ora avevo addosso il cappello, la sciarpa, il cappotto e il bastone, quindi potevo andare fuori davvero.

Ho attraversato il giardino, con i contorni delle piante sfocati di neve, e sono arrivato per strada.

«Vuole un passaggio, Mister Dart?» mi ha domandato l'autista, che è bianco anche lui, e che era ancora più bianco questa mattina per via della neve sull'uniforme.

Gli ho sorriso e ho indicato la porta di casa, per dirgli di entrare a scaldarsi un po'.

Io invece gli ho girato le spalle e ho cominciato a camminare. Piede sinistro, bastone, piede destro, bastone. E così via.

Non ho mai alzato la testa perché avevo paura di scivolare sul ghiaccio. Miss Dumpler dice sempre che alla mia età le ossa cominciano a diventare fragili come zollette di zucchero, e se cado si sbriciolano. Non so se sia vero, ma mi piace pensare di essere fatto di zucchero. Le cose dolci sono così buone.

Ho camminato per un bel po', finché a un tratto mi sono accorto che faceva freddo. Cioè che il freddo era entrato fin sotto al cappotto e al cappello e al maglione, e mi era arrivato sulla pelle che si era raggrinzita come carta stagnola.

Mi sono fermato per riprendere fiato e ho scoperto che ero quasi arrivato. In fondo alla via, un po' nascosta tra gli alberi, c'era una grande casa di quattro piani, con le finestre bordate di bianco e la facciata di mattoni rossi. Adesso erano più che altro rosa, per via della neve che ci batteva contro.

Passavo spesso davanti alla grande casa e le imposte erano sempre sprangate, le luci spente. Ora invece due automobili nere con i vetri scuri stavano parcheggiate sul davanti, e le finestre del primo piano erano aperte.

Voleva dire che lei era arrivata.

Ho cominciato a camminare più svelto che potevo, perché rischiavo di morire assiderato e non mi sembrava una buona idea.

Ho attraversato la strada. Un ragazzotto ha suonato il clacson e mi ha gridato parolacce da dietro il finestrino, io però non ci ho fatto caso. I tempi forse cambiano, certe cose no.

Quando ho messo piede sul vialetto della grande casa, un signore mi è venuto incontro. Era alto, molto più alto di me, e molto robusto. Non aveva i capelli e neanche il soprabito, solo un completo scuro, e ho pensato che forse anche lui aveva dimenticato il cappotto e non c'era nessuna Miss Dumpler a ricordarglielo.

Il signore aveva anche degli occhiali scuri, eppure non c'era mica il sole.

«Mi scusi» ha detto il signore. «Questa è proprietà privata.»

Non ho risposto, ma ho fatto un passo di lato per aggirarlo. Lui mi si è piantato davanti di nuovo.

L'ho sentito mugugnare qualcosa sul fatto che una villa decente dovrebbe avere almeno un muro di cinta e un cancello e delle telecamere, e senza volere ho scosso la testa. A lei non sono mai piaciuti i muri e i cancelli.

«Signore, la prego» ha detto. «Non si può entrare.»

Non gli ho risposto.

«Signore, si sente bene?»

Ancora non gli ho risposto. Quello mi ha guardato (ho

pensato che lo facesse, perché per via degli occhiali scuri non gli vedevo gli occhi), poi mi ha afferrato per un braccio.

Non mi piace quando le persone mi toccano, non so mai come comportarmi. Così ho cominciato a battere con il bastone contro la pietra del vialetto, *toc toc toc toc toc*, sperando che mi lasciasse stare.

Il signore ha detto: «Mi dispiace, ma deve andarsene».

Poi si è voltato e ha detto: «Abbiamo un problema all'ingresso, un signore anziano. Credo che si senta male».

Io in effetti mi sentivo male, ma solo perché lui non mi lasciava.

Allora ho udito un rumore di passi e Julie mi è volata incontro.

O meglio, è volata incontro al signore con gli occhiali scuri. Anche se era alta poco meno della metà di quell'uomo, sembrava sovrastarlo.

Gli ha detto: «Togligli subito le mani di dosso, Frank!». E poi ha aggiunto: «Lascia stare mio fratello!».

Il signore con gli occhiali, Frank, ha subito fatto un passo in dietro.

A quel punto Julie è venuta vicino a me e mi ha abbracciato.

Non mi piace quando le persone mi stringono, anche meno di quando mi prendono per un braccio. Ma Julie può farlo. Lei è speciale.

«Lasciati guardare» mi ha detto. «Sei venuto a piedi? Non avresti dovuto, con quella tua povera gamba. Ti ricordi sempre di prendere le medicine?»

Io mi ricordo tutto, anche se a volte faccio finta di no, e poi c'è Miss Dumpler che mi dà le pillole quando ne ho bisogno.

Ho guardato Julie. Anche se è più grande di me (più vecchia, dovrei dire ormai) dimostra almeno una decina d'anni in meno. Non ha il bastone ed è tutta dritta, magra come una ragazza, e ha ancora i capelli rossicci con solo qualche filo bianco che spunta qua e là. Ma forse questo è per via della neve.

«È bello rivederti, Francis» mi ha detto. «È passato troppo tempo, dovrei tornare a Chicago più spesso. Ogni tanto questa città mi manca... E tu, tu mi manchi sempre.»

Anche Julie mi è mancata. Quando è qui, ogni giorno viene a prendermi e facciamo una passeggiata. Anche se vado piano, mi piace molto. Più di quando mi abbraccia.

«Mi scusi tanto...» borbottò il signore con gli occhiali scuri. «Io... non sapevo...»

«Non importa, Frank. Oh, cielo, che ora si è fatta. Per favore, chiama la macchina. Siamo in ritardo.»

«Sì, signora» ha detto Frank.

La macchina era una delle automobili scure con i vetri scuri parcheggiata davanti al viale d'ingresso. Era guidata da un altro signore con gli occhiali scuri, e sul cofano c'era una bandierina degli Stati Uniti.

Indica che Julie è una senatrice degli Stati Uniti, ma lei una volta mi ha detto che odia andarsene in giro con quella roba sul davanti, perché sembra che si vanti, e lei invece non si vanta mai.

Quello che mi piaceva della macchina è che c'era un vetro a dividere me e Julie, dietro, e l'autista davanti, così eravamo un po' soli.

«Ti vedo bene, sai, Francis? A parte la gamba. E lo so, ti avevo promesso che sarei venuta prima, ma...»

Non ha finito la frase, e non ce n'era bisogno. So che Julie è molto impegnata. Viaggia su e giù per l'America a difendere un sacco di gente, soprattutto le bambine. Una volta mi ha detto che adesso che era diventata forte, doveva provare a proteggere chi ancora non lo era. Non ho mai capito bene cosa volesse dire, ma di sicuro Julie è forte. In realtà, lo è sempre stata.

L'automobile ha superato Hyde Park e ha costeggiato

per un po' la riva del lago Michigan, ed era bello, con l'acqua scura che pareva nera, e l'erba, e gli alberi fin quasi sulla riva. Doveva fare un gran vento, però, e io ero contento di starmene al calduccio.

Poi ci siamo addentrati fra i palazzi, una strada che tagliava in due i grattacieli e un sacco di automobili e taxi, e ci siamo trovati in Canal Street.

«Una piccola deviazione» mi ha detto Julie, e ho sentito un tremolio strano nella sua voce. Forse aveva mal di gola. «Certo che questa strada è un bel po' diversa da quando l'abbiamo vista la prima volta, eh? I magazzini, se non sbaglio, erano proprio lì.»

In realtà si trovavano un isolato più in giù, ma non mi sembrava importante dirlo. Tanto niente era più come prima. Negli anni avevano costruito grattacieli e la nuova Union Station. Avevano addirittura raddrizzato il corso del fiume. E le rotaie in miniatura inventate da Miss Dawn erano finite sott'acqua, tra le onde grigie del Chicago River.

Non mi dispiaceva per quelle rotaie. Mi dispiaceva invece per la casetta con gli orologi. Eravamo stati felici, lì, per un po'. Io e Julie e Te Trois. Come una famiglia vera.

In quel momento il vetro dell'automobile si è abbassato, l'autista ha chiesto: «Possiamo proseguire per l'aeroporto, signora, o vuole fermarsi?».

«No no» ha detto Julie. «Andiamo.»

L'automobile è ripartita, io ho smesso di guardare fuori e Julie ha smesso di parlare. Forse era stanca. Anche lei doveva aver fatto un lungo viaggio.

Ci siamo fermati proprio fuori dall'aeroporto di Chicago, il signore con gli occhiali ci ha aperto la porta e Julie mi ha preso a braccetto e mi ha aiutato a scendere e mi ha allungato il bastone.

Se l'avesse vista, Miss Dumpler sarebbe stata fiera di lei.

Mentre io e Julie scendevamo dall'auto, un'altra automobile identica si è fermata dietro di noi e a bordo c'erano Frank e un altro signore con gli occhiali scuri. Si sono sistemati alle spalle mie e di Julie per sorvegliare ogni nostro passo mentre entravamo nell'aeroporto. La loro presenza mi ha fatto sentire a disagio.

«Di qua» ha detto Julie. «Eviteremo la coda.»

Io mi sono fermato davanti a una porta girevole che girava come un carosello. Non sapevo bene come entrarci perché non avevo mai attraversato una porta così, come un carosello. Però mi sembrava proprio una bella porta. Ruotava da sola in senso antiorario a una velocità di due virgola quattro giri al minuto.

Significavano quattro virgola otto giri in due minuti, e dodici giri esatti in cinque minuti. Ho deciso di entrare al dodicesimo giro per ragioni di simmetria.

«Che succede, signora, qualche problema?» ha detto Frank a Julie.

«Nessun problema» ha detto Julie. «Aspettiamo che mio fratello finisca di contare.»

Non ci sono molte persone che capiscono le cose come fa lei, io l'ho sempre detto.

Al dodicesimo giro siamo entrati, io e Julie insieme, e Frank e gli altri subito dietro.

Dall'altra parte c'era una sala ampia e illuminata dal sole.

«Ragazzi» ha detto una voce. «Che bello rivedervi!»

Mi sono voltato, e c'era Eddie che veniva verso di noi sorridendo come un bambino.

Indossava una camicia bianca e un paio di pantaloni bianchi, e anche i suoi capelli erano bianchi, bianchissimi. La pelle invece era scura, non come la mia ma quasi, e solcata di rughe profonde. Ma gli occhiali erano quelli di Eddie Grillo, sicuro, e anche il sorriso.

È corso incontro a Julie e l'ha abbracciata e l'ha baciata

sulle guance, poi ha detto: «Sei ancora più bella di quando eri una ragazzina».

E lei ha ribattuto: «Sciocco».

Poi Eddie si è avvicinato a me e ha detto: «È bello rivederti, Francis. Come va la gamba?».

Come voleva che andasse? Con un bastone.

Poi Julie mi ha detto: «Hai visto che sorpresa, Francis? C'è anche Edward qui. E non sai quanto ho faticato per fargli lasciare la Louisiana. È venuto apposta per trovarti. Non è vero, Ed?».

«Uno sciamano non lascia la sua terra di magia» ha risposto Edward.

«Sei sempre il solito» ha detto Julie ridendo.

Io sono stato zitto, però sapevo che non c'era niente da ridere. Edward era sul serio uno sciamano della palude, e poteva parlare con gli animali e tutto il resto.

«Per festeggiare» ha annunciato Julie «ho organizzato una giornata speciale. Venite con me.»

Così Julie mi ha portato al planetario, che è sempre stato il mio posto preferito di Chicago, e poi siamo stati allo zoo, che è il posto preferito di Edward. Abbiamo mangiato in un ristorante vicino al lago, e io ho potuto ordinare le patatine fritte e anche una doppia porzione di torta, perché non c'era Miss Dumpler a controllarmi il colesterolo.

Julie e Edward hanno parlato tanto, e Julie ha raccontato le cose di Washington e Edward ha raccontato dell'ospedale in Louisiana e delle sue ricerche e dei suoi assistenti.

Io mi sono divertito e sarebbe stata una giornata davvero perfetta se non fosse stato per Frank e gli altri signori con gli occhiali che ci seguivano dappertutto, e per il fatto che non c'era anche Te Trois con noi.

È tanto tempo che non vedo Te Trois, in pratica da quando lui e Julie si sono lasciati, molti anni fa. Ma d'altronde anche lui è sempre in giro per il mondo.

Alla fine siamo risaliti tutti in macchina e Julie ha detto all'autista: «Portaci a casa».

Almeno, lì, potevamo stare un po' soli in santa pace.

«Io dovrei anche passare in albergo» ha detto Eddie.

«Non se ne parla, sei mio ospite» ha replicato Julie. «Ho un mucchio di stanze libere.»

Edward ha insistito un po' e poi ha detto va bene.

Siamo arrivati a casa che era ora di cena, ma nessuno aveva fame perché avevamo mangiato troppo a pranzo, così ci siamo chiusi nel salottino dell'ultimo piano.

La domestica ci ha portato qualcosa da bere. Per me un frappé di fragole, che è la mia bevanda preferita quando non c'è Miss Dumpler nei dintorni. Per Julie un whisky con due cubetti di ghiaccio. Per Edward un tè. Da quella prima volta a New Orleans, quando abbiamo ascoltato la musica di Buddy Bolden, nessuno ha più visto Eddie bere un solo goccio di alcol.

«Uh» ha detto, assaggiando il tè. «Che bello essere qui. Mi siete davvero mancati, ragazzi.»

Anche lui era mancato a me.

«E questa casa è fantastica» ha detto.

«Sì, è bella» ha detto Julie. «Anche se io ho sempre preferito l'altra.»

Intendeva dire la casa di Miss Dawn.

«A volte mi dispiace aver venduto tutto» ha detto Eddie. «La casa, i magazzini. Il Catalogo.»

Anche a me dispiaceva che il Catalogo non ci fosse più. Mi dispiaceva più che a tutti loro. Eppure ero stato io a decidere. Era la scelta più logica. Io sono sempre stato bravo con la logica.

All'improvviso mi sono ricordato di quel momento di tanti anni fa, quando alla stazione avevo rivelato a Eddie la combinazione della cassaforte, e Te Trois si era arrampicato sulla scala e aveva trovato le azioni del Catalogo e ce le aveva tirate addosso come una pioggia di coriandoli. Julie mi aveva abbracciato, poi mi aveva abbracciato ancora, nella notte, quando ci eravamo addormentati nel salottino della signora Cochrane.

E dopo?

Dopo erano arrivati gli avvocati. Signori eleganti con l'impermeabile scuro e le valigette di cuoio. C'era stata una causa in tribunale, c'erano stati interrogatori e contro-indagini. Il testamento di Miss Dawn era stato impugnato, le azioni che avevamo trovato erano state sottoposte a perizia una per una.

Intanto che i giudici producevano montagne di scartoffie, io ero dovuto andare a scuola, e anche i miei amici. E quando i giudici avevano finito il loro lavoro, noi eravamo cresciuti. Ed eravamo diventati ricchi.

Così piano piano era cambiato tutto. Eddie era stato il primo ad accorgersene, il buon vecchio Eddie Quattrocchi. Studiare gli piaceva più che occuparsi di affari, così era diventato un dottore e se n'era tornato nel bayou per fare l'uomo-medicina.

Te Trois invece per un po' ci aveva provato, a fare il padrone del Catalogo. E ci era anche tagliato, aveva quel suo modo di fare accattivante che piaceva sempre a tutti. Ma poi anche a lui quella vita aveva cominciato ad andare stretta. Non sapeva stare fermo, Te Trois. Non riusciva ad abituarsi a essere chiamato signore, e odiava quando c'erano problemi in fabbrica, e magari bisognava decidere se assumere qualcuno o licenziare qualcun altro.

«Sono persone, capisci?» mi diceva. «Persone che hanno delle famiglie da mantenere. E non posso far finta di non capirlo. Per me è… troppo.»

Così a un certo punto se n'era andato anche lui, da un giorno all'altro era salito su una nave ed era partito.

Mia sorella Julie non aveva pianto, ma sapevo che l'abbandono di Te Trois l'aveva ferita. Mi aveva chiesto: «Che cosa facciamo, Francis?».

Io avevo fatto un po' di calcoli. E i calcoli dicevano di vendere.

Il Catalogo aveva un senso finché il mondo si muoveva sbuffando vapore attraverso le grandi praterie dell'Ovest. Ma adesso c'erano autostrade e macchine, la gente se ne andava da una parte all'altra in un battibaleno.

Noi ci avevamo messo giorni per viaggiare dal bayou a Chicago, a Edward con l'aereo erano bastate poche ore. Che avventure potevano esserci, in un mondo così? A cosa serviva più il Catalogo?

Così abbiamo venduto tutto. Con i soldi abbiamo comprato un sacco di libri e due belle case. Abbiamo cercato di comprare anche la felicità. Abbiamo capito che quella invece dovevamo conquistarcela. Ci abbiamo provato.

«Senti, Francis» ha detto Julie. «Io credo... Noi crediamo, io e Edward, di doverti dire una cosa.»

«È il momento, eh?» ha sospirato Eddie.

«Sì» ha detto Julie. «Vedi, Francis, c'è un motivo se siamo qui... Tutti quanti. E non è facile.»

Eddie si è alzato, in silenzio, ed è uscito dal salotto. È tornato dopo un po' con una valigia.

Non vedevo quella vecchia valigia di cuoio da sessantacinque anni esatti.

Era la valigia che proprio Eddie aveva comprato in una calda mattina di New Orleans, poco prima di imbarcarci tutti sulla *Louisiana Story*.

Mia sorella si è alzata dalla poltrona, si è inginocchiata davanti a me e mi ha preso una mano fra le sue. Erano lisce e fresche. Le mani dei vecchi sono sempre lisce e fresche.

Anche Julie ha sospirato, come Eddie poco prima.

Poi ha detto: «Francis, Peter è morto».

Peter era come Julie chiamava Te Trois da quando eravamo diventati grandi. Quindi significava che Te Trois era morto. Io ho scosso la testa, perché sapevo che non era possibile. Uno come Te Trois non può morire. Certe creature nascono immortali.

«È per questo che ho chiamato Eddie, perché volevamo essere insieme... Sappiamo quanto è stato difficile, per te, quando è morta Miss Cochrane...»

Ma Miss Cochrane era molto, molto anziana. Te Trois era giovane e non era invecchiato mai.

Ho scosso la testa, e con la mano libera, quella che non era stretta tra le dita di Julie, ho preso il bastone e ho cominciato a battere sul pavimento, *toc toc toc toc toc*, per mandare via quel momento brutto.

Come sempre succede, il momento non se n'è andato.

«Non fare così, senti... È successo che Peter si è ammalato. È stato un anno fa, anche se non ti abbiamo detto niente per non farti preoccupare. Se n'è accorto quando era in Thailandia. Ha fatto degli esami, ha girato molte cliniche molto costose. Ma non c'è stato niente da fare.»

«A volte non c'è niente da fare» ha ripetuto Eddie. «Io ero lì, quando è successo, quando se n'è andato. Mi ha chiamato apposta e io... Non avrei mai potuto lasciarlo solo. Ma non è stato brutto. E lui mi ha detto...»

Gli si è rotta la voce.

«Mi ha detto di salutarvi.»

Julie e Edward mi hanno guardato come se si aspettassero qualcosa da me, ma io non avevo niente da dire.

«Mi ha anche dato questa valigia» ha continuato Ed. «L'aveva conservata per tutti questi anni e quando l'ho vista mi è preso un colpo. Francis, mi ha detto di darla a te. "Portala a lui" ha sussurrato. Così, eccomi qui.»

Io allora ho sorriso, perché questa era proprio una cosa da Te Trois. La vecchia canaglia.

Anche Edward si è messo per terra, con le gambe incrociate, ma lui ci ha messo un po' più di Julie perché ha le giunture che gli scricchiolano.

Ha aperto la valigia e ne ha tirato fuori qualcosa, e me l'ha mostrata. Era una maschera. Una maschera di legno tutta intagliata e un po' spaventosa, con solo due buchi per gli occhi e un naso ricurvo.

«Viene dalla Melanesia» mi ha detto Edward. «Peter mi ha raccontato che l'ha trovata nella capanna di un pescatore che non aveva mai visto un occidentale prima di lui. Quando ha tirato fuori il portafogli per offrirsi di pagarla, il pescatore si è convinto che volesse ucciderlo e gli è saltato addosso con il coltello. Peter ha detto che l'ha scampata per miracolo.»

Edward sghignazzò, e io vidi il viso di mia sorella Julie illuminarsi di una luce chiara. Una volta io quella la chiamavo "la luce Te Trois".

«Questa invece è russa» disse Edward, mostrandomi una piccola icona d'argento. «Peter l'ha ricevuta da un ragazzo a cui ha dato il suo ultimo pezzo di pane durante l'assedio di Leningrado, nella seconda guerra mondiale. Se la sono vista brutta a quei tempi.»

Un sigaro.

«E questo viene da Cuba, è di quando Peter è andato a vedere com'era fare la rivoluzione.»

Una roccia nera.

«Questa pietra l'ha trovata sull'Himalaya. L'ha raccolta proprio in cima all'Everest.»

Una specie di uncino.

«È un *mambele*, un coltello da lancio africano.»

Un dente.

«E questo è di un orso bianco, che Peter ha trovato già morto al Polo Nord. Però mi ha detto che la sua pelliccia calda gli ha salvato la vita.»

Io e Julie siamo stati a guardare per un pezzo tutti quegli oggetti che venivano da ogni parte del mondo, e io mi chiedevo perché Te Trois li avesse conservati nella nostra valigia, e perché volesse darli a me.

«Vedete» ha detto Edward. «Peter... Insomma, sappiamo tutti com'era fatto. Non poteva star tranquillo un attimo, fin da quando era ragazzino. Ci ha provato, per un po' era anche convinto di esserci riuscito.»

Ho guardato Julie, e ho visto che mia sorella piangeva un poco, e allora mi sono voltato dall'altra parte perché non sopporto di vedere mia sorella piangere. Una volta non piangeva mai.

«Peter aveva bisogno di vedere il mondo. Era uno spirito libero. Si nutriva di persone e di vita.»

Anche Edward secondo me piangeva, ma siccome aveva gli occhiali non riuscivo a esserne sicuro.

«E in questa valigia ha rinchiuso tutto quanto» ha detto. «I posti che ha visto, le cose che ha imparato, i pericoli che ha superato. Però prima di morire mi ha confessato... Mi ha confessato che non c'è stato niente da fare. Che anche se ha cercato dappertutto, niente ha mai superato la sua prima avventura. Questa.»

E allora Edward ha tirato fuori dalla valigia l'ultimo oggetto.

Un libro.

Era un romanzo in edizione economica, ed era un romanzo che conoscevo bene anche se non l'avevo mai letto.

Sulla copertina c'era il nome dell'autrice, la giornalista E. Cochrane, e sotto il titolo: *Il Rinomato Catalogo Walker&Dawn*. Più in basso c'era scritto: ULTIMA RISTAMPA - GRANDE SUCCESSO.

Edward mi ha consegnato il libro come un tesoro. Era molto rovinato, come se fosse stato letto tante volte, e io mi sono chiesto il perché.

Te Trois sapeva benissimo cosa c'era dentro. La prima parte l'aveva scritta lui, insieme alla Miss Cochrane. E la seconda Eddie. E la terza Julie.

Solo io mi sono sempre rifiutato. Non sono mai stato bravo con le parole. E poi, non avevo nient'altro da aggiungere.

Nel salone adesso c'era un grande silenzio, e io ho lasciato cadere il bastone e ho aperto il libro alla prima pagina.

C'era scritto il titolo, chissà perché ripetono sempre il titolo all'interno dei libri, forse hanno paura che prima o poi la copertina si rompa.

E poi mi sono accorto che sulla carta c'erano anche delle scritte a penna.

In grande c'era uno scarabocchio indecifrabile che avrei riconosciuto tra mille altri. Era un 3 tutto pieno di arzigogoli, l'autografo del mio amico Te Trois quando voleva fare lo spaccone. Poi c'era scritto "Edward", elegante come si firmava sempre Eddie. E infine c'era la J puntata che usava mia sorella Julie.

«Ci ha chiesto di firmarlo poco prima di ammalarsi» ha detto Julie. «Ha detto che così ci avrebbe portato sempre con lui.»

Ho annuito. Raccogliere le firme dei suoi amici e poi farsi un autografo da solo, questa era una cosa proprio da Te Trois. Ed era da lui anche non chiederlo a me, mai nemmeno una volta, perché sapeva che non ero bravo con le parole.

Però, in fondo, perché no?

A volte essere bravi non importa.

Così ci ho pensato un attimo, ho frugato nel mio gilet dove mi sembrava di aver lasciato una penna, e in effetti c'era. L'ho presa e l'ho tenuta sospesa sul foglio.

Ho studiato le firme dei miei amici, di mia sorella. Il segno della nostra vita.

Ho trattenuto il respiro.

Poi, in fondo alla pagina, ho aggiunto il mio nome. Non Francis, no. Quello vero.

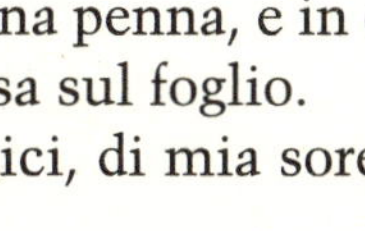

RINGRAZIAMENTI

La storia di Te Trois, Eddie, Julie e Tit, e del Rinomato Catalogo Convenienza di Mister Walker & Miss Dawn (I PREZZI PIÙ BASSI! SPENDI BENE I TUOI SOLDI! RIMBORSO GARANTITO!) mi ha riempito la vita per più di tre anni, e anche per questo, devo dire, sono stati anni fantastici.

Ma il libro che tieni in mano non sarebbe esistito senza un lungo elenco di persone che mi sono state vicine, mi hanno aiutato, hanno ascoltato, letto, corretto, suggerito (e in certi casi sono anche diventate personaggi del romanzo).

Il mio primo grazie va senza dubbio a Pierdomenico Baccalario, amico e compagno di avventure da più di un decennio, grande scrittore da sempre.

È la persona a cui ho raccontato il Catalogo per la prima volta, e da quel momento ha contribuito in troppi modi per scriverli tutti qui.

Grazie ad Alessandro Gatti, che ha inventato il titolo

definitivo del libro e, soprattutto, durante una lunghissima cena tra i monti, mi ha aiutato a scoprire il colpevole dell'assassinio di Miss Dawn.

Grazie ad Alessandro Gelso, che ha capito questa storia meglio di me, l'ha sempre difesa e mi ha dato decine di suggerimenti preziosi. L'epilogo del romanzo è merito suo e della sua pazienza.

Grazie a Viola Gambarini, che per amicizia ha letto il libro, poi l'ha riletto e riletto ancora.

Grazie a Maria Bastanzetti, per l'editing finale, e grazie a Stefano Moro per la splendida copertina e il lavoro entusiasmante sulla grafica (che in questo libro gioca un ruolo così importante).

Grazie a Lorenzo Rulfo, anche se non ho mai capito bene il perché.

Grazie ai miei genitori e a mia sorella Chiara.

A Riccardo e Antonio, Sarah e Tommaso.

Grazie a Laura, che c'è.

E grazie a te, gentile lettore arrivato in fondo a questo lungo viaggio. Se stai leggendo queste ultime righe, vuol dire che per me ne è valsa la pena.

INDICE

PEFC
PEFC/18-32-03

Mondadori usa carta certificata PEFC
che garantisce la gestione sostenibile delle risorse forestali